Mark Taler

Der Administrator von Eden

Mark Taler

Der Administrator von Eden

Dystopie

1. Schwert und Schild

Dies war der Tag, vor dem Mera sich am meisten gefürchtet hatte. Noch nie in ihrem Leben hatte sie Eden verlassen, die Kuppel hatte sie ihr ganzes Leben lang beschützt. Doch dies war, was der Administrator von ihnen verlangte. Alle Jungen und Mädchen, die das fünfzehnte Lebensjahr erreicht hatten, mussten den Auszug vollziehen. Nur so konnte man verstehen, was die Außenwelt war. Man musste sie sehen, atmen, fühlen. Ohne diese Erfahrung war die Dankbarkeit gegenüber dem Administrator und seinem Werk nicht vollkommen. Ohne diese Erfahrung wurden die Kinder Edens nicht erwachsen.

Alle hatten Angst vor dem Tag, die Anspannung war allgegenwärtig – auch wenn niemand offen darüber sprach. Mera versuchte ein Gähnen zu unterdrücken. Sie hatte kaum ein Auge zugemacht gestern Nacht. Zahlreiche furchteinflößende Mythen und Legenden rankten sich um die Außenwelt. Die Vorstellung, dorthinein Fuß setzen zu müssen, hatte ihr den Schlaf geraubt. Erst als ihre Mutter sich zu ihr ans Bett gesetzt, ihr einen mit Mana versetzten Schlaftrunk gebracht und ihr Lieder gesungen hatte, als wäre sie ein kleines Kind, war Mera eingeschlafen.

Einige Jungs zu ihrer Rechten versuchten, ihre Nervosität mit dummen Witzen zu verbergen. »Dich schnappen sie als Erstes. So einen fetten Fang lassen sie sich nicht entgehen«, rief ein Junge mit Sommersprossen einem Mitschüler zu.

Dem schien das zunächst nichts auszumachen, dann verzog er sein Gesicht zu einer Grimasse und tat so, als würde er den anderen beißen wollen. Der spielerische Streit der beiden ließ Mera sich noch unwohler fühlen. Doch auch die Jungen wurden leise, als die Hohepriesterin durch die Reihen ging, würdevoll in ihrer gesamten Erscheinung. Mit ihrer hellweißen Robe stach sie aus der Masse der

Kinder heraus, die bis auf den Helm bereits in gelbe Schutzanzüge gekleidet waren. Die Hohepriesterin wirkte in ihren Gesten und in ihrer Mimik immer beherrscht, keine tieferliegenden Gefühle drangen an die Oberfläche. Sie befand sich im Einklang mit dem großen Gleichgewicht, ein Zustand, dem die Kinder noch entgegenstrebten. Der Auszug war ein bedeutender Schritt dorthin.

Mera schloss die Augen andächtig, als ein kalter Finger einen Kreis auf ihre Stirn malte.

Die Hohepriesterin salbte die Kinder mit einer geweihten Flüssigkeit aus einer goldenen Phiole. Dabei murmelte sie: »Möge der Administrator mit dir sein.«

Obwohl die Flüssigkeit klar und geruchlos war, spürte Mera den Kreis ganz deutlich. Der Segen des Administrators war nun mit ihr. Dann zog sie den Helm des Schutzanzuges über, wie sie es gelernt hatte.

Die Hohepriesterin salbte auch diesen. »Schwaches vergeht, Starkes bleibt.« Schon schritt sie weiter zum nächsten Kind.

Der diesjährige Frühlingsauszug bestand aus einer Schar von fast zweihundert Kindern – die meisten von ihnen würden nach Eden zurückkehren. Solange man den reinen Glauben in sich trug, war man unverwundbar. Die Kriecher schnappten sich nur jene, die schwach im Glauben waren. Aber Mera gehörte nicht dazu. Wer zurückkam, würde stärker sein als zuvor.

Der gelbe Schutzanzug, der sie vor Strahlung und Kälte bewahren sollte, lag eng an. Durch das starre Gewebe konnten alle Bewegungen nur noch verlangsamt und mit Bedacht ausgeführt werden. Es war, als wären ihre Gelenke von unsichtbaren Barrieren eingeschränkt. Durch die Schutzmaske blickte sie ihre Eltern an, die mit den anderen Zuschauern etwas abseitsstanden, und versuchte ihnen ein tapferes Lächeln zuzuwerfen.

Mein Glaube ist mein Schwert und mein Schild. Das war der Wahlspruch ihres Bruders Nohan gewesen. Dasselbe Motto hatte sie selbst sich auch für diesen Tag auserwählt. Nohan war von seinem Auszug als strahlender Held zurückgekehrt, ihr würde der Spruch ebenfalls Glück bringen.

Der Fahnenträger, ein Junge aus ihrem Jahrgang, den sie alle um seine ehrenvolle Aufgabe beneideten, richtete die Flagge mit dem allwissenden Auge auf. Neben ihm standen der Schlüsselträger und der Schriftträger bereit. Diese drei würden voranschreiten. Es wurde so still, dass Mera nur ihr eigenes Atmen in der Schutzmaske vernahm. Dann ertönte ein Horn, woraufhin sich das erste Schleusentor öffnete. Die Gruppe setzte sich stumm in Bewegung, Geräusche von schweren Schritten und das Knirschen aneinanderreibender Schutzanzugsteile erklangen. Auf den letzten Metern wurden sie von den winkenden Zuschauern begleitet.

»Möge der Administrator mit dir sein!«, hörte sie noch ihre Mutter rufen, den Tränen nahe. Ihr Vater hingegen nickte ihr aufmunternd zu, stoisch und gefasst, wie sie es vom ihm gewohnt war.

Wie groß mochte die Sorge ihrer Eltern sein, dass Mera umkam und ihnen Schande bereiten könnte? Sie würde zurückkehren, das schwor sie ihnen. Bei der Kuppel!

Bevor Mera sich noch einmal umblicken konnte, wurde sie im Getümmel der Gruppe nach vorne gedrückt. Vor dem noch verschlossenen zweiten Schleusentor kamen sie zum Stehen. Dann ertönte wieder der dumpfe Klang des Horns und das innere Schleusentor schloss sich hinter ihnen.

Nun waren sie in einer Zwischenwelt, zwischen Eden und dem, was dort draußen wartete. Nachdem sich das mattgraue Schleusentor herabgesenkt hatte, verstummten alle Geräusche aus Eden, so als hielte Mera ihren Kopf beim Waschen unter Wasser. Keines der Kinder wagte, etwas zu sagen, lediglich ein paar leise Schluchzer waren zu hören. Nicht von Mera. Sie würde standfest bleiben, selbst wenn sie einem Kriecher begegnen sollte.

Als das äußere, etwas abgenutztere Schleusentor sich quietschend öffnete, zuckte jedoch auch sie kurz zusammen. Die massive Metallplatte wurde nach oben gezogen, sodass erst nur ein waagrechter Streifen dumpfen orangenen Lichts zu erkennen war, der dann wuchs. Schließlich rastete die Schleusenöffnung scheppernd ein und die Außenwelt lag vor ihnen. Zunächst bewegte sich niemand, alle warteten ab, ob nicht hier schon Kriecher lauerten. Denn sie alle kannten die Geschichten. Nach ein paar Atemzügen verließen die ersten Kinder die Kuppel, sich vorsichtig umschauend. Und dann kam Bewegung in die ganze Gruppe, niemand wollte zurückbleiben. Bleibt zusammen, hatte ihnen die Hohepriesterin eingebläut.

Mera musste sich zuerst in der neuen Umgebung zurechtfinden, der Schritt aus Eden brauchte mehr Überwindung als gedacht. In der Kuppel war der Boden aus Stein oder Metall. Hier draußen war der Grund trocken, felsig und mit Geröll bedeckt, das unter ihren Stiefeln knirschte. Sofort überkam sie ein Gefühl des Ausgeliefertseins, denn über ihr thronte keine schutzbietende Kuppelkonstruktion mehr. Ihr Atem wurde schneller und sie blickte sich unsicher um. Sogar ein Impuls, zurück in die Schleuse zu treten, blitzte kurz auf. Trotz des Schutzanzuges konnte sie die Kälte spüren, die nach einer Möglichkeit suchte, zu ihr durchzudringen. Die Luft war anders beschaffen hier draußen, das Licht schwach und trüb. Nebel, sie kannte das Phänomen aus dem Unterricht. Orange-graue Schleier waberten über die karge Landschaft und verdeckten Horizont und Himmel, verbargen die lauernde Gefahr. Wahrscheinlich wäre ihr Ziel von der Kuppel aus bereits sichtbar gewesen, doch der Nebel bildete eine undurchdringliche Wand, sodass sie nur einige Meter weit blicken konnte.

»Oben orange-grau. Unten dunkelgrau. Nur dein Herz rein.« So lautete eine bekannte Redensart über die Außenwelt. Ihre Mutter hatte ihr erklärt, dass dies bedeutete, sich vor schlechtem Einfluss zu hüten. Alles konnte abfärben, selbst Worte und Taten. Falsche Propheten lauerten nur darauf, schwache Seelen vom Pfad der Mitte abzubringen. Der Nebel konnte sogar Herzen und Gedanken befallen.

Sie musste sich irgendwo in der Mitte der Gruppe befinden. Ein Stoß von hinten gegen ihre Schulter ließ Mera herumfahren. Hinter der Schutzmaske konnte sie Lesi erkennen. Daneben Rina, die selbst in dieser Situation noch lächelte. Dem Administrator sei Dank! Vorhin bei der Aufstellung hatte sie die beiden Freundinnen verpasst. Nun fühlte sie sich gleich etwas besser.

»Da steckst du also«, meinte Rina, die Stimme durch die Maske gedämpft und verzerrt. »Lasst uns zusammenbleiben. Drei ist besser als zwei ist besser als allein.«

Dagegen hatte Mera nichts einzuwenden, zumal nun alle Kinder die Kuppel verlassen hatten und das äußere Schleusentor sich mit einem dumpfen Grollen schloss. Der Weg zurück war somit endgültig versperrt und die Kuppel glich von außen einer uneinnehmbaren Festung. Von Meras Standpunkt aus wirkte der untere Teil der Konstruktion wie eine senkrechte Wand, doch tatsächlich konnte man die Krümmung schon erahnen. Etwas oberhalb begannen die wabenartigen, von Stahlträgern eingefassten Segmente. Nur ein Bruchteil der Kuppel war zu sehen, der Rest blieb vom Nebel verborgen.

Nun waren sie wirklich auf sich selbst gestellt. Keine Erwachsenen, die ihnen sagten, was zu tun sei. Aber allein waren sie niemals, den Administrator trugen sie in ihren Herzen.

Keinen Moment zu spät schwenkte der Fahnenträger die Flagge mit dem allwissenden Auge, die fluoreszierte und so auch von weiter hinten gut erkennbar war. Wie ein Drache aus einem Märchen tänzelte sie durch die Luft und würde ihnen den Weg weisen. Das Symbol des Administrators gab ihr Mut.

Schon stimmten die ersten die Hymne an, die sie Hunderte Male geprobt hatten: »Durch den Nebel, mit Glauben und Drang, gehen wir, deine Fahne voran.« Nach und nach stimmten alle ein.

Die bekannte Melodie wärmte Meras Herz wie ein Schluck Mana-Tee. Voller Inbrunst sang sie mit. Nein, sie war wirklich nicht allein. Sehnsüchtig blickte sie noch einmal zur Kuppel zurück, deren gewaltige Stahlträger im alles verschlingenden Nebel verschwanden. Diese ehrfurchtgebietende Konstruktion, die sie zum ersten Mal von außen erblickte. Heimat. Sie würde zurückkehren, voller Dankbarkeit. Erwachsen.

Ein strenger Wind wehte hier draußen, Böen wirbelten Staub und Nebelfetzen vorbei. Der Marsch war anstrengend, obwohl die Kinder sich in den letzten Wochen mit täglichen Wanderungen in Eden auf den Auszug vorbereitet hatten. Doch das Marschieren auf steinigem Untergrund in Schutzanzügen war damit nicht zu vergleichen. Mera schätzte, dass sie schon mehrere Stunden unterwegs waren. Der erste Wasserbehälter, der umständlich seitlich an die Maske angeschraubt werden musste, war bereits leer. Ihre Füße schmerzten, denn die Stiefel mochten zweckmäßig sein, aber sie waren leider ebenso unbequem. Immer wieder rutschten lockere Gesteinsbrocken unter den dicken Sohlen zur Seite. Den Schritt auf dem porösen Untergrund zu stabilisieren erschöpfte zusätzlich. So war Mera bald schon darauf fokussiert jede Bewegung sorgsam abzuwägen, als wäre ihre Kraft so endlich wie ihr Wasservorrat. Die Lieder waren zunächst leiser geworden und schließlich ganz verstummt, da das Singen unter der Maske das Atmen erschwerte und das Sichtfenster beschlug. Nur die fluoreszierende Fahne blieb zur Orientierung. Niemand wollte zurückfallen.

Mera strengte sich an, das allwissende Auge nicht aus dem Blick zu verlieren. Gleichzeitig musste sie auf mögliche Hindernisse auf dem Weg achten. Wenn sie sich hier den Knöchel verstauchte, würde das ihr Todesurteil sein.

Wie seltsam es war, unter einem offenen Himmel zu marschieren. Ihr ganzes Leben hatte sie unter der Kuppel verbracht und nun war da diese unbegreifliche Weite. Nach vorne. Nach oben. In alle Richtungen. Wie groß mochte dieser Planet sein? Wie viele Tage würde man brauchen, um ihn zu umrunden? Durch den Nebel waren die Dimensionen noch schwerer zu begreifen. Ob zehn oder zehntausend Schritte, sie hätte auch auf der Stelle treten können und würde doch keinen Unterschied feststellen.

»Beeil dich«, herrschte Rina Lesi an, die stehen geblieben war.

»Ich brauche nur eine kurze Pause. Durchschnaufen. Ich kann nicht mehr«, entgegnete diese und stemmte beide Hände in die Seiten. Ihr schweres Atmen war trotz der Maske deutlich zu hören. Das Sichtfeld war unten beschlagen.

Ein paar Kinder überholten die drei Freundinnen und Mera blickte sorgenvoll zur Fahne, die sich immer weiter von ihnen entfernte. »Komm, Lesi. Es ist bestimmt nicht mehr weit. Wir dürfen nicht zurückfallen. Sei stark im Glauben! Der Administrator wird seine Hand über dich halten!«

»Mir tun aber meine Beine weh, nicht meine Seele!«, klagte Lesi. »Warum müssen wir das hier überhaupt machen?«

Mera erschrak über den Gefühlsausbruch ihrer Freundin. Noch nie hatte sie Lesi im Glauben wanken sehen. Ihre Freundin war sonst eine eifrige Schülerin, die im Tempelchor in der vordersten Reihe singen durfte. Mera überlegte, mit welchem Gebet sie Lesi

Mut machen konnte. Denn schwach war nur der Geist, nicht der Körper. Das lernten schon die Allerkleinsten.

Gerade als sie zur ersten Zeile ansetzen wollte, sah sie den Schatten. Nicht mehr als zehn Schritte entfernt war er am Rande ihres Sichtfelds vorbeigehuscht. Es hätte auch eine Nebelschwade sein können, doch der Schatten hatte dunkle Konturen und hatte sich zu schnell bewegt.

Rina schien den Schemen ebenfalls bemerkt zu haben. Ohne ein weiteres Wort griff sie Lesi unter die Schultern. Mera tat es ihr gleich und gemeinsam schafften sie es, sich fortzubewegen.

»Was ist los?«, wollte Lesi wissen. »Ich brauche doch nur eine kleine Pause.«

»Da ist etwas im Nebel«, raunte Mera ihr zu, so leise, wie es durch die Maske möglich war.

Lesi verstand sofort und ohne die Gefahr beim Namen zu nennen, fiel sie wieder in ihr Schritttempo ein. Glaube versetzt Berge. Angst auch.

Ein hastiger Schulterblick. Zum Glück war noch eine abgehängte Gruppe hinter ihnen, drei Kinder, wie es aussah. Sie mussten unbedingt zur Hauptgruppe aufschließen. Schutz im Zusammenhalt finden.

Da war der Schatten wieder. Dieses Mal zu ihrer Rechten. Dicht über dem Boden schob er sich blitzschnell zwischen Nebelschwaden und Gesteinsbrocken hindurch und verschwand sofort wieder im Orange-Grau. Er umkreiste sie.

Die drei Mädchen stolperten voran, immer die Fahne im Blick. Mera musste sich anstrengen, nicht der aufkommenden Panik zu verfallen. Der Administrator ist mit mir. Mein Glaube ist stark. Mir kann nichts passieren. Dein Motto, denk an dein Motto.

Ein Schrei fegte alle Gedanken hinfort. Markerschütternd, die Luft zerreißend. Mera hatte noch nie etwas Vergleichbares gehört.

Unmenschlich, schmerzverzerrt. Wütend. Böse. Und hungrig. Wie konnte ein einzelnes Geräusch so viele negative Emotionen bündeln? Dann folgte ein tiefes Grollen. Lauernd. Den richtigen Augenblick abwartend. Das Opfer im Visier. Kein Zweifel, ein Kriecher.

Mera blickte sich um. Die drei Kinder hinter ihnen waren aufgrund des Schreis mit großen Schritten losgerannt und versuchten, aufzuschließen. Sie konnte die weit aufgerissenen Augen und das von Panik verzerrte Gesicht des vordersten Kindes hinter dessen Schutzmaske erkennen. Im selben Augenblick sprang der Schatten das hinterste Kind an und riss es zu Boden. Mera musste nach vorne blicken, um nicht zu stolpern und gleichzeitig so gut wie möglich Lesi zu stützen. Hinter ihnen ertönte wieder ein entsetzlicher Schrei, doch diesmal begleitet von einem zweiten, angsterfüllten. Ein fürchterliches Duett, Monster und Opfer, das nur wenige Sekunden dauerte. Zuerst verstummte der schwächere der beiden Schreie, dann war es still.

Beim nächsten Schulterblick konnte Mera noch erkennen, wie die Gestalt auf dem Kind lag und mit seinen Vorderläufen, die in langen Krallen mündeten, auf den bereits leblosen Körper einhieb. Der dunkle Schwanz bewegte sich rhythmisch hin und her. Herausgerissene Fetzen flogen durch die Luft, ob Schutzanzug oder menschliches Fleisch konnte Mera nicht erkennen. Als der unerbittliche Nebel die Szenerie verschlang, blieben nur noch ein paar scharrende und schmatzende Geräusche zurück. Und die Angst.

Wie sie den restlichen Weg zurückgelegt hatten, wusste Mera nicht mehr. Tranceartig, stolpernd und schluchzend hatten die drei Freundinnen sich weitergeschleppt, bis die Umrisse der Pilgerstätte sich aus dem Nebel abgezeichnet hatten. Ein Wall aus verschlissenen Stahlplatten, der vier, fünf Meter hoch sein mochte. Wie lang er war und was er eingrenzte, verriet der Nebel nicht. Im Gegensatz zur stählernen Wand war die Eingangstür zur Pilgerstätte klein und unscheinbar. Vermutlich hätten sie den Eingang gar nicht bemerkt, hätten sie nicht einige Kinder dort hineingehen gesehen. Zu Meras Erleichterung wurde ihnen geöffnet; der Schlüsselträger ließ sie eintreten und zählte die Ankommenden. Erst als die Tür sich hinter ihnen schloss, war Mera wieder bei sich.

Sie waren die Letzten der Gruppe, also mussten die Kriecher die beiden anderen Kinder auch erwischt haben. Wie knapp waren sie dem Tod entkommen. Noch nie in ihrem Leben hatte sie solche Angst gefühlt. Jetzt, nachdem die Anspannung langsam von ihr abfiel wie getrockneter Schlamm, fühlte sie sich umso schuldiger. Sie hatte in ihrem Glauben geschwankt, war verzweifelt im Angesicht von Gefahr. Unwürdig war sie, ein Kind des Administrators zu sein. Unwürdig, die Schwester ihres Bruders zu sein, der sie immer überstrahlt hatte. Mit welcher Zuversicht war Nohan damals zum Paladin geworden. Unverwüstlich, ein Krieger des Glaubens durch und durch. Mutig und schön. Wer schwach im Glauben im Bauch eines Kriechers endete, war verdammt. Für ihn blieb das große Gleichgewicht auf alle Zeiten unerreichbar.

Schnell sprach sie ein leises Dankgebet und versuchte, ihre galoppierenden Gedanken wieder einzufangen. Sie musste stark sein, wie ihr Bruder.

Keine der drei Freundinnen hatte es bis jetzt gewagt, über das Erlebte zu sprechen. Denn der Tod war nur eine Korrektur, die das große Gleichgewicht vornahm. Anteilnahme am Schicksal schwacher Menschen war selbst Schwäche.

Mera konnte Lesis Schluchzen durch die Atemmaske vernehmen. Eine tröstende Umarmung war durch den Schutzanzug nicht möglich und so legte sie ihrer Freundin eine Hand auf die Schulter.

»Geht es?«, erkundigte sich Mera.

Lesi schüttelte den Kopf und schien ihre Worte genau zu wählen. »Nein, es geht nicht. Aber was für eine Wahl habe ich denn? So lange haben wir uns auf den Auszug vorbereitet, aber es ist weit schlimmer, als ich mir vorgestellt habe.«

Ein paar andere Kinder liefen an ihnen vorbei und Lesi senkte die Stimme. »Ich hatte richtig Angst. Als wäre mir der Glaube entfahren.«

»Sag so etwas nicht!«, warf Rina ein. »Wir dürfen niemals schwanken. Morgen sind wir schon wieder zurück in Eden.«

Die Schar zog unterdessen weiter zum Mittelpunkt der Pilgerstätte der Ankunft, wo die Fahne des allwissenden Auges bereits im Boden steckte. Kreisförmig angeordnet standen die Sternenfähren, gigantische schwarz-metallische Gebilde, deren wahre Dimensionen vom Nebel geheim gehalten wurden. Mera versuchte sich vorzustellen, wie diese Ungetüme einst ihre Vorfahren von der Erde durch den Weltraum hierhergebracht hatten. Sie wirkten wie Türme oder Felsen, fest mit dem Boden verbunden.

Der Schriftträger hatte bereits ein kleines Podest bestiegen und die Kinder stellten sich im Halbkreis um ihn auf. Er musste schreien, um gegen den pfeifenden Wind und durch die Schutzmaske gut hörbar zu sein. In seinen Händen hielt er ein dickes, schwarz eingebundenes Buch. Den Text schien er aber auswendig zu kennen.

»Wir begehen den Auszug«, begann er seine Ansprache, »das wichtigste Ereignis im Leben eines Bewohners von Eden. Heute noch sind wir Kinder, nach unserer Rückkehr wird man uns als vollwertige Erwachsene betrachten. Der Auszug trennt nicht nur zwei Lebensabschnitte voneinander. Er trennt auch die Starken von den Schwachen. Stark – so waren unsere Vorfahren. Die letzten Überlebenden, die die zerstörte Erde hinter sich gelassen haben. Schwach – so waren jene, die die Menschheit durch Missgunst, Eigennutz und falschen Glauben beinahe vernichtet hätten. Kriege,

Seuchen, Naturkatastrophen. Unseren Vorfahren blieb unter der Führung des Administrators nur ein verwegener Plan, der ›Exodus‹. So machten sie sich auf, eine neue Heimat zu finden, einen Neuanfang zu wagen. Die letzten ihrer Art. Zehn Sternenfähren waren damals von der Erde aufgebrochen, neun waren nach der langen Reise durch den Weltraum hier gelandet. Fünf stehen heute noch an diesem Ort, die Hüllen der anderen waren die Grundlage der ersten Kuppel Edens.«

Die Kinder lauschten andächtig der Rede und auch Mera war wie gebannt. Zwar kannten sie alle die Geschichte der ersten Ankunft, doch an diesem heiligen Ort konnte sie die einzelnen Worte und Sätze zu einem großen Ganzen verknüpfen, die Geschichte wurde zu einer greifbaren Wahrheit.

Einige Kinder setzten sich auf den steinigen Boden und Mera tat es ihnen gleich. Behutsam, um kein Wort zu verpassen. Endlich konnte sie ihre Füße ein wenig entspannen.

»Aber lasst uns nicht vergessen«, fuhr der Schriftträger fort, »welch großes Opfer unsere Vorfahren gebracht haben. Geflohen aus der Hölle der zerstörten Erde, nach jahrelanger Reise durch die Weiten des Alls im Tiefschlaf, kamen sie auf diesem fremden Planeten an. Sie hofften auf ein Paradies, doch was fanden sie vor? Einen feindseligen Planeten: Kälte, Strahlung und ein Boden, auf dem nichts gedeiht. Zu Fuß suchten sie nach Wasser, doch sie fanden nur die Kriecher. Dies war die Zeit der großen Konfusion, in der Streit und Zweifel die Herzen unserer Vorfahren befielen. Doch es war auch die Zeit der Kreation, in der die Regeln unseres Glaubens und die Grundlagen von Eden geschaffen wurden. Denn das Paradies mussten sie mit ihren eigenen Händen errichten. Es war auch das Zeitalter der Helden: Adamon, Inaya, John und all die anderen, von deren Taten wir heute noch erzählen. Ohne ihre Opfer gäbe es kein Eden. Unter der Führung des Administrators fanden sie zum großen Gleichgewicht. Dessen gedenken wir heute. Wir erleben die Mühen unserer Vorfahren nach, ihre Angst, aber auch Hoffnung und Zuflucht im Glauben. Zweifler und Schwache werden fallen, damals wie heute. Um sie müssen wir nicht trauern, denn das große Gleichgewicht wird alles richten. Das Schwache vergeht, damit das Starke gedeihen kann. Seit vielen Generationen stehen die Sternenfähren hier als majestätisches Zeugnis unserer Abstammung. Wie könnten wir anders, als bei ihrem Anblick in Ehrfurcht zu erstarren. Lasst uns nun die Hymne ›Inayas Lächeln‹ singen.«

Als die ersten Strophen des Liedes erklangen und die fluoreszierende Wärme der Fahne ihre Herzen umhüllte, fand Mera wieder zu innerer Ruhe. Die Ansprache half ihr, das Erlebte vor dem Hintergrund des großen Gleichgewichts zu sehen. Ein gewisser Ausschuss war Teil des Rituals. Der Verlust einiger Kinder war sicher traurig für ihre Familien, doch sie waren nicht stark im Glauben gewesen. Mit schwachen Wurzeln keine Blüte. So war es immer gewesen, so würde es immer sein. Jetzt verstand Mera genau, was damit gemeint war. Friede sei mit dem Administrator.

Der Schriftträger erklärte ihnen, dass nun die rituelle Reinigung folgte. Dazu wurden die Kinder in fünf Gruppen eingeteilt und sollten sich um jeweils eine Sternenfähre aufstellen.

Mera folgte der Krümmung der Hülle und stellte sich dann mit ein paar Metern Abstand zu den nächsten Kindern auf. Erst jetzt bekam sie ein Gefühl für die Ausmaße des Gebildes. Die schwarze Außenschicht schien nicht enden zu wollen. Es war nicht einmal ersichtlich, in welcher Richtung sich die Spitze befand. Lag die Sternenfähre oder stand sie?

In der Ferne hörte sie den Schriftträger etwas rufen, während er das Raumschiff von Meras Gruppe umrundete. Es dauerte etwas, bis er wieder bei ihnen war. Dann wiederholte er seine Worte in feierlichem Ton: »Spürt das Opfer unserer Vorfahren. Beginnt mit der Reinigung. Wascht den Staub von den Sternenfähren, so wie ihr alle Zweifel von euch wascht. Bringt das Opfer, auf dass ihr zur Gemeinschaft Edens gehört.«

Mera betrachtete ihren halb leeren Trinkwasserbehälter. Nun sollte sie noch einmal die Hälfte davon zur Waschung benutzen und an die Strapazen ihrer Vorfahren denken, an deren Suche nach Wasser. Bei der Vorbereitung hatte sie über diesen Teil des Rituals noch gelächelt, nun wurde ihr schlagartig bewusst, wie schwierig er war. Jeder Schluck konnte hier draußen den Unterschied zwischen Leben und Tod bedeuten. Sie blickte nach links und nach rechts. Auch die Kinder neben ihr zögerten und beobachteten argwöhnisch, wie viel Wasser die anderen benutzten. Wie einfach gingen Hymnen und Gebete von den Lippen. Doch ein echtes Opfer zeugte von wahrer Stärke.

Ein Kind zu ihrer Linken begann mit der Waschung. Der Schriftträger erschien aus dem Nebel und wiederholte immer wieder: »Nur wer gibt, wird bekommen.«

Mera öffnete den Trinkwasserbehälter und sprenkelte ein paar großzügige Spritzer auf die Hülle der Sternenfähre. Mit kreisenden Bewegungen verrieb sie das Wasser und erzeugte so einen möglichst eindrucksvollen Fleck. Doch der Schriftträger war schon vorbeigegangen und Mera blickte auf die Schlieren aus Wasser und Staub, die nun vor ihren Augen gefroren. Auch ihr Handschuh wurde starr und sie bewegte die Finger, um die dünne Eisschicht aufzubrechen.

Die Nacht brach herein und das Orange-Grau wurde allmählich zu einem Orange-Schwarz. Bei seinem zweiten Rundgang rief der Schriftträger die Kinder wieder zu sich und geleitete sie zu einer der Sternenfähren, in der sie die Nacht verbringen würden. Eine Treppe aus Stein und eine einfache Tür führten ins Innere. Tür und

Treppe hoben sich vom dunklen Metall der Sternenfähre ab und mussten nachträglich hinzugefügt worden sein. Der schmale, schmucklose Gang mündete in einen etwas breiteren, langgezogenen Raum, in dem sich auf beiden Seiten Schlafkapseln befanden. Hier hatten ihre Vorfahren bei ihrer Reise von der Erde jahrelang geruht.

Während ein paar Kinder die mitgebrachten Heizelemente auslegten und den Raum mit den in ihren Handschuhen integrierten Lampen notdürftig ausleuchteten, schloss Mera wieder zu ihren Freundinnen auf.

»Sieht aber nicht sehr gemütlich aus«, meinte Lesi spöttisch.

»Immer noch besser als da draußen«, entgegnete Rina. »Für eine Nacht wird es schon gehen.«

Die Schlafkapsel vor Mera ähnelte einer Kiste aus einem unbekannten Material. Oval, ohne Ecken und gerade groß genug, dass eine Person sich hineinlegen konnte. Ein paar Scharniere verrieten, dass sie früher einmal verschlossen werden konnte. Außerdem gab es an der Kopfseite verschiedene Öffnungen und Ausbuchtungen, in denen sich ursprünglich weitere Apparaturen der Vorfahren befunden haben mussten. Auf der Vorderseite jeder Kapsel war eine Nummer angebracht. Meras lautete B-17-81.

Schon wurde zur Nachtruhe gerufen. »Dunkelheit und Kälte drohen uns zu verschlingen. Doch der Administrator wärmt uns und leuchtet uns den Weg mit seinen Lehren. Schlaft und gedenkt derer, die vor euch kamen. Erwacht und seid dankbar für den neuen Tag, den der Administrator euch vergönnt hat.«

Mera stieg in die Kapsel und legte sich auf den Rücken. Der Untergrund war hart wie Stahl und versprach einen unbequemen Schlaf. Wie hatten ihre Vorfahren das nur ausgehalten? Sie hatte gerade noch Zeit ihren Freundinnen eine gute Nacht zu wünschen, als die Lichter erloschen. Dunkelheit umgab sie und niemand wagte mehr zu sprechen. Trotz der Heizelemente kroch die Kälte unter Meras Schutzanzug. *Genauso ist es mit Eden*, dachte sie. *Je weiter wir uns entfernen, desto kälter wird es in unseren Herzen.*

Während ringsum erstes Schnarchen erklang, fand Mera nur schwer in den Schlaf. Zwar spürte sie die körperliche Erschöpfung des Marsches, doch die Erlebnisse des Tages und der außergewöhnliche Ort ließen sie keine Ruhe finden. Stattdessen starrte sie in das Dunkel und lauschte den Geräuschen. Der Wind pfiff und rüttelte am Raumschiff. Metallisches Klopfen. Ein Scharren. In der Ferne meinte sie den lang gezogenen Schrei eines Kriechers zu hören. Dann erneut das Scharren an der Außenhülle.

Endlich kam der Schlaf. Schwarz, kalt und schmerzhaft. Keine Erlösung, sondern ein kurzer Tod. Im Traum erschienen ihr Bilder von schwarzen Schatten mit langen Krallen, die um die Mauer der Pilgerstätte krochen. Auf der Suche nach einer Lücke, grabend, witternd, hungrig. Sie scharrten am Tor und riefen sie zu sich. *Mach auf.*

Ein Geräusch ließ Mera hochschrecken. Ob noch Teil des Traums oder der Realität, konnte sie nicht sagen. Doch, da war etwas. Ein Umriss, der den Gang hinausschlich. Nur die Handschuhbeleuchtung der Gestalt warf einen schwachen Lichtkegel auf den Boden, gedimmt und den Gang zwischen den Kapseln entlanghuschend. Mera setzte sich auf und schaltete das Licht an ihrem Handschuh in schwächster Stufe an. In der Kapsel zu ihrer Rechten schlief Lesi. Die Kapsel zu ihrer Linken war leer. Rina. Kurz überlegte Mera, ob sie nach ihrer Freundin rufen sollte. Doch sie durfte die anderen Kinder nicht aufwecken. Was aber, wenn ihre Freundin Hilfe brauchte? Bevor Rina ganz in der Dunkelheit verschwand, folgte Mera ihr.

Zu ihrer Überraschung verließ Rina das Raumschiff. Mera sah noch, wie Rina die Tür hinter sich schloss. Ein ungutes Gefühl beschlich Mera. Was wollte ihre Freundin draußen in der Finsternis?

Zwar waren sie durch die Metallwand geschützt, doch in den Schatten der Nacht war Jennifer, die Kriechermutter, besonders stark.

Mera ging die letzten Schritte bis zum Ausgang. Kurz zögerte sie, aber Neugier und Sorge um Rina überwogen und so drückte sie die Stahltür langsam nach außen und spähte ins Freie. In der Nacht war die Sicht noch schlechter, die Dunkelheit schien sogar den Nebel zu überlagern. Ein Schwarz, das die Augen befiel wie eine Krankheit, um so Körper und Seele zu verdunkeln. Lediglich ein kleiner Lichtkreis, dort wo Rina den Boden beleuchtete, war zu erkennen. Sie bewegte sich so zielstrebig, als kenne sie den Weg.

Mera folgte ihr. Die Kälte war brutal und der Schutzanzug hatte Probleme, die Temperatur zu regulieren. Winzige Frostnadeln schienen in ihre Haut zu stechen. Ein eisiger Wind blies ihr entgegen, als wollte er sie zurück in die Sternenfähre drücken. Das Sichtfeld ihrer Maske beschlug durch ihren warmen Atem und erst nach ein paar Schritten konnte sie wieder klar sehen. Wenn Rina hier stolperte oder sich in der Dunkelheit verlief, würde sie jämmerlich erfrieren.

»Rina«, rief Mera verzweifelt gegen den Wind an. »Bleib stehen.«
Der Lichtkreis bewegte sich unbeirrt weiter.
»Rina!«
Mera lief los, den Schutzanzug verfluchend. Doch bevor sie Rina erreicht hatte, wanderte der Lichtkreis nach oben. Rina beleuchtete die Außenhülle eines anderen Raumschiffes, schien dort etwas zu suchen.

Schwer atmend holte Mera ihre Freundin ein. »Rina, was macht du hier?«

Der Lichtkreis erstarrte und fuhr dann herum, blendete sie. Mera hielt ihre Hand vor das Gesicht.

»Mera? Was zur Kuppel machst du denn hier?«

»Was ich hier mache? Das möchte ich von dir wissen. Ich bin dir gefolgt, ich habe mir Sorgen gemacht.«

Rina senkte den Scheinwerfer ihres Handschuhs und Mera konnte das Gesicht ihrer Freundin hinter der Schutzmaske erkennen. Rina war blass und wich ihrem Blick aus. Mera beschlich das Gefühl, die Situation falsch eingeschätzt zu haben.

»Rina, was ist los?«

»Nichts. Ich konnte nicht schlafen und wollte mich etwas umschauen.«

»In dieser Kälte und Finsternis? Du bist eine schlechte Lügnerin.«

In diesem Moment brach die Fassade vor Rinas Gesicht. Ihre Augen wurden feucht. »Ich kann es dir nicht sagen. Das habe ich versprochen.«

»Wovon redest du? Wir kennen uns, seit wir laufen können. Du kannst mir alles sagen.«

Jetzt erst blickte Rina sie an. Für einen kurzen Moment befürchtete Mera, ihre Freundin könnte in die Dunkelheit fliehen, so verstört sah sie aus. Dann wurden ihre Gesichtszüge hart, sie blickte Mera in die Augen, so als habe sie einen Entschluss gefasst. »Versprichst du mir, es niemandem zu erzählen? Nicht deinen Eltern, nicht deinem Bruder, nicht Lesi. Nicht der Hohepriesterin. Absolut niemandem?«

»Ich verspreche es.«

»Dann komm, bevor wir festfrieren.« Ohne eine weitere Erklärung wandte sich Rina wieder der Außenhülle der Sternenfähre zu und leuchtete diese ab. »Hier ist es.«

Der Umriss einer Tür, etwa einen halben Meter über dem Boden, war im Scheinwerferlicht zu erkennen. Im Gegensatz zur Tür des anderen Raumschiffes, schien diese ein ursprünglicher Teil der Außenhülle zu sein.

Rina griff in eine halbkreisförmige Einbuchtung an der Unterseite der Türlinien. Sie tastete und drehte dann ihre Hand. Es schepperte und etwas Staub rieselte aus dem Spalt.

»Hilf mir«, meinte Rina und schob ihre Finger in die Öffnung. »Wir müssen sie nach oben schieben.«

Mera fühlte sich immer noch überrumpelt von den Handlungen ihrer Freundin. Was taten sie hier nachts in der Pilgerstätte der Vorfahren? Sie blickte in die Richtung, aus der sie gekommen waren, aber dort war es stockdunkel.

Rina wartete nicht und begann, die Tür quietschend nach oben zu schieben. »Komm schon!«

Schließlich half Mera ihr, bis die Öffnung groß genug war.

Rina leuchtet kurz ins Innere der Sternenfähre und kletterte hinein. »Komm schon!«, rief sie sogleich wieder. »Wir müssen uns beeilen. Du kannst immer noch umdrehen, aber wenn du mitmachen willst, dann komm jetzt.«

»Vielleicht verrätst du mir mal, worum es hier geht? Das würde meine Entscheidung erheblich erleichtern«, entgegnete Mera.

Rina grummelte. »Ein kleines Familiengeheimnis. Meine Eltern haben mir aufgetragen, hier etwas anzuschauen.«

»Und was soll das sein?«

»Ich weiß es selbst nicht so genau. Sie haben mir nur gesagt, wie ich dorthin komme und wo es ist.«

Wortlos kletterte Mera ihrer Freundin hinterher. Sie konnte Rina jetzt nicht allein lassen. Auch wenn das Wort ›Geheimnis‹ in Eden zu den dunklen Wörtern gehörte. »Lasst mein Auge in alle Ecken blicken und mein Licht ganz Eden erstrahlen. Keine Schatten, keine Zweifel«, blitzten die Worte des Administrators wie eine Warnung auf.

Im Gegensatz zur Sternenfähre, die als Schlafstätte diente, war dieses Raumschiff sehr viel unordentlicher. Der Aufbau schien der gleiche zu sein, doch war der Boden mit sandigem Staub bedeckt, Teile von Apparaturen lagen achtlos herum. Viele der Schlafkapseln waren beschädigt oder ganz herausgerissen.

Rina ging unbeirrt durch den Gang und leuchtete auf die Nummern der Kapseln. »Hier ist es«, meinte sie nach einer Weile. »P-96-04. Genau wie meine Eltern gesagt haben.«

»Was haben deine Eltern denn genau gesagt?« In all den Jahren hatte Mera ihre Freundin nicht derart geheimnistuerisch erlebt.

»Sie haben mir gesagt, ich soll beim Auszug hier nachsehen. Im dritten Raumschiff links vom Eingang aus betrachtet. Warten, bis alle schlafen. Die Tür über dem Boden finden und öffnen und nach Kapsel P-96-04 suchen.« Sie kniete sich auf den Boden der Schlafkapsel und tastete das Kopfende ab. »Irgendwo hier soll ein versteckes Fach sein. Ich soll mir den Inhalt anschauen und mir Gedanken machen. Und niemandem davon erzählen. Aber bei dir weiß ich, dass unser Geheimnis sicher ist. Das wird seit Generationen weitergegeben, haben sie gesagt. Ah, hier ist etwas.«

Tatsächlich konnte man am Kopfende die Verkleidung abnehmen, dahinter wurde ein schmaler Hohlraum sichtbar. Ein paar Wörter waren dort in das Metall gekratzt, in sauberen, schnörkellosen Buchstaben, so als hätte der Mensch, der sie hinterlassen hatte, viel Zeit darauf verwendet. Die Nachricht war sicherlich nicht in einer Nacht geschrieben, sie musste also noch aus der Zeit der Vorfahren stammen.

»Wo ist Jennifer Yao? Sie ist unsere Anführerin«, stand dort geschrieben.

Mera wurde schwindelig, ihr Herz setzte aus. Ketzerei! Sie kannte nur eine Person mit dem Namen Jennifer. Die unaussprechliche Kriechermutter, die in den Schatten hauste.

»Das kann nicht echt sein«, stammelte sie. »Deine Eltern müssen sich einen schlechten Scherz erlaubt haben.«

»Das würden sie niemals tun«, entgegnete Rina ruhig. »Schau, da ist noch etwas.«

An der Rückseite des kleinen Hohlraumes lehnte eine rechteckige Karte. Dünn, wie die Seite eines Buches, aber aus festem Material, das Licht der Handschuhbeleuchtung leicht reflektierend. Rina nahm die Karte und hielt sie so, dass Mera sie auch betrachten konnte. Darauf waren Bilder von Menschen zu sehen, die seltsam echt wirkten. Nicht wie die in warmen Farben gemalten Märtyrer- und Heiligengemälde, die sie aus Eden kannte. In geraden Buchstaben stand dort geschrieben: ›Operation Exodus: Verantwortlichkeiten‹.

An oberster Stelle befand sich das Bild einer hübschen Frau, die ungefähr so alt wie Meras Mutter sein mochte. Sie sah entschlossen und mutig aus, erinnerte an die Hohepriesterin. Unter dem Bild stand geschrieben: Secretary General Jennifer Yao.

Direkt darunter befanden sich zwei weitere Bilder, die jedoch nicht mehr zu erkennen waren. Sie schienen sorgfältig abgekratzt worden zu sein.

»Commander Jim Harrison, Militär. John Hemminger, Ziviles.«, las Rina vor. »Der John? Aus den Hymnen?«

Unterhalb der drei Bilder führten Linien zu kleinen Boxen, die weitere Namen und Zuständigkeitsbereiche enthielten. Die meisten davon waren ihnen fremd, doch es gab auch ein paar bekannte.

»Sieh mal hier, Inaya, die erste Märtyrerin«, meinte Rina.

»Und das soll wohl Ahmad, der Wächtermeister, sein«, ergänzte Mera und tippte auf einen Namen mit dem Untertitel ›Cryo Technologie‹.

Mera versuchte zu verstehen, was die Darstellung bedeuten mochte und warum sie hier versteckt war. Jede mögliche Erklärung war gefährlich und passte nicht zur Lehre des Administrators. Also musste jemand diese Dinge hier platziert haben, um andere

Menschen vom Pfad der Mitte abzubringen. Falsche Propheten, Anhänger der Kriechermutter, Ketzer.

»Lass uns zurückkehren, das sind Fälschungen. Schattenartefakte«, meinte Mera. Wenn jemand sie hier sehen würde, wären sie beide für immer als Ungläubige gebrandmarkt. »Mir ist egal, was deine Eltern wissen oder nicht wissen. Ich werde niemandem etwas erzählen. Aber lass uns jetzt zurückgehen, dieser Ort ist gefährlich.«

Rina zögerte. Sie hielt die Karte in die Höhe, als würde sie sich daran festhalten. »Aber verstehst du nicht, was das bedeutet? Jennifer ist …«

»Sprich nicht weiter«, herrschte Mera sie an. Ihre Stimme klang lauter und drohender als beabsichtigt. Doch sie musste Rina vor Dummheiten bewahren, das Spiel mit dem Feuer beenden, bevor ein Brand um sich griff. »Leg das Ding wieder an seinen Platz, dann gehen wir zurück. Und nie wieder ein Wort darüber. Das ist Ketzerei.«

Schweigend kehrten sie zu ihrer Schlafstätte zurück und Mera musste mehrmals versprechen, dass sie niemandem von ihrem kleinen Ausflug erzählen würde. Lange konnte sie kein Auge zumachen und sie hörte, wie Rina sich ebenfalls in ihrer Kapsel hin und her drehte.

Der Ruf des Schriftträgers schallte durch den Gang und riss sie aus dem Schlaf, in den sie eben erst hinabgesunken war. Rina stand bereits neben ihrer Kapsel und sah sie sorgenvoll an.

Mera nickte ihr aufmunternd zu und meinte nur: »Es ist alles in Ordnung.« Mehr wagte sie nicht zu sagen. Gemeinsam mit Lesi verließen sie die Sternenfähre.

Der Morgen brachte eine schwache Hoffnung, auch wenn das Tageslicht durch den Nebel schummrig gebrochen und nur zu erahnen war. Orange-grau, etwas heller.

Heute durften sie zurückkehren. Ein neuer Begleiter hatte sich zu den Kindern gesellt: Hunger. Denn während des Auszuges war es untersagt zu essen, um die Entbehrungen der Vorfahren nachzuvollziehen. Normalerweise hätte Mera jetzt eine dampfende Schüssel voll Cereax gegessen, doch hier draußen blieben ihr nur ein paar Schluck aus dem Wasserbehälter. Die Beine schmerzten von der gewaltvollen Wanderung des Vortages. Blasen an den Fersen kündigten sich an. Angst und Kälte krochen wieder in die Knochen, als die Orientierungslosigkeit des Aufwachens sich vollends gelegt hatte. Aber die Aussicht auf eine baldige Rückkehr brachte rasch Leben in die müden Glieder. Niemand wollte eine Minute länger als nötig in der Außenwelt bleiben.

Schon bald hatte sich die Schar um die Flagge des allwissenden Auges versammelt. Eine Hymne, ein Gebet, dann wurde schweigend auf das Signal zum Aufbruch gewartet. In dieser Zeit sollte man meditieren, sein Inneres erforschen.

Was fühlte Mera? Eine lebensverändernde Eingebung war ihr bis jetzt versagt geblieben. Dabei kannte sie unzählige Beispiele von Kindern, die verändert vom Auszug zurückgekehrt waren. Wie ihr Bruder. Stattdessen grübelte Mera über die Geschehnisse der vergangenen Nacht. War die Familie ihrer Freundin einem falschen Propheten verfallen? Wäre es nicht ihre Pflicht, Meldung zu machen – trotz des Versprechens? Für das Seelenheil Rinas, aber auch um sich nicht mitschuldig zu machen? Außerdem musste sie sich konzentrieren, um die immer wieder auflodernde Angst mit Gebeten auszutreten. Sie wollte nicht hinaus in den Nebel. Aber das war die einzige Möglichkeit, nach Eden zurückzukehren.

Mein Glaube ist mein Schwert und Schild, wiederholte sie immer wieder. Hunderte Mal, schneller und schneller. Bis ihre Gedanken und ihre Lippen nur noch »Schwert und Schild, Schwert und Schild« wiedergaben und Mera einen Zustand des Gleichgewichts erreichte. Schwert und Schild. Ja, da war etwas. Ihr Atem wurde ruhiger und sie versuchte, die Kraft ihres Glaubens zu visualisieren. Schwert und Schild. Mit jedem Atemzug breitete sich diese Kraft in ihrem Körper aus. Aus dem Herzen, durch die Blutbahnen erfüllte sie jeden Winkel ihres Körpers. Von dort schien der Glaube nach außen zu treten, durch die Poren ihrer Haut, und sie mit einer undurchdringlichen Schicht zu überziehen. Gesalbt vom großen Gleichgewicht. Sie fühlte sich jetzt bereit. Wie lange sie in diesem Zustand verbracht hatte, konnte sie nicht sagen.

Unruhe breitete sich im Lager aus. Der Fahnenträger rief zum Aufbruch. Zusammen mit Rina und Lesi reihte sie sich in den Zug ein. Niemand wollte den Schluss bilden und es entstanden einige kleine Rangeleien, bevor sich das Tor hinter ihnen schloss. Mera fühlte sich gewappnet und hoffte nur, dass Lesi durchhalten würde.

Der Marsch verlief ereignislos, außer Geröll und Nebel gab es nichts zu sehen. Inmitten der unendlichen Trostlosigkeit war das fluoreszierende allwissende Auge, das wie am Vortag vor ihnen herflog, die einzige optische Abwechslung. Die Monotonie der Umgebung wurde von den immer gleichen Geräuschen ihrer Schritte untermalt. Links. Rechts. Links. Rechts. Jeder Schritt brachte sie näher zu Eden.

Mera hatte das Gefühl, dass sie nicht mehr weit von der Kuppel entfernt sein konnten, als ein Schrei die Stille zerriss. Kein menschliches Geräusch, ein Kriecher, eindeutig. Die Schar marschierte schneller. Mechanisch wie Automaten versuchten sie die Reihen zu halten, keine Panik aufkommen zu lassen. Links. Rechts. Links. Rechts.

Mera verfiel wieder in ihr Mantra. Schwert und Schild. Schwert und Schild. Im Rhythmus der Schritte wiederholte sie es. Erst als der Kriecher nur ein paar Schritte von ihr entfernt war, erkannte sie ihn. Sein Körper eins mit dem Boden, ein Schatten, eine

Felsformation, nicht mehr. Nur durch seine Bewegung wurde sie sich seiner Anwesenheit bewusst. Sein Rücken bog sich in einer schlangenförmigen Bewegung, als er sich ihnen mit seinen kurzen, eng anliegenden Beinen in den Weg stellte und die Gruppe der Kinder in zwei Teile trennte.

Mera wagte nicht, zu atmen, wollte am liebsten die Augen schließen und in ihr Mantra zurückkehren. Doch dann besann sie sich. Sie war Nohans Schwester. Sie war stark im Glauben. Also blickte sie den Kriecher an und er sie. Die Augen klein und seltsam orange leuchtend, die Pupille ein schwarzer Strich. Für den Bruchteil einer Sekunde wusste sie, dass der Kriecher sie im Fokus hatte. Nur der Glaube konnte sie retten, weglaufen war zwecklos. Sie hatte gesehen, wie schnell die Kriecher über den Boden flitzten.

Schwert und Schild.

Mera atmete ruhiger, sie musste die Kontrolle über ihre Gefühle behalten. Ihr Glaube beschützte sie. Der Administrator war bei ihr.

Mera trat einen Schritt auf den Kriecher zu.

Im selben Augenblick richtete er sein Maul nach oben, die Nasenlöcher zitterten.

Mera tat noch einen Schritt.

Der Kriecher legte Gewicht auf die Hinterbeine, setzte zum Sprung an.

»Schwert und Schild«, schrie Mera, als sei dies eine magische Formel. Dabei trat sie entschlossen auf den Boden auf, bereit, dem Spuk ein Ende zu machen.

Mit einem ohrenbetäubenden Schrei stürzte der Kriecher auf sein Opfer und riss Rina zu Boden. Mera war verblüfft, dass es nicht sie getroffen hatte. Der Glaube hatte sie tatsächlich beschützt. Aber nicht ihre Freundin. Rina, deren Familie sich den Schatten zugewendet hatte.

Die anderen Kinder, die hinter ihnen abgewartet hatten, liefen nun in großem Bogen um den Kriecher und sein Opfer, froh, dass das Untier beschäftigt war. Unter ihren kläglichen Schmerzensschreien grub der Kriecher sich in Rinas Bauch, als wäre darin ein Schatz vergraben.

Lesi wollte ihrer Freundin zu Hilfe eilen, doch Mera hielt sie zurück. »Wir können nichts für sie tun«, schrie sie ihre Freundin an. »Sie war schwach im Glauben. Wir müssen weg hier.«

Lesi schluchzte laut auf, aber ließ sich dann ohne weitere Gegenwehr von Mera fortziehen. Rinas Schmerzensschreie waren bereits verstummt, wenigstens kam der Tod schnell. Der Kriecher hatte seinen Kopf tief in ihrem Oberkörper versenkt, riss einmal den Kopf hoch, um einen großen Fleischklumpen besser verschlingen zu können. Das Stück rutschte unter zuckenden Schluckbewegungen den schwarzen Hals hinab. Dann tauchte der Kriecher sein Maul wieder in den leblosen Körper, der einmal Rina gewesen war. Schon senkte der Nebel seinen Vorhang über das blutige Schauspiel.

Mera war von sich selbst überrascht – mit welcher Entschlossenheit sie dem Kriecher gegenübergetreten war. Wie entschieden und rational sie reagiert hatte, obwohl ihre Freundin vor ihren Augen zerfleischt worden war. Das musste die Kraft des Glaubens sein. Wahre Macht. Diese Macht wollte sie verstehen, beherrschen.

Als sich die Umrisse der Kuppel Edens abzeichneten, hatte sie den Gedanken weitergesponnen und eine bisher verborgene Klarheit erlangt. Rinas Schicksal war der blutige Beweis dafür, wie gefährlich Schwäche im Glauben war. Nur die Lehren des Administrators waren Wegweiser durch die Schatten. Mera erkannte die Vollkommenheit des großen Gleichgewichts. Nichts geschah ohne Grund. Der Auszug hatte ihr eine Bestimmung gegeben. Sie wollte eine eifrige Dienerin des Administrators werden. So konnte sie sich und andere Menschen durch die Dunkelheit geleiten. Wenn jeder stark im Glauben war, müsste niemand mehr so jämmerlich sterben wie Rina.

Den Rest des Rückwegs legte sie wie in Trance zurück. War es der Schock oder eine Erleuchtung? Alles zog an Mera vorbei, als sei sie ein Stein im Nebel. Die Schleuse, der Jubel, die Musik, die Freude auf den Gesichtern ihrer Eltern. Der Zusammenbruch von Rinas Mutter, als sich die Schleuse geschlossen hatte, ohne dass ihre Tochter unter den Heimkehrern war. Das gemeinsame Festmahl, die Abschiedshymne. Jetzt waren sie erwachsen, durften Familien gründen, einen Beruf erlernen.

»Ihr seid die künftigen Säulen Edens«, sagte die Hohepriesterin in ihrer Abschlusspredigt.

»Ich will Priesterin werden«, war das Letzte, was Mera ihren Eltern mitteilte, die Augenlider schwer vor Erschöpfung. Dann fiel sie in ihr Bett, verkroch sich zitternd und schluchzend unter die Decke, bevor die aufgestauten Emotionen sie niederrangen. Schwert und Schild. Trauer und Wut. Sie hatte noch einen weiten Weg vor sich.

2. Zu dienen

Eine Woche nach dem Auszug durften die jungen Erwachsenen ihre weitere Ausbildung wählen. Und Mera war endlich in der Lage, wieder zur Schule zu gehen, um dieses wichtige Ereignis nicht zu verpassen.

Die Tage nach dem Auszug waren brutal gewesen, Mera hatte ihr Bett kaum verlassen. Eine Erschöpfung des Körpers und des Geistes wurde bei ihr diagnostiziert. Und es war ihr peinlich. War sie eben nicht noch stolz darauf gewesen, mit welcher unerschütterlichen Frömmigkeit sie den Angriff des Kriechers überstanden hatte? Ihre Eltern hatten sie umhegt und gepflegt, hatten ihre Arbeitsschichten so angepasst, dass immer jemand zu Hause war. Ihre Mutter hatte ihr alte Geschichten erzählt, von Inaya, der ersten Hohepriesterin.

Inaya war es, die die Wirkung des Manas entdeckt hatte. Als die Verzweiflung nach der ersten Ankunft besonders groß war, lief sie davon, um den Streitigkeiten zu entfliehen. Wegen des Nebels übersah sie eine Felsspalte und fiel hinein. Immer weiter in die Tiefe folgte sie einer Höhle, auf der Suche nach einem Ausgang. Zuerst hörte sie ein Rauschen und fand einen unterirdischen Bach. Wasser! Ein Wunder, in dieser Kälte hätte sie höchstens auf Eis hoffen können. Außerdem entdeckte sie ein sonderbares Leuchten an den Wänden. Geflechtartige Pilze, die fluoreszierten. In diesem Moment wurde ihr klar, dass der Planet, der sie so feindlich empfangen hatte, doch Möglichkeiten für ein Überleben bot. Hoffnung für die Zukunft der Vorfahren keimte, doch immer noch war Inaya gefangen. Also setzte sie sich vor die leuchtende Wand und meditierte. Drei Tage saß sie dort, während ihr Schutzanzug seine Heizfunktion einstellte, das Licht erlosch und der Sauerstoff knapp wurde. Bereit zu sterben, verlor sie jegliche Angst. Sie erreichte einen

Zustand höchster Seelenruhe. Das große Gleichgewicht hatte sich ihrer bemächtigt. Einer Eingebung folgend, setzte sie den Helm ab. Die Kälte und die Strahlung zersetzten ihr Gesicht, die Luft war zu dünn zum Atmen. Doch Inaya starb nicht. Dann pflückte sie eine Handvoll des seltsamen Pilzes und kaute ihn. Sofort spürte sie ihre Kräfte zurückkommen. Ihre Lungen schienen jetzt selbst in der dünnen Luft genug Sauerstoff zu finden und ihr Verstand war so klar wie das Wasser des unterirdischen Baches. Das große Gleichgewicht wies ihr den Weg, erleuchtet vom Pilz. Inaya folgte dem Lauf des Wassers, bis sie zu einer Felsspalte kam, an der sie an die Oberfläche zurückkletterte. Hunderte Meter ging es nach oben, unter Aufbringung übermenschlicher Kräfte. Sie schleppte sich zurück, der Körper bereits an der Schwelle des Todes, doch ihr lebendiger Geist trieb sie voran. So brachte sie die frohe Kunde vom Wasser und vom leuchtenden Pilz in das Lager der Vorfahren, bevor sie in den Armen des Administrators verstarb. Ihr Gesicht war bereits bis zur Unkenntlichkeit entstellt, doch der Administrator sagte seine berühmten Worte: »Nie habe ich ein schöneres Lächeln erblickt. Unsterblich ist die Hoffnung, die du uns gebracht hast.«

Inaya, die erste Märtyrerin, die nach ihrem Tod zur ersten Hohepriesterin ernannt wurde. An der Stelle, an der sie das Wasser entdeckt hatte, wurde Eden errichtet. Aus dem Pilz, der später Inaya-Flechte getauft wurde, gewannen sie Mana. Die Gabe des Planeten, die ihre Vorfahren befriedete und den Bewohnern Edens ein Lächeln schenkte. Hunderte Male hatte Mera dieser Geschichte gelauscht. Doch ihre Mutter hatte das Talent, ihre Erzählungen so auszuschmücken, dass sie niemals langweilig wurden. Mera klebte an ihren Lippen, als würde sie das Ende der Geschichte noch nicht kennen.

Ihr Vater hingegen saß meist schweigend an ihrem Bett. Er hatte einen dunklen Stein von seiner Arbeit unter Tage mitgebracht. Es war eine besondere Sorte, die weich und leicht zu bearbeiten war. Oft brachte er solche Steine nach Hause und schnitzte Figuren. So auch dieses Mal. Am ersten Tag bekam die Figur ihre grobe Form. Man konnte erahnen, was Kopf und Unterkörper werden sollte. Am zweiten Tag waren bereits Arme und Beine erkennbar. Am dritten Tag folgten die Konturen des Kopfes. Und am vierten Tag ritzte er Details in den Stein, schabte und kratzte. Haare, Augen und Finger erschienen. Immer wenn Mera wach war, hielt er ihr den Stein hin, um sie den Fortschritt sehen zu lassen. Am fünften Tag überreichte er ihr die kleine Figur. »Das ist Adamon, der Kriecherschlächter. Er wird auf dich aufpassen.«

Mera betrachtete die kleine Figur mit dem strengen Gesichtsausdruck und dem mächtigen Schwert. Wobei Mera sicher war, dass er nicht mit einem Schwert auf Kriecherjagd gegangen war. Vorsichtig stellte sie den kleinen Adamon auf ihre Bettkante zu den anderen Figuren. »Danke, Papa«, hauchte sie. »Er ist sehr schön.«

Ihr Vater nickte.

»Und nun?«, wollte Mera wissen.

»Nun kommt die nächste Figur«, meinte er lächelnd und zeigte ihr einen neuen Stein. »Es gibt immer eine nächste Figur.«

Neben der Zuwendung ihrer Eltern versprach Mana Linderung. Der Arzt hatte ihr eine doppelte Ration verschrieben. So verschwanden das Zittern und die Tränen. Auch die Träume und Visionen, in denen ihr Rina erschien, klangen dank des Manas ab. Inayas Geschenk.

Mera tröstete sich damit, dass sie seit dem Auszug empfänglicher für die Seelen Verstorbener war. Sicher nicht die schlechteste Voraussetzung, um Priesterin zu werden.

Am Tag, bevor sie wieder zur Schule gehen wollte, erschien ihr Bruder. Sie konnte die aufgeregten Stimmen aus der Wohnstube hören, darunter Nohans. Ihre Eltern redeten aufgeregt auf ihn ein. Dann wurde es still und es klopfte an Meras Tür.

»Ja?«, rief sie und setzte sich erwartungsvoll auf. Ihren Bruder hatte sie gut und gerne drei Monate nicht mehr gesehen.

Die Tür wurde geöffnet und Nohan trat an ihr Bett. Erst schien er unschlüssig, doch dann umarmte er Mera.

»Ich musste gerade eine Wohnung in eurem Sektor kontrollieren«, sagte er, »da habe ich es mir nicht nehmen lassen, bei meiner kleinen Schwester vorbeizuschauen. Ich bin so froh, dass du den Auszug gut überstanden hast. Und … die Sache mit Rina tut mir leid.«

Mera war überrascht, dass er Rina erwähnte. Über die Toten zu sprechen, wenn sie schwach im Glauben waren, war nicht gerne gesehen.

»Mir geht es gut. Warum sehen wir dich kaum noch?«

»Das ist das Schicksal eines Paladins«, erwiderte Nohan. »Dafür komme ich viel rum, sehe und lerne jeden Tag Neues. Steine klopfen wie Vater, das wäre nichts für mich.«

Mera betrachtete ihren Bruder, zu dem sie immer aufgeschaut hatte. Vier Jahre älter war er, doch so viel erwachsener. Eigentlich hatte er dieselben dunklen Locken wie sie, aber seit er Paladin war, rasierte er sich den Kopf.

»Du willst also Priesterin werden?« Er nahm eine der Steinfiguren von der Bettkante in die Hand und bewegte sie zwischen den Fingern hin und her.

»Das stimmt. Ich will mein Leben dem großen Gleichgewicht widmen. Verstehen, wie alle Dinge zusammenhängen.«

»Mhm«, grummelte er. »Was genau willst du denn verstehen? Mehr Wissen kann bei manchen Menschen auch zu mehr Verwirrung führen.«

Mera antwortete nicht sofort. Wollte er sie ärgern? Immerhin war sie jetzt auch erwachsen. »So? Soll ich deiner Meinung nach lieber

Steine klopfen? Warum kannst du Paladin werden, aber ich nicht Priesterin?«

»So habe ich das nicht gemeint. Es ist kompliziert, ich will dich doch nur beschützen. Was für Fragen treiben dich denn um?«

»Bleibt alles, was wir sagen, zwischen uns?«

»Was für eine Frage, Wuschel. Natürlich.«

»Bevor Rina von den Kriechern geholt wurde, hat sie mir etwas gezeigt. Ketzerische Dinge. Und ich habe sie nicht davon abgehalten.« Trauer stieg in Mera auf. Egal wie schwach Rina gewesen war, sie war ihre Freundin gewesen. Mera vermisste sie, auch wenn das unangebracht war. »Ich möchte nicht, dass noch mehr Menschen zu Schaden kommen.«

»Wenn du willst, kann ich mir das mal anschauen, wenn ich das nächste Mal einen Einsatz in der Nähe der Pilgerstätte habe. Leider gibt es immer wieder falsche Propheten, und Irrlehren werden auch in Eden verbreitet.«

Mera erklärte ihm, wie er die Stelle finden könnte. Bevor Nohan zurück in den inneren Ring musste, schärfte er Mera ein, vorsichtig zu sein: »Rede mit niemandem über solche Dinge, nicht einmal mit unseren Eltern. Der Unterschied zwischen einem falschen Propheten, einem Ketzer und einem Mitwisser ist manchmal nur ein Wort.«

Lesi stand an der Straßenecke vor der Gebetshalle ihres Sektors und wartete auf sie. Vor dem imposanten Gebäude aus hellem Stein, wirkte sie verloren. Wie früher. So als wäre der Auszug nie geschehen, als wären sie immer noch die kleinen Mädchen auf dem Weg zur Schule. Lesi lächelte, als sie Mera sah. Sie wirkte unbeholfen, um Beherrschung bemüht.

Mera wusste, woran das lag. Als sie an der Ecke vorbeikamen, an der früher Rina auf sie gewartet hatte, spürte sie das Fehlen. Sie konnte Rinas Abwesenheit förmlich greifen, so als hätten ihr Körper und ihr Geist einen Abdruck in Raum und Zeit hinterlassen. Als stünde ihr Schatten hier und reihte sich bei ihnen ein, begleitete sie zur Schule. Wie früher. *Drei ist besser als zwei ist besser als allein.*

Die Erinnerung an Rina stand zwischen den beiden lebenden Freundinnen wie eine unsichtbare Mauer. Keine wagte es auszusprechen, und so gingen sie schweigend nebeneinanderher, bis sie das Schulgebäude aus dunklem Stahl und Stein an der Kreuzung zur Strahlstraße erreichten. Erst dann hielt Mera inne und blickte Lesi an. Auch sie schien erwachsener, das Spielerische war aus ihrem Blick verschwunden. Der Auszug hatte ihnen die Kindlichkeit ausgetrieben, den Spiegel der eigenen Vergänglichkeit vorgehalten. Sterben war plötzlich Teil des Lebens geworden.

»Wie geht es dir?«, wollte Mera wissen.

»Es geht so«, antwortete Lesi. »Ich schlafe schlecht. Ich will nie wieder auch nur einen Fuß in die Außenwelt setzen.« Mit einem Kopfnicken wies sie zur Kuppel, die den Nebel und alle Schrecken von Eden fernhielt.

»Mir geht es ähnlich«, erwiderte Mera und nahm Lesis Hand in ihre. Doch Rinas Name kam ihr nicht über die Lippen. Man sprach nicht über die Toten in Eden. Denn das führte nur zu Fragen ohne Antworten. Sie dachte daran, was ihr Bruder ihr geraten hatte. Besser ein Wort zu wenig als zu viel.

Die Glocke rief zum Unterrichtsbeginn. Sie lächelten sich aufmunternd zu und gingen ins Gebäude. Auch unter ihren Mitschülern konnte Mera eine neue Ernsthaftigkeit erkennen, die ihnen ins Gesicht geschrieben stand. Keine Streitigkeiten, kein Kichern. Keine Kinder waren hier, sondern junge Erwachsene. Und ein paar leere Sitzplätze.

Nur ihre Lehrerin sah aus wie immer, lächelte und beglückwünschte die Kinder zum bestandenen Auszug. »Diese zwei Tage haben euch geprägt und ihr werdet euch für den Rest eures Lebens daran erinnern. Eine Lektion, die ihr nicht durch das Lesen von tausend Büchern lernen könntet! Doch lasst uns zunächst beten.«

Die Klasse erhob sich und blickte zum Bild des Administrators, das hinter der Lehrerin an der Längsseite des Raumes angebracht war. Ein goldumrahmtes, bärtiges Gesicht mit dem gütigen, allwissenden Lächeln und den durchdringenden Augen. Er schien sie zu beobachten, zu urteilen. Gleichzeitig verströmte sein Abbild ein Gefühl von Sicherheit.

Nach dem Morgengebet war es so weit. Die Lehrerin Frau Umaya verteilte die Abschlusszeugnisse.

»Eure Gesamtnote errechnet sich aus den einzelnen Fächern. Aber auch die Glaubenspunkte, die im Tempel ermittelt wurden und euer Betragen beim Auszug spielen eine Rolle«, erklärte die Lehrerin, während sie Mera lächelnd zunickte.

»Hier an der Wand seht ihr die verschiedenen Ausbildungswege, die euch offenstehen. Gleicht eure Noten damit ab und tragt dann euren Ausbildungswunsch bei mir ein.«

Mera wusste, dass die meisten jungen Menschen in den vertikalen Feldern oder den unterirdischen Pilzfarmen arbeiten würden. Häuser bauen oder ausbessern. In den großen Kantinen kochen, abwaschen oder bedienen. Seltener waren Stellen in der Verwaltung. Doch die begehrtesten Plätze waren die Ausbildung zur Priesterin für Mädchen und die Ausbildung zum Paladin für Jungen. Dafür wurde die Bestnote benötigt. Denn beides waren Kämpfer des Glaubens. Priesterinnen sorgten dafür, dass der Glaube im Volk stark war und im Sinne des Administrators ausgelegt wurde. Paladine wie ihr Bruder sorgten für die Verteidigung des Glaubens nach innen und nach außen. Die Priesterinnen wurden in der Tempelschule ausgebildet, während die Paladine in der Kaserne ihr Handwerk erlernten. Nach Vollendung der Ausbildung hatten sie die

Chance, auserwählt zu werden und im Tempelbezirk, im inneren Ring zu dienen. Es war eine große Ehre, dem Administrator so nahe zu sein.

Während die Lehrerin die ersten Zeugnisse verteilte, stellte sich Mera das Leben dort vor. Goldene Mauern, dem Trubel des äußeren Rings entrückt. Schöne, kluge Menschen, die im Glauben wetteiferten. Unerschöpfliches Wissen, Antworten auf alle Fragen. Verborgene Weisheiten, die der Administrator mit ihnen teilte. Kein Warum mehr.

Als die Lehrerin den Bogen Papier vor ihr auf den Tisch legte, wagte Mera kaum, einen Blick darauf zu werfen. Das Zeugnis war golden umrandet, ein kleines allwissendes Auge zierte den Kopfteil. Mera war immer eine fleißige Schülerin, ihre bisherigen Zeugnisse waren tadellos gewesen. Wie hatte sich ihr Verhalten während des Auszuges auf ihre finale Bewertung ausgewirkt? Schnell überflog sie den oberen Teil. Wieder hatte sie die volle Punktzahl in den dort aufgeführten Bereichen: Lesen, Schreiben, Rechnen, Hymnen, Gemeinschaftskunde, Geschichte, Regelkunde, Studien zum großen Gleichgewicht. Volle Glaubenspunkte; sie war zur Priesterinnenschule zugelassen! Beinahe hätte Mera vor Freude aufgeschrien. Sie musste nicht zur Wand, an der ihre Mitschüler und Mitschülerinnen eifrig ihre Ergebnisse verglichen. Stattdessen ging Mera direkt zum Pult der Lehrerin, die bereits die richtige Seite im Ausbildungsbuch für sie aufgeschlagen hatte. In goldenen Lettern stand ›Priesterinnenschule‹ dort geschrieben. Mit geschwungenen Buchstaben trug Mera ihren Namen ein.

»Herzlichen Glückwunsch«, sagte Frau Umaya. »Ich bin zwar nicht überrascht, aber wir sind froh, dass du dich auch für diesen Weg entschieden hast. Ein Paladin und vielleicht bald eine Priesterin – deine Eltern werden unglaublich stolz sein. Der Administrator sei mit dir, Mera.«

»Danke, Frau Umaya. Möge der Administrator auch mit Ihnen sein.«

Beflügelt von ihrem Erfolg verließ Mera den Trubel des Klassenzimmers. Zwar war sie noch nicht am Ziel, doch sie spürte, wie das große Gleichgewicht alles zusammenfügte. Drei Jahre Priesterinnenschule lagen nun vor ihr. Es würde sicher nicht leicht werden, aber nach dem Auszug fühlte sie sich für jede Herausforderung bereit.

Das war ihre Chance in den inneren Ring erwählt zu werden. Ihr Weg zu umfassendem Wissen und tiefem Glauben. Die Euphorie ließ Mera lächeln und sie konnte es kaum erwarten, es ihren Eltern zu erzählen.

Nach und nach kamen weitere Mitschüler aus dem Unterrichtsraum und schließlich erschien Lesi. Deren Gesichtsausdruck nach zu urteilen, hatte sie kein gutes Zeugnis bekommen. »Und?«, wollte Mera wissen.

»Ich habe mich für die Priesterinnenschule eingetragen«, gab Lesi zurück.

»Aber das ist doch fantastisch!«, rief Mera. »Ich auch! Wir können zusammen Priesterinnen werden.«

Lesi lächelte bemüht, während sie noch ein paar Stifte und Unterlagen einpackte. Erst vor dem Schulgebäude sprach sie wieder. »Ich bin mir nicht sicher, ob ich Priesterin werden will. Das ist der Wunsch meiner Eltern.«

»Was?« Mera war erstaunt.

»Ich meine, es ist sicher großartig, zu predigen und sich ganz dem Glauben widmen zu können. Aber ich würde meine Familie vermissen«, erklärte Lesi. »Ich bin zufrieden mit dem Leben im äußeren Ring.«

»Aber deine Familie wäre unglaublich stolz auf dich. Alle würden deine Eltern beneiden.«

Mera hakte sich bei Lesi ein und die beiden machten sich auf den Heimweg.

»Ich werde dich schon noch überzeugen«, meinte Mera. »Du weißt, ich kann sehr hartnäckig sein. Und ich hätte dich so gerne dabei im inneren Ring. Stell dir vor, wie viel Gutes wir tun könnten. Vielleicht musst du erstmal anfangen und der Eifer kommt dann von selbst.«

»Wahrscheinlich«, meinte Lesi kühl. »Aber erst mal habe ich Hunger.«

Gemeinsam schlenderten sie zur Strahlstraße, dem dritten Strahl, einem der vier Hauptwege, die vom äußeren bis zum inneren Ring führten. Von oben sah die Stadt aus wie eine Sonne, und der Tempel war das glühende Zentrum. Mera stellte sich gerne vor, wie die Wärme von dort nach außen strahlte. Je näher man der Mitte war, desto wärmer wurde es.

Es war Mittagszeit, dementsprechend geschäftig war es auf der Straße. Schulkinder und Arbeiter strömten in die Kantinen und die kleinen Imbisse, die die Straße säumten. Eine Mischung aus vertrauten Geräuschen und Gerüchen erfüllte die Luft.

Mera kannte nichts anderes, ihr ganzes Leben hatte sich bis jetzt in diesem Sektor zwischen dem zweiten und dritten Strahl abgespielt. Natürlich hatte sie auch die anderen Sektoren besucht, doch diese waren ähnlich aufgebaut. Dreistöckige Gebäude aus mattem Stahl, deren Fundamente direkt aus dem dunklen Gestein gehauen worden waren. Tatsächlich sahen sich die Straßen derart ähnlich, dass man sich an den Schildern oder einzelnen Läden orientieren musste, um sich zurechtzufinden. Die ordentlichen, sauberen Fassaden waren ebenso praktisch wie schmucklos. Auflockerung boten lediglich einige Wimpel und Fahnen, die je nach Jahreszeit und anstehender Festivität wechselten. Das große Gleichgewicht vermied Extreme und strebte nach einer möglichst großen Mitte. Diese

Schlichtheit zeigte sich neben der Architektur auch in der Kleidung der Bewohner Edens. Starke Gefühle waren nur in der Form von Frömmigkeit erwünscht. Dementsprechend fand man Glanz nur an Orten des Glaubens wie den Versammlungshallen und natürlich dem Tempel selbst.

Mera und Lesi reihten sich vor ihrem Lieblingsimbiss ein und bestellten zwei Schüsseln Schmeckerlinge, gefüllte Teigtaschen, die dampfend heiß in einer kräftigen Suppe serviert wurden. Damit setzten sie sich an einen kleinen Tisch neben den Eingang, mit Blick auf die Straße.

»Was meinst du, welche Ausbildung Eron wohl ausgesucht hat?«, wollte Lesi wissen.

Mera kaute bereits auf dem ersten Schmeckerling. »Eron? Für mehr als die vertikalen Felder wird es nicht reichen, fürchte ich. Der Klügste ist er ja nicht.«

Lesi verzog den Mund und warf Mera einen strafenden Blick zu.

»Interessierst du dich etwa für Eron?«, fragte Mera. Sie hatte gehört, dass nach dem Auszug der Fortpflanzungstrieb erwachen konnte. Bei sich selbst hatte sie dies noch nicht feststellen können. Jungs waren für sie einfach nur seltsamere Mädchen.

»Nicht so«, meinte Lesi und errötete. »Ich denke einfach, er ist nett.«

Mera steckte sich einen weiteren Schmeckerling in den Mund und biss ihn mit den Vorderzähnen entzwei, damit die köstliche Füllung herauslief. Sie stellte sich vor, wie Lesi und Eron sich umarmten und dann ein Kind bekamen, das aussah wie eine Mischung aus beiden. Eine absurde Vorstellung, Mera musste unwillkürlich lachen.

Bevor Lesi reagieren konnte, ertönten Rufe von der Straße. Menschen drängten sich dort zusammen und bildetet eine Gasse, als gäbe es einen Umzug. Lesi und Mera blickten sich fragend an.

Heute war kein Fest, das wussten sie. Ohne ein weiteres Wort zu wechseln, traten sie zum Eingang und zwängten sich zwischen ein paar Schaulustigen hindurch. Dann sahen sie die kleine Gruppe, der die Aufmerksamkeit galt.

Zwei Ketzer, erkennbar an den schwarzen Büßerkutten und den verklebten Mündern, wurden von vier Paladinen die Strahlstraße entlang zum großen Tempel geführt. Dort würden sie ihre gerechte Strafe erhalten. Während die Gruppe langsamen Schrittes näher kam, wurden die Ketzer von den Passanten mit Schmähungen bedacht. »Ungläubige«, »Abschaum« und »Möge der Administrator sie strafen!« waren die häufigsten Rufe.

Es hatte schon länger keine öffentliche Bestrafung mehr gegeben. Zu sehr waren die meisten Bewohner dem großen Gleichgewicht verpflichtet, Verfehlungen waren selten. Umso aufregender war es, so etwas mit eigenen Augen zu sehen. Gleichzeitig spürte Mera Wut in sich aufsteigen. Es war ihr unverständlich, wie jemand gegen Seine Heiligkeit aufbegehren und das große Gleichgewicht gefährden konnte. Schließlich wurde nicht viel von den Leuten verlangt, im Gegenzug bekamen sie alles. Am liebsten hätte Mera ihre dampfende Schüssel genommen und über die Ketzer geschüttet.

Sie atmete durch. Selbstbeherrschung. Dafür stimmte sie in ein paar Buhrufe ein und reckte ihre Faust drohend zum Himmel. Sollten die Ketzer die Wut der Bewohner von Eden spüren, sollte die Furcht in ihre Knochen kriechen!

Als die Ketzer an Mera und Lesi vorbeigetrieben wurden, verstummte Mera abrupt. Unter den Kappen erkannte sie Rinas Mutter und Vater. Rinas Mutter schien sie direkt anzublicken. Sie hatte etwas Anklagendes im Blick, Tränen in den Augen. Nohan! Hatte er Rinas Eltern ausgeliefert?

Erinnerungen erwachten in Mera. Seit frühester Kindheit kannte sie Rinas Familie. Unzählige Male hatte sie dort gespielt, gegessen.

Rinas Mutter hatte ihnen besondere Nudeln gemacht, in Sternenform. Hatte sie getröstet, hatte ihr die aufgeschlagenen Knie verbunden. Diese stille, gutmütige Frau war also eine Ketzerin. Den Mund verklebt, damit ihre giftigen Worte kein Unheil mehr anrichten konnten. Kein Wunder hatten sie ihre Tochter zu diesem seltsamen Ort in der Sternenfähre geschickt. Bei der Kuppel, ohne die ketzerischen Eltern wäre Rina noch am Leben!

Schon war die unheilige Prozession weitergezogen. Lesi schien unschlüssig, ob sie dem Spektakel weiter folgen sollte. »Ich glaube, ich möchte das nicht sehen«, meinte sie bedrückt.

Mera nickte nur. Sie machte sich bereit, der Menge zu folgen. »Wir sehen uns später.« Wenn sie Priesterin werden wollte, musste sie Widersprüche aushalten, Zweifel erkennen und mit der Logik des Glaubens auslöschen. Sie wollte alles verstehen. Woher kamen diese ketzerischen Gedanken?

Während die Mauern des inneren Ringes sichtbar wurden, über denen der Tempelbezirk thronte, schlossen sich mehr und mehr Menschen an. Denn eine Verurteilung war neben den Feierlichkeiten eine willkommene Abwechslung vom monotonen Alltag.

Als sie schließlich im Vorhof des Tempels ankamen, war die Menschenmenge auf ein paar Hundert angewachsen und Mera hatte Rinas Eltern aus den Augen verloren. Der mächtige Vorhof war auf drei Seiten von einer hohen, steinernen Mauer begrenzt, deren oberste Steinreihe mit goldenen Wellenmustern verziert war. Auf der zum Tempel gelegenen Mauerseite befand sich die Brüstung der Tribüne, von der das Urteil verkündet werden würde.

Der tiefe Ton des Horns ließ die Menschenansammlung verstummen. Die Hohepriesterin erschien hinter der Balustrade.

»Kinder von Eden«, rief sie mit ihrer durch Tausende Predigten erprobten Stimme, laut und fest, jeden Winkel des Vorhofes erfüllend. »Verneigt euch vor dem Allwissenden. Dem Administrator.«

Hunderte Augenpaare blickten ehrfurchtsvoll zu Boden, die Rücken in leichter Verbeugung.

»Erhebt euch«, befahl die unverwechselbare Stimme des Administrators. Ein tiefer, durchdringender Donner, der in allen Seelen Widerhall fand.

Gebannt blickte das Publikum nach oben, wo der Administrator nun stand. Zwar befand Mera sich weit entfernt von ihm, doch selbst von hier konnte sie sein markantes Gesicht gut erkennen. Die unzähligen Abbildungen in Eden gaben ihn treffend wieder, doch in seiner leibhaftigen Erscheinung war er noch ehrfurchtgebietender. Der Kopf steckte unter einer spitzen Kapuze, Teil seiner rotgoldenen Robe. So stand er dort über den Menschen von Eden, um zu richten und sie an seiner Weisheit teilhaben zu lassen. Strafen heißt Lehren, hieß es im Buch »Das große Gleichgewicht.« Verurteile einen, erziehe hundert.

»Daera und Maron aus dem dritten Sektor«, begann der Administrator sein Gericht, »ihr seid heute hier, weil ihr gegen die Regeln Edens verstoßen habt. Ihr habt aufrührerische Gedanken in Wort und Schrift verteilt. Damit seid ihr abtrünnig gegenüber dem Glauben geworden und habt gegen das große Gleichgewicht verstoßen. Unsere Regeln sind eindeutig. In Eden gibt es keinen Platz für Ketzer. Kenne deinen Platz oder gehe. Deshalb werdet ihr mit sofortiger Wirkung verbannt, die Paladine werden euch zur Schleuse bringen. Möge euer Leben nicht umsonst gewesen sein, indem euer Schicksal allen anderen eine Lehre sei!«

Das Horn wurde zweimal geblasen, das Publikum verneigte sich und der Administrator verschwand. Genauso schnell, wie sie gekommen war, machte sich die Gruppe nun auf zur Schleuse am anderen Ende der Strahlstraße. Mera folgte dem Trubel zunächst, löste sich dann aber von der Menge.

Das Ende wollte sie nicht sehen. Eine Verbannung endete oft damit, dass die Verurteilten unter Gewalt nach draußen gebracht wurden. Kein schöner Anblick. Einer der Jungen aus ihrer Klasse hatte ihr erzählt, dass einige Kinder beim Auszug sterbliche Überreste der Ketzer vor der Schleuse entdeckt hatten.

Statt der Menge zu folgen, bog Mera vor dem Ende der Strahlstraße in eine kleine Seitengasse ab, an der Stelle, an der Rina vor der Schule immer auf ihre Freundinnen gewartet hatte. Hier waren nur Wohnhäuser und Mera stieg die Treppe in den zweiten Stock zur Wohnung von Rina und ihren Eltern hinauf. Es war still. Die meisten Bewohner waren bei der Arbeit oder folgten dem Spektakel. Kurzentschlossen prüfte Mera, ob die Wohnung offen war, doch die Tür war verschlossen. Sie ärgerte sich über ihre eigene Neugier. Was wollte sie überhaupt hier? Jennifer Yao – was bewegte Menschen dazu, ihre ganze Existenz aufs Spiel zu setzen, um falschen Propheten zu folgen?

»Kann ich dir helfen, mein Kind?«, erklang es hinter ihr.

Mera fuhr erschrocken herum. Eine alte Frau blickte aus der halb geöffneten Wohnungstür gegenüber. In Gedanken fischte Mera nach einer Ausrede, während ihre Ohren glühten.

»Ich bin eine ehemalige Schulfreundin von Rina. Ich wollte nur mal nach ihren Eltern sehen, nachdem … Sie wissen schon.«

»Oh mein Kind, da hast du einen schlechten Zeitpunkt gewählt. Die Eltern sind vorhin wegen Ketzerei abgeführt worden. Kann man sich das vorstellen? Bei uns im Haus. Schreckliche Zeiten sind das.«

Mera spielte überrascht. »Oh nein, was ist denn passiert?«

»Nun ja. Seitdem ihr Kind nicht vom Auszug zurückgekommen ist, waren sie nicht mehr dieselben. Und vor ein paar Tagen haben sie dann angefangen, nachts Plakate aufzuhängen und niederträchtige Gerüchte zu verbreiten.«

»Tatsächlich? Das hätte ich ihnen nicht zugetraut.«

»Ich auch nicht«, pflichtete die alte Frau ihr bei. »Wir waren so lange gute Nachbarn. Eine ganz nette Familie war das. Aber du weißt doch, wie es heißt: ›Ein Kriecher in Priesterinnenrobe ist immer noch ein Kriecher.‹ Sie waren schwach im Glauben. Ja. Deshalb haben sie ihre Tochter verloren und nun ihr eigenes Schicksal besiegelt.«

Mera nickte nur. Doch das genügte ihr nicht als Antwort.

»Aber wenn du mich fragst«, meinte die alte Frau verschwörerisch flüsternd, »steckt ein falscher Prophet dahinter. Giftige Gedanken kommen nicht aus dem Nichts. Selbst das kleinste Rinnsal wird von einer Quelle gespeist.«

Mera nickt zustimmend. In der Tat war es nur logisch, dass die Schwäche im Glauben die ganze Familie verdorben hatte. Aber wie hatte das angefangen? Wie konnte ein falscher Prophet eine ganze Familie in den Abgrund reißen?

»Wissen Sie denn, was für Lügen die beiden verbreitet haben?«

»Bei der Kuppel!«, gab die alte Frau erschrocken zurück und blickte sich um. »So etwas Schändliches möchte ich nicht wiederholen. Sie haben wohl den Auszug in Zweifel gezogen und die Regeln von Eden infrage gestellt. Wirres Ketzerzeug. Du solltest jetzt besser nach Hause gehen.«

Ohne sich zu verabschieden, ging die alte Frau in ihre Wohnung zurück; die Verriegelung erklang.

Mera blickte noch einmal auf Rinas Wohnungstür, durch die sie früher so oft hindurchgetreten war. Schon bald würde hier eine andere Familie wohnen. Rina und ihre Eltern hatten einfach aufgehört zu existieren. Noch ein paar Tage würden ihre Namen hinter vorgehaltener Hand geflüstert werden, doch außer ein paar blanken Knochen auf nacktem Fels in der Außenwelt, wären sie bald verschwunden.

Den Rest des Nachmittages verbrachte Mera zu Hause. Sie vertiefte sich in »Das große Gleichgewicht«, versuchte ihre Gedanken zu ordnen, sich einen Reim auf das Erlebte zu machen. Rina und ihre Eltern waren bis zum Auszug völlig unauffällig gewesen. Mera hätte ihrer Freundin blind vertraut. Wie viele dieser verirrten Seelen weilten noch unter ihnen in Eden? Warum waren sie dem allwissenden Auge entgangen?

»Zweifel sind wie Nebel für den Glauben. Sie lassen uns den Weg aus den Augen verlieren, trüben unseren Blick. Zweifel sind das Einfallstor für falsche Propheten. Zweifel sind wie eine dunkle Flamme. Sie wachsen, je mehr Fragen wir stellen. Fragen ohne Antworten sind wie Schatten ohne Licht. Nichts Gutes kann aus ihnen erwachsen. Das große Gleichgewicht ist die Antwort auf alle Fragen. Zweifle nicht und frage nicht, was schon gefragt wurde.«

Mera war froh, als sie die schweren Schritte ihres Vaters im Flur hörte. Er ging direkt in den Waschraum, um sich vom hartnäckigen Staub der Minenarbeit zu befreien. Kurz darauf erklang das hastige Getrippel ihrer Mutter. Eine gerufene Begrüßung, ein kurzes Pausieren auf ihrem Sessel in der Stube. Kurz darauf das Scheppern von Töpfen aus der Küche. Mera wusste bei jedem Geräusch und jedem Moment der Stille, was ihre Eltern gerade taten. Vertraute Geräusche, die Halt gaben. Wie gerne hätte sie mit ihren Eltern über ihre Zweifel gesprochen. Doch Warum-Fragen waren sinnlos. Genauso hätte sie fragen können, warum Mutter kochte und warum Vater Steine klopfte. So war es eben in Eden. Das waren die ihnen zugewiesenen Plätze. Als Priesterin, so hoffte sie, würden sie keine Fragen ohne Antwort stellen. Dann würde sie verstehen, was sie bis jetzt nicht begriffen hatte.

Ihre Eltern freuten sich über die Nachricht, dass Mera die Möglichkeit hatte, Priesterin zu werden.

»Erst ein Paladin, und jetzt vielleicht noch eine Priesterin. Der Administrator meint es gut mit uns«, sagte ihre Mutter.

In dieser Nacht hatte Mera einen tiefen, traumlosen Schlaf. Berufen zu sein, war der erste Schritt zum Gleichgewicht. Zu dienen, war eine Ehre.

3. Entbehrlichkeit

Mera legte zum ersten Mal die Robe an und betrachtete sich stolz im Spiegel. Ein anderer Mensch, eine Novizin, blickte ihr entgegen. Der weiße Stoff war weicher und leichter als alle Kleidung, die sie bisher getragen hatte. Nur die Ärmel und der Kragen waren grau – komplett weiße Roben waren den Priesterinnen vorbehalten. Eine erste Kostprobe eines besseren Lebens. Der Beginn einer Metamorphose, an deren Ende sie zu einer rechtschaffenen Dienerin Seiner Heiligkeit würde.

Nicht nur sie selbst schien sich durch das Anlegen der Robe zu verwandeln, auch die Passanten begegneten ihr anders. Wenn Lesi und Mera zum Priesterinnenseminar gingen, bemerkten sie die verstohlenen Blicke, das Senken der Stimmen und wie respektvoll man ihnen aus dem Weg ging.

Zehn Novizinnen gab es in diesem Jahrgang, die Ausbildung wurde durch die Hohepriesterin Adlina höchstselbst begleitet, die dafür regelmäßig aus dem Tempelbezirk zu ihnen kam. Bis auf das Morgengebet und die gemeinsame Einnahme des Manas erfolgte der Unterricht getrennt nach den drei Jahrgängen.

Adlina hatte am ersten Tag bereits die Erwartungshaltung beschrieben: »Die Aufgaben in Eden sind mannigfaltig. Im Priesterinnenseminar werden euch die verschiedensten Tätigkeiten des Glaubens nähergebracht und zum Ende eurer Ausbildung werdet ihr – je nach den gezeigten Fähigkeiten – helfen, das große Gleichgewicht zu bewahren. Die meisten von euch werden ihren Dienst im äußeren Ring beim Volk als Lehrerin, Bestatterin oder Gebetsfrau verrichten. Denn dort gibt es viel zu tun. Einige wenige haben die große Ehre, zu uns in den inneren Ring zu wechseln, um am Schoße des Administrators als Priesterin zu leben und zu dienen.«

Den Großteil ihrer Ausbildung verbrachten die Novizinnen damit, Hymnen und Texte zu rezitieren. In einem weiteren Unterrichtsblock wurde geübt, kritische Fragen korrekt zu beantworten. Dazu wurde ein Kreis gebildet und die Novizin in der Mitte wurde reihum mit möglichst schwierigen Fragen konfrontiert, die aufeinander aufbauten.

»Worauf basiert das Leben in Eden?«

»Auf dem großen Gleichgewicht!«

»Wie wird das große Gleichgewicht erreicht?«

»Indem wir den Lehren des Administrators folgen!«

»Was verlangt der Administrator von uns?«

»Unseren Platz zu kennen!«

»Was geschieht, wenn man seinen Platz verlässt?«

»Ungleichgewicht entsteht!«

Dabei ging es darum, so schnell wie möglich zu antworten. Wer zögerte, musste den Kreis verlassen. Wer gut war, konnte Hunderte Antworten aneinanderreihen. Und Mera war gut.

»Ihr müsst die Antwort nicht nur wissen, ihr müsst sie fühlen. Frage und Antwort gehören zusammen, sie sind zwei Aspekte desselben«, erklärte Adlina ihnen. »Kein Grübeln, kein Zweifeln. Es gibt nur die eine wahre Antwort, sie muss nur ausgesprochen werden. Das Antworten sollte so natürlich geschehen wie das Atmen.«

Neben der Vermittlung der theoretischen Grundlagen, gab es verschiedene Aspekte der praktischen Tätigkeiten zu lernen: Arbeit im Hospiz, als Lehrerin oder in der Tugendwache.

An diesem Nachmittag war Mera mit Yumi aus dem dritten Ausbildungsjahr für den Tugendwächterdienst eingeteilt. Yumi war zwar nur zwei Jahre älter, jedoch fast einen Kopf größer als Mera. Außerhalb des Priesterinnenseminars wirkte sie streng und unnahbar, doch für ihre Mitnovizinnen hatte sie immer ein warmes Lächeln übrig.

Die Tugendwacht war für Mera der schönste Teil der Ausbildung, da sie Eden erkunden konnte. Jede Zweiergruppe bekam einen Straßenzug zugeteilt. Das Wichtigste dabei war, den Bewohnern die Omnipräsenz des Administrators zu demonstrieren. Ein Hemd mit einem aufgestickten allwissenden Auge verdeutlichte ihre Aufgabe.

»Ihr seid die Augen und Ohren des Administrators im Volk.«

Schlechten Gewohnheiten, Gerüchten und Aberglauben sollten durch die Präsenz der Tugendwache kein Raum gegeben werden.

Yumi zückte ihre Notizen und deutete auf eine Reihe dreistöckiger Wohnhäuser. »Hier vorne kontrollieren wir.«

»Was genau sollen wir dort tun?«, wollte Mera wissen.

»Akuna. Eine alte Frau. Ungebührliches Verhalten. Wir prüfen, ob es noch etwas zu beanstanden gibt.«

»Was hat sie denn getan?«, erkundigte sich Mera, während sie die Treppen zum zweiten Stock hinaufstiegen.

Yumi stoppte vor einer Wohnungstür. »Wir kontrollieren ihre Kleidung und ihre Wohnung. Wenn uns etwas Verdächtiges auffällt, machen wir Meldung. Schau mir einfach zu und lerne.«

Yumi klopfte und eine kleine Frau mit ergrautem Haar öffnete die Tür. Mera schätzte sie auf fünfzig Jahre. Ihr Gesicht war seltsam wächsern, so als ob ihr die Gesichtszüge eingefroren wären. Das Lächeln wirkte schmal und aufgesetzt. Nur die sich ständig bewegenden Augen verrieten eine nervöse Anspannung.

»Akuna aus dem zweiten Sektor?«

»Ja, das bin ich.« Akuna räusperte sich und senkte den Blick, als erwarte sie eine Bestrafung.

»Wir sind Novizinnen und heute als Tugendwächter im Auftrag des Administrators unterwegs. Unsere Schwestern haben dich bereits letzte Woche besucht. Dürfen wir hereinkommen?«

Akuna nickte und Mera folgte Yumi in die kleine Wohnung – ein zweckmäßiger Raum mit wenigen persönlichen Gegenständen und einem kastenähnlichen Bett unter dem Fenster. Mera hatte dank ihrer Ausbildung schon verschiedenste Haushalte besuchen dürfen. Wohnungen wurden je nach Lebenssituation vergeben. Alleinstehende Menschen in Eden lebten so wie Akuna.

Yumi ging zu einem kleinen Tisch, auf dem ein paar Bücher lagen. Prüfend blätterte sie in einem. »Wo ist deine Ausgabe von ›Das große Gleichgewicht‹?« Ihre Stimme hatte etwas Anklagendes.

»Gleich hier«, entgegnete Akuna kaum hörbar. Unterwürfig holte sie ein Buch aus einem Regal und hielt es mit beiden Händen empor wie einen Schild, als wolle sie Yumis Fragen abwehren.

Diese grummelte nur »mhm« und wandte sich dann dem Abbild des Administrators zu. »Ist in Ordnung. Hängt gerade und ist sauber. Hast du heute schon gebetet?«

»Natürlich.«

Als Nächstes trat Yumi zum Wandschrank. Mit der Hand ging sie die wenigen Kleidungsstücke durch, die dort hingen.

Mera bewunderte, wie souverän Yumi sich in einem fremden Haus bewegte und die Dinge anderer Menschen mit einer Selbstverständlichkeit durchsuchte, als wären es ihre eigenen.

»Alles in Ordnung«, meinte Yumi zufrieden, um sich dann an Mera zu wenden: »Akuna hat sich unangemessen gekleidet. Sie hat Dekorationen des Lichterfestes zweckentfremdet und sich eine bunte Robe geschneidert. Zum Glück haben die Nachbarn schnell reagiert und die Tugendwache informiert. Das große Gleichgewicht duldet keine Extreme. Wer sich von der Masse abhebt, entfernt sich von der Mitte. Auffallen heißt sich über andere zu erheben. Es mag nur ein buntes Kleidungsstück sein – doch durch Neid und Wetteifer können noch die kleinsten Ungleichheiten einen Keil in unsere Gemeinschaft treiben.«

Akuna stand schweigend neben ihnen, den Kopf immer noch gesenkt. Obwohl sie Yumis Großmutter hätte sein können, fügte sie sich wie ein kleines Kind.

»Akuna hat auch vergessen, ihr Mana zu sich zu nehmen. Aber das haben wir wieder in den Griff bekommen. Nicht wahr?«

»Ja.«

»Sehr gut. Dann werde ich berichten, dass Akuna auf dem Weg der Besserung ist. Lass dich nicht mehr vom Pfad der Mitte abbringen, dann kannst du deine Glaubenspunkte verbessern. Aber noch so ein Ausrutscher und du wirst entbehrlich. Und das wollen wir doch nicht, oder?«

»Nein, ich will nicht entbehrlich sein.«

»Sehr schön. Dann sind wir hier fertig. Der Administrator sei mit dir!«

»Und mit euch!«

Als sie die Straße entlanggingen, fragte Mera: »Was wäre passiert, wenn Akuna weiterhin auffällig gewesen wäre?«

»Dann hätten wir Meldung machen müssen. Der Tempel würde sie als entbehrlich markieren, eine letzte Warnung. Weniger Nahrung, mehr Arbeit.«

»Und wenn das nicht hilft?«

»Dann geht es in die Schattenkammer«, erklärte Yumi mit finsterer Miene.

Mera stockte, während eine Gruppe kleiner Kinder ihr Ballspiel einstellte, um den beiden Platz zu machen. Ein kleiner Junge mit verstrubelten Haaren hielt den Ball in seinen Händen und sah sie mit großen Augen an.

Erinnerungen an ihre Kindheit zogen vorbei. Mera und Nohan beim Spielen. »Kriecher, fang mich doch« und »Finde den Ketzer.« Kinder seien Gefäße, hatte die Hohepriesterin in einer der ersten

Unterrichtsstunden erzählt. Sie müssten ständig mit den Lehren befüllt werden, sonst würden sie hohl werden und gerieten aus der Form. Der Auszug sei der Test, ob das Gefäß solide genug sei. Ein kleiner Riss genüge, um bei der ersten Glaubensprobe in tausend Scherben zu zerbersten. Bei dem Gedanken daran, wie der kleine Junge sich einmal beim Auszug schlagen würde, drehte sich Mera der Magen um. Wie konnte sie nur all die Menschen beschützen?

»Geht es dir gut?«, fragte Yumi.

Mera war stehen geblieben. »Ja. Also, was sind Schattenkammern?«

Die beiden Novizinnen setzten ihren Weg fort und die Kinder nahmen ihr Spiel wieder auf.

»Schattenkammern sind Zellen unterhalb des Tempels, tief unten im Fels. Dorthin werden Ketzer und andere Sünder verbracht, zum Verhör oder als Strafe. Sie sagen, es ist so dunkel, dass die Augen verkümmern. In totaler Dunkelheit und Stille bricht manchmal zuerst der Verstand, manchmal der Wille.«

»Bei der Kuppel!«

»Aber das kommt nur sehr selten vor. In den allermeisten Fällen reicht eine Ermahnung.«

Mera saß beim Frühstück mit ihren Eltern, als es an der Tür klopfte. Das am Morgen gelieferte Mana hatten sie bereits eingenommen, weshalb ihre Eltern einen überraschten Blick austauschten. Ihr Vater öffnete die Tür einen Spalt.

Nachdem er ein paar Worte mit dem unerwarteten Besucher gewechselt hatte, trat dieser in die Wohnung. Ein junger Mann mit kurzem schwarzen Haar und einer auffälligen weißen Stelle darin, wie ein Klecks Farbe. Seine hellen Augen standen im Kontrast zu seinem dunklen Teint. Er trug die dunkelblaue Kleidung der Paladine und vor der Brust hielt er ein gerahmtes Bild ihres Bruders.

Kurz war es still im Raum, nur der Dampf des Flechtentees ihrer Mutter waberte gemütlich zur Decke.

»Mein Name ist Adteran.« Er räusperte sich. »Ich darf Ihnen die frohe Kunde bringen, dass Adnohan, Ihr Sohn und Bruder, zu einem Märtyrer geworden ist. Im Dienste des Administrators hat er seine sterbliche Hülle gegeben. Seine unsterbliche Seele wird heute in der Halle der Märtyrer bestattet.«

Mera fühlte, wie sie auseinanderbrach. Nohan! Sie schrie auf, raufte sich die Haare und ließ ihren Tränen freien Lauf.

Ihre Eltern dagegen waren seltsam gefasst, als hätte man ihnen belanglosen Tratsch aus der Nachbarschaft überbracht und nicht die Nachricht vom Tod ihres eigenen Sohnes. Die Augen ihrer Mutter wurden feucht, doch sie sagte nur: »Was für eine große Ehre.«

Ihr Vater nahm das Bild entgegen und betrachtete das Gesicht seines Sohnes. »Ich wusste, dass er für Großes bestimmt ist.«

Mera spürte die Hand ihrer Mutter durch ihr Haar streicheln.

»Weine nicht, Mera. Das ist ein Tag der Freude, nicht der Trauer.«

Als der Paladin wieder verschwunden war, rührte ihre Mutter eine zweite Ration Mana in ihren Tee, trank diesen in einem Zug aus und verschwand dann im Schlafzimmer.

Ihr Vater stand verloren vor dem Bild. »Das sollten wir besser über den Esstisch hängen.«

Mera beobachtete verständnislos die Reaktion ihrer Eltern. Sie wickelte eine Haarlocke so fest sie konnte um ihren Zeigefinger, drehte immer weiter. Würde zuerst das Haar reißen oder das Fingergelenk durchtrennt? Dann schrie sie aus, trocknete mit dem Ärmel ihrer Robe ihre Tränen und stürmte aus der Wohnung. Die Straße entlang, Richtung Tempel. Schon erspähte sie ihn, denn das kräftige Blau seiner Uniform war unter den anderen Kleidungsstücken in gedeckten Farben leicht zu erkennen. Nachdem sie zu ihm aufgeschlossen hatte, stellte sie sich ihm in den Weg und schaute ihn herausfordernd an: »Was ist mit meinem Bruder geschehen?«

Adteran blickte sie an, als hätte sie ihn geohrfeigt, dann antwortete er kühl: »Dein Bruder hat sein Leben für den Schutz Edens gegeben.«

»Das hast du schon gesagt.« Mera spürte die Trauer wieder aufsteigen und bemühte sich, ihre Tränen zurückzuhalten. »Was ist passiert? Wie und wo ist er gestorben?«

»Was macht es für einen Unterschied?«

»Ich will es wissen! Nohan, Adnohan, wie du ihn nennst, war mein Bruder!«, rief Mera. Wut gesellte sich zur Trauer und es war ihr egal, ob es sich für eine Novizin gehörte, so mit einem Paladin zu sprechen.

Adteran strich sich über die Stirn und ein sanftes Lächeln huschte über seinen Mund und durchbrach für einen Moment die kühle Fassade. »Ich weiß nicht viel. Er war einigen Ketzern auf der Spur, die Jennifer aus den Schatten verehren. Es hat einen Hinterhalt gegeben in einer Wohnung im zweiten Sektor. Dabei wurde Adnohan getötet.«

»Aber warum?«, schluchzte Mera.

»Es gibt einige verirrte Seelen, die danach streben, das große Gleichgewicht zu kippen. Sie denken, im Chaos finden sie Freiheit. In den Schatten suchen sie nach Antworten. Jennifer sucht sich jene, die schwach im Glauben sind.«

Mera ballte ihre Faust und biss die Zähne zusammen. Zum ersten Mal hörte sie jemanden offen über Jennifer sprechen. Sie dachte an die Karte, die sie mit Rina während des Auszuges entdeckt hatte. Jennifer Yao. Secretary General Jennifer Yao. Jennifer aus den Schatten.

»Wo ist diese Jennifer?«

»Nirgendwo. Jennifer ist bloß eine Gestalt aus einem Schauermärchen, mehr nicht. Eine Legende, um die Ungläubigen anzulocken. Ich rate dir, nicht darüber zu sprechen. Du hast mich gefragt, was mit deinem Bruder geschehen ist, und ich habe dir geantwortet. Dabei sollten wir es belassen.«

»Aber was soll ich tun?«

»Ein neuer Tag bricht an in Eden und wir verrichten unser Tagwerk.« Mit diesen Worten schob Adteran sie sanft zur Seite und setzte seinen Weg durch die erwachende Stadt fort.

Mera blickte ihm noch eine Weile hinterher und versuchte, einen klaren Gedanken zu fassen. Nohan war nicht mehr da und er würde nie mehr zurückkehren. Wie viel musste sie noch lernen, wenn solch tiefe Trauer sie erfüllte. Ein Tag der Freude sollte es sein, ihr Bruder ein Märtyrer. Alles spürte sie, nur keine Freude. Sie dachte an Rina und deren Eltern, die sie sogar noch bemitleidet hatte. Jetzt erst verstand sie, was für Konsequenzen ein Abweichen von der Lehre bedeutete. Es ging nicht um die falsche Farbe der Kleidung, um ein falsch gesprochenes Gebet. Es ging um Leben und Tod. Mera schwor sich, das Priesterinnenseminar nur als Priesterin zu verlassen, um eine eifrige Verteidigerin des Glaubens zu werden. Für Eden. Für das Andenken ihres Bruders.

Abends wurden Mera und ihre Eltern zur Zeremonie eingeladen. Zwar durften sie nicht in den Tempel, doch wurde eine Andacht in der Gebetshalle ihres Sektors abgehalten.

Mera hatte Mühe ihre Gefühle unter Kontrolle zu halten, nur Bruchstücke der Predigt drangen an ihr Ohr.

Die Hohepriesterin auf der Kanzel reckte eine kleine, verzierte Schatulle in die Höhe: »Adnohan, geboren als Nohan aus dem dritten Sektor. Er ist den Weg der Märtyrer gegangen. Seine Gebeine werden nun unter dem Tempel in der Halle der Gerechten begraben. Seine Seele wird eins werden mit dem großen Gleichgewicht und auf alle Zeit geborgen sein in Eden.«

Nun waren seine Überreste in dieser kleinen Schachtel. Nur die Art seines Todes bewahrte Nohans Seelenheil. Sonst hätte er einfach aufgehört zu existieren, wie Rina und ihre Eltern. Mera dachte an das Bild ihres Bruders, das nun über ihrem Esstisch hing. Es zeigte einen stolzen Mann, der voller Zuversicht in die Ferne blickte. Er wirkte darauf viel reifer und ernster als Mera ihn in Erinnerung hatte. Vor seinem Auszug war er immer zu Späßen mit seiner kleinen Schwester aufgelegt gewesen. Aufgrund ihrer schwarzen Locken, die im Kindesalter noch schwerer zu bändigen gewesen waren als jetzt, hatte er sie »Wuschel« genannt. Das Gefühl seiner Hand, die ihr zum Abschied durch die Haare wuschelte, war immer noch präsent. Nein, dachte Mera. Es waren diese kleinen Erinnerungen, die einen Menschen unsterblich machten. Wenn sie diese so gut wie möglich konservieren könnte, würde Nohans Seele nicht nur im großen Gleichgewicht weiterleben, sondern auch in ihrer eigenen Seele.

In dieser Nacht erschien Nohan ihr zum ersten Mal im Traum und Mera verstand, dass er nun ein steter Begleiter sein würde. Sie würde sein Werk fortsetzen. Sie würde Jennifer Yao finden.

4. Weihe

»Mera, aufstehen!«, rief ihre Mutter unnötigerweise.

Mera lag schon seit mindestens zwei Stunden wach, die Aufregung hatte sie keinen Schlaf mehr finden lassen. Sie setzte sich auf, noch eingehüllt in die Bettdecke.

Meras Mutter steckte ihren Kopf ins Zimmer. »Heute ist dein großer Tag!«

Mera bedachte ihre Mutter mit einem strafenden Blick. Sie war schon aufgeregt genug, ihre Mutter war alles andere als eine Hilfe.

Der große Tag, die Auswahl der Priesterinnen. Die Entscheidung, ob sie in den inneren Zirkel des Administrators aufsteigen dürfte oder nicht. Eine Auswahl verhieß Macht, Weisheit und Mana, so viel man mochte. Und vor allem: Antworten. Der Traum aller Menschen von Eden.

Während ihre Mutter in die Küche verschwand, um das Frühstück zuzubereiten, nahm Mera den täglichen Kampf gegen ihre Locken auf. Normalerweise würde sie sich nur grob kämen und ihr Haar dann nach hinten binden. Aber heute war ein besonderer Tag und sie hatte noch Zeit und so ging sie sich die Haare waschen. Allein das Trocknen würde eine Stunde dauern, ein Unterfangen, das jedes Mal großer Planung bedurfte.

Unterdessen dachte sie an ihre Ausbildung, die heute enden sollte. Wie stand sie da, verglichen mit den anderen zehn Novizinnen? Sie war sicher nicht die schlechteste. Auch abends lernte sie noch Hymnen und Gebete. Übte deren Aussprache, um sie möglichst würdevoll klingen zu lassen. Dachte dabei an die Hohepriesterin und deren Ehrfurcht gebietendes Auftreten.

Die Regeln von Eden und die Idee des großen Gleichgewichts waren ihr bis ins letzte Detail geläufig, zumindest die Teile, die schriftlich zur Verfügung standen. Die Auslegung erlaubte einen gewissen Freiraum. Doch Mera konnte zu jeder erdenklichen Glaubensfrage frei referieren. Nur – war das genug? War sie zur Priesterin geschaffen? Ganz glauben konnte sie es nicht. Priesterinnen waren für sie höhere Wesen, erhabene Geschöpfe, nicht so einfache Mädchen wie sie. Andererseits, wer sonst aus ihrem Jahrgang wäre geeignet? Lesi sicher nicht. Sie erfüllte zwar alle ihr zugewiesenen Aufgaben, doch nur in dem Maß, das gerade noch als akzeptabel erachtet wurde. Mera hatte das Gefühl, ihre Freundin hatte es förmlich darauf angelegt, nicht auserwählt zu werden.

Herausfordernd war die Priesterinnenausbildung schon gewesen. Stundenlange Gebete, Fasten, Meditieren. Diskussionen über Auslegungen der Schriften. Spitzfindigkeiten, wie man Wörter verstehen konnte. Falsche Propheten erkennen.

Sie war jetzt schon so voller Wissen, dass sie zu platzen drohte. Doch Mera hatte das ungute Gefühl, nicht genug gelernt zu haben. Irgendetwas Entscheidendes übersehen zu haben. Sie brannte darauf, wieder die Glaubensstärke zu spüren, die sie beim Auszug überkommen hatte. Doch die Hymnen und Gebete allein genügten dafür nicht. Nein, das große Gleichgewicht hatte sie nicht vollends durchdrungen, auch wenn sie alle theoretischen Fragen dazu beantworten konnte. Ihre Träume waren so rätselhaft wie eh und je. Die Suche nach dem Warum nicht abgeschlossen. Es musste noch mehr Antworten geben dort im Tempel. Und Mera hatte Angst, niemals Antworten zu finden, wenn sie heute nicht auserwählt würde.

Sie zog ihr weißes Novizinnengewand über. Sofort fühlte sie sich stärker, als hätte sie eine undurchdringliche Rüstung angelegt. Ihr Glaube ihr Schild, ihr Eifer ein Schwert. Egal was heute geschehen würde, es war Teil des großen Plans. Sie wandte sich dem goldgerahmten Symbol des Administrators zu, dem allwissenden Auge, das an der Wand über ihrem Bett hing, dann sprach sie ein Morgengebet: »Der Administrator weiß alles, sieht alles, hört alles. Er ist der Quell aller Weisheit, der Schöpfer von Eden, Bewahrer des großen Gleichgewichts. Ihm will ich dienen, mit meinem Herz, meinem Körper und meinem Verstand. Er wird mich teilhaben lassen an seiner unerschöpflichen Weisheit. Er ist uns ein gütiger Vater. Gerecht in seinem Urteil, schnell in seiner Strafe. Der Morgen bricht an in Eden und so will ich mein Tagwerk verrichten. Mit einem Lächeln auf den Lippen und dem Administrator im Herzen.«

Endlich konnte sie ihr Haar kämmen und flechten. Dabei betrachtete sie sich im Spiegel. Drei Jahre waren seit dem Auszug vergangen. Drei Jahre Ausbildung. Mera galt als junge Erwachsene. Doch während viele ihrer ehemaligen Mitschülerinnen bereits romantische Beziehungen hatten, gab es bei ihr nichts dergleichen. Bei allen Novizinnen war das so. Der reine Glaube lasse solche Gefühle nicht zu, sagte man. Es war nicht so, dass ihr etwas fehlte. Aber sie war neugierig, wie es sich anfühlte. Die Pärchen in ihrem Alter schienen derart voneinander eingenommen, dass es für Mera schon an Ketzerei zu grenzen schien. In ihrem Herzen jedoch gab es nur Platz für den Administrator.

Vom Frühstück bekam Mera keinen Bissen hinunter. Ihr Vater und ihre Mutter starrten sie an, als wäre sie die Hohepriesterin höchstselbst. Je weiter sie im Priesterinnenseminar vorangeschritten war, desto distanzierter waren ihre Eltern geworden. Sie liebte ihre Eltern. Doch deren Umgang mit Nohans Tod hatte einen Graben zwischen ihnen aufgetan. Zu viele unausgesprochene Wörter standen zwischen ihnen, so dass selbst Schweigen Anstrengung kostete. Also entschied sie sich, früh aufzubrechen.

»Sollen wir dich denn nicht bringen, mein Kind?«, fragte ihr Vater. »An so einem besonderen Tag?«

»Ich habe mich mit Lesi verabredet, so können wir noch ein bisschen auf dem Weg plaudern. Ich komme aber gleich nach der Zeremonie zurück, versprochen.«

Ihre Mutter bekam feuchte Augen. »Mein Kind, wir sind so stolz auf dich. Möge der Administrator mit dir sein!«

Mera umarmte ihre Eltern und trat dann vor die Tür. Sie konnte ihnen nicht verdenken, dass sie an solch einem Tag emotional wurden. Aber Mera musste ruhig bleiben. Ihre Gedanken mussten so klar wie ein Kristall sein. Sie musste den Regeln folgen, sich nicht von starken Gefühlen ablenken lassen. Nur in Bezug auf den Glauben konnte man seiner Leidenschaft freien Lauf lassen. So verlangte es das große Gleichgewicht.

Mera kam an einem automatischen Diener vorbei, der Mana-Rationen an die einzelnen Haushalte verteilte. Das kindsgroße Wesen aus Metall bewegte sich schwerfällig, die Gelenke quietschten bei jedem Schritt. Der einstmals silbrig glänzende Körper war dumpf und angelaufen. Mit beiden Händen zog der Automat einen kleinen Wagen, auf dem die nummerierten Päckchen lagen. Die Last wirkte zu schwer für den kleinen Diener. Prüfend sah er Mera an und widmete sich dann wieder seiner Arbeit. Alles folgte dem großen Plan des Administrators. Die Maschinen kennen ihren Platz, dachte Mera. Egal wie groß die Anstrengung ist.

Ihr Blick schweifte zur mächtigen Kuppel, deren Metallträger die Morgenbeleuchtung reflektierten. Hinter dem Glas lauerte das orange-trübe Elend der Außenwelt, doch sehen konnte man es aufgrund der Tönung nicht. Die Außenwelt schien nicht zu existieren. Immer noch war die Kuppel ein beeindruckendes Monument der Tatkraft des Administrators und ihrer Vorfahren. Wie viel Weisheit, wie viele Diener und Menschen, wie viele Jahre es gebraucht hatte, die Kuppel zu errichten. Mera durfte sich glücklich schätzen, hier zu leben.

Sie sprach ein kurzes Dankesgebet und bog um die nächste Ecke. Dort wartete bereits Lesi, ebenfalls im Novizinnengewand. Als sie

Mera erblickte, musste sie lachen: »Du bist so früh dran! Haben dich deine Eltern auch nervös gemacht?«

»Total.«

»Dann können wir ja ganz gemütlich zum Tempel.«

Mera wollte sich bei Lesi unterhaken, so wie sie es früher immer gemacht hatten. Aber sie waren Novizinnen, irgendwie fühlte sich das unangemessen an. So schritten die beiden jungen Frauen nebeneinanderher. Andere Passanten gingen ihnen respektvoll aus dem Weg.

»Meinst du, es gibt noch weitere Prüfungen?«, fragte Lesi, während Mera an einem kleinen Stand ein paar gefüllte Teigtaschen kaufte.

»Ich glaube nicht«, entgegnete Mera und hielt ihrer Freundin ein süßes Gebäck hin. »Wenn ich das richtig verstanden habe, findet die Auswahl gleich so statt. Wahrscheinlich basierend auf den Prüfungsergebnissen und unserem bisherigen Betragen. Außerdem wüsste ich nicht, was man uns noch fragen könnte. So viele Tests, wie wir in den letzten Tagen gemacht haben.«

»Du hast wahrscheinlich recht«, entgegnete Lesi mampfend.

Nach wenigen Minuten Fußweg tauchte der erste Mauerring auf. Für den Großteil der Bewohner gab es ohne ein besonderes Anliegen kein Durchkommen, Ausnahmen waren Feste oder Prozessionen, die hier durchführten.

Der Wächter am Tor musterte die beiden. Wächter ähnelten den automatischen Dienern im Aussehen, waren jedoch so groß wie erwachsene Menschen. Während die Diener einfache Aufgaben verrichteten, bewachten die intelligenteren Wächter den Zugang zum inneren Ring. Angeblich konnten sie auch kämpfen, doch Mera kannte sie nur als stumme Beobachter am Tor, die lediglich ihren Kopf bewegten, um Gesichter zu prüfen. Trotzdem hatte ihr Anblick etwas Bedrohliches und Mera war froh, als er sie passieren ließ.

Zwischen dem äußeren Ring und dem Tempelbezirk waren die Wohnungen größer und etwas schmuckvoller. Doch dieser Bezirk war viel kleiner als der äußere Ring, lediglich ein Straßenabschnitt breit. Menschen aus der Verwaltung, Vorarbeiter und Personen, die sich im Glauben ausgezeichnet hatten, wohnten hier. Außerdem befanden sich die Schulen für Priesterinnen und Paladine in dieser Gegend. Ein Zwischenschritt auf dem Weg in den Tempelbezirk.

Mera verspürte keinen Neid. Jeder hatte seinen rechtmäßigen Platz, für alle war gesorgt. Niemals hätte sie es gewagt, von einer Wohnung hier oder gar im inneren Bereich auch nur zu träumen. Kenne deinen Platz und sei dankbar für alles, was du hast! Es war nicht wichtig, in welchem Bezirk man lebte. Es zählte nur, dass man in Eden lebte. Doch heute führte sie ihr Weg weiter, an der Priesterinnenschule vorbei. Die Auswahl fand direkt im Tempelbezirk statt!

Je näher sie dem inneren Ring kamen, desto aufgeregter wurde Mera. Der Tempel schien sie wie ein Magnet anzuziehen. Sie konnte förmlich spüren, wie Flammen in ihrer Brust aufloderten. Mera griff Lesis Hand und war froh, als diese ihr aufmunternd zulächelte.

Auch am inneren Tor ließ der Wächter sie kommentarlos passieren. Er konnte ja ihre Gesichter lesen. Nichts war verborgen, alles transparent. Das Licht des Administrators erhellte selbst die dunkelsten Stellen. Ein kurzes Pochen in ihrem Zeigefinger erinnerte Mera an den Vortag, als jede Novizin einen Tropfen Blut in eine goldene, mit ihrem Namen versehene Phiole geben musste. Mera stellte sich vor, dass der Administrator die Reinheit ihres Glaubens aus ihrem Blut ablesen könnte.

Sie schritten weiter die kurze Prachtstraße entlang, die direkt auf den Tempel zuführte. Da sich der Tempelbezirk auf einer Erhöhung befand, war er von ganz Eden aus sichtbar. Der Tempel in der Mitte, hell erleuchtet, bei Tag und bei Nacht. Er stellte den höchsten Punkt Edens dar und schien die Kuppel zu stützen.

Wie alle Menschen war Mera voller Respekt gegenüber dem Administrator aufgewachsen. Doch erst seit dem Studium für das Priesterinnenamt konnte sie wirklich begreifen, wie groß die Bürde war, die er stemmen musste. Die Schriften zeugten von den Anstrengungen ihrer Vorfahren. Der Exodus, den nicht alle überlebt hatten. Die Ankunft auf einem neuen, jedoch unwirtlichen Planeten. Das Errichten der Kuppel und das Nutzen der Hitze aus der Tiefe des Gesteins, um Eden zu wärmen.

Lesi verlangsamte den Schritt, als sie den Vorhof des Tempelbezirks erreichten. Glänzende Mauern mit goldenen Verzierungen säumten den geräumigen Platz. Hier befand sich der Balkon, von dem der Administrator zu seinen Kindern sprach und richtete.

Mera wollte kurz innehalten, um den Anblick des fast menschenleeren Platzes zu genießen, doch Lesi zog sie weiter, über den Platz zum Tor der ewigen Verbindung unter dem Balkon hindurch, so wie die Hohepriesterin es ihnen am Vortag aufgetragen hatte.

Niemand war zu sehen, doch als sie vor das Tor traten, öffnete sich dieses selbsttätig. Dahinter wartete ein Wächter und führte sie stumm weiter. Einen Gang entlang, eine Treppe hinauf und dann waren sie da. Adlina, ihre Lehrerin und amtierende Hohepriesterin, wartete bereits in einem runden, lichtdurchfluteten Saal auf sie.

»Ihr seid früh dran, könnt es wohl kaum erwarten?«, begrüßte sie die beiden Novizinnen.

Mera mochte Adlina. Sie strahlte eine Ruhe aus, die in ihrer Weisheit begründet war, und die ansteckend wirkte. Nie hatte Mera erlebt, dass die Hohepriesterin eine Antwort auf eine Frage schuldig blieb. Sie mochte so alt sein wie ihre Mutter, aber das Leben im inneren Ring schien ihrem Gesicht einen alterslosen Glanz zu verleihen. Ihr Gesicht war faltenfrei, und ihre strahlend blonden, fast weißen Haare fielen akkurat links und rechts über ihre Schultern.

»Stellt euch dorthin«, wies sie die beiden Novizinnen an und deutete auf kreisförmige Markierungen auf dem Boden.

Während sie auf die anderen warteten, herrschte Schweigen.

Als schließlich alle zehn Novizinnen eingetroffen waren und sich im Kreis aufgestellt hatten, ergriff Adlina das Wort: »Der Morgen bricht an in Eden und so will ich mein Tagewerk verrichten. Mit diesem Gebet beginnen wir jeden neuen Tag, doch heute ist ein besonderer Tag. Ihr habt eure Studien beendet, und alle, die ihr hier seid, habt in den Prüfungen der letzten Wochen unter Beweis gestellt, dass ihr wahre Dienerinnen des Administrators seid. Darum wird nun der Administrator höchstselbst uns die Ehre erweisen, euch zu begutachten.«

Aus der Reihe der Novizinnen ertönte ein unterdrückter Jauchzer, einige hatten sichtlich Mühe, sich zu beherrschen.

Adlina ignorierte die peinliche Unterbrechung und fuhr fort: »Jedes Jahr wählt er die reinsten unter den Novizinnen aus. Manchmal eine, bisweilen zwei, aber mitunter auch keine. Grämt euch nicht, sollte euch ein Leben im inneren Ring verwehrt bleiben. Dank seiner unerschöpflichen Güte und Weisheit werden alle Novizinnen wichtige Aufgaben erhalten, um das Wort des Administrators zu verkünden.«

Kaum hatte sie zu Ende gesprochen, erschienen zwei Wächter neben der Hohepriesterin. Adlina rief feierlich: »Verneigt euch vor dem Weltenbauer, dem Allwissenden, dem Schild von Eden. Der Administrator.«

In einer Bewegung, die sie unzählige Male geprobt hatten, verbeugten die Novizinnen sich.

»Erhebt euch«, dröhnte die tiefe, unverwechselbare Stimme durch den Saal, die Mera kleine Schauer über den Rücken jagte. Die Stimme schien nicht nur den Raum und ihre Ohren zu füllen, sie kroch unter die Haut, auf der Suche nach Wahrheit, auf der Suche nach Fehlern.

Mera wagte kaum, aufzublicken. Zwar hatte sie den Administrator schon etliche Male gesehen, doch immer aus großer Entfernung auf dem Balkon. Ob er aus Fleisch und Blut war? Oder war er wie die Wächter gebaut? Automaten, eine mystische Hinterlassenschaft ihrer Vorfahren.

Seine Robe glänzte metallisch, sie bestand aus rotgoldenem Stoff. Aus jedem Winkel ergab sich ein neues Zusammenspiel der Farben und wellenartigen Falten, als wäre der Administrator in heilige Flammen gehüllt. Erst jetzt erkannte Mera, dass die Robe mit wundervollen Ornamenten und Blumenmustern verziert war. Das Gesicht des Administrators schien ebenfalls zu strahlen. Das gütige Lächeln und diese Augen. Ein älterer, weiser Mann, in sich ruhend. Fast mochte man meinen, er sei ein Mensch wie sie. Doch sie waren nicht gleich, das konnte sie fühlen. Und Augen wie Feuer loderten dort im Kontrast zum ansonsten fast abwesend wirkenden Gesicht.

»Habt keine Angst, meine Kinder«, dröhnte der Administrator, »ich werde euch nur in die Augen und in eure Seele blicken.«

Ohne eine Reaktion abzuwarten, begann er bei Nori, die ihm am nächsten stand. Sanft legte er ihr seine Hände auf die Schultern und schaute sie an. Nori wirkte wie hypnotisiert, ihr Kopf zitterte. Und dann war es vorbei. Wortlos schritt der Administrator zur nächsten Novizin. Seine Mimik gab keinen Hinweis darüber, was er gesehen hatte.

Je näher er Mera kam, desto banger wurde ihr. Was würde er sehen? War sie klar wie ein Kristall? Brannte ihr Herz hell genug vor Eifer? Sie durchleuchtete ihr ganzes Leben. Hatte sie irgendwann etwas falsch gemacht? Gab es nicht doch noch Zweifel? Würde er sehen, dass sie immer noch das Schicksal ihres Bruders umtrieb? Dass sie Jennifer Yao finden wollte?

Schon stand er vor ihr. Die Hände packten sie sanft, aber bestimmt. Das Gesicht lächelnd, aber gleichzeitig starr und emotionslos, als wäre sein Geist in anderen Sphären. Nicht kalt, nicht warm. Die Augen dagegen wie zwei rote Sonnen, die alles erleuchteten. Mera spürte, wie sein Blick sie durchdrang. Sie fühlte sich vollkommen nackt und ausgeliefert, nichts blieb verborgen. Ihre Seele aus durchsichtigem Glas. Gleichzeitig waren da Wärme und Dankbarkeit, als würde sein Blick ihr neues Leben einhauchen. Wie lange hatte er sie angeblickt? Eine Sekunde oder eine Stunde?

Schon war der Seelenblick vorbei und Mera hätte den Administrator am liebsten zurückgehalten, damit er sie noch länger anschauen könnte. Törichte Gedanken, für die sie sich sofort schämte. Kenne deinen Platz und sei dankbar! Wie viele Mädchen träumten davon, nur einmal dem Administrator so nahe zu sein!

Als das Ritual beendet war, verschwanden der Administrator und die Hohepriesterin kurz aus dem Raum, um sich zu beratschlagen.

Dann erschien Adlina wieder. »Gute Nachrichten. Der Administrator hat eine von euch auserwählt.« Sie blickte zu Mera. »Mera. Dein Name wird ab heute Admera lauten, um deine Zugehörigkeit zur Familie des Administrators zu symbolisieren. Willkommen im inneren Ring.«

Die nächsten Tage vergingen wie im Traum. Es wurde gefeiert, gelacht und geweint. Mera hatte ihr Ziel erreicht, doch als die Wächter kamen, um sie in den inneren Ring zu eskortieren, fiel es ihr schwer, nicht die Beherrschung zu verlieren. Sie schämte sich für die Abschiedstränen, jetzt wo sie eine wirkliche Dienerin des Glaubens war, und richtete ihren Blick nach vorne.

»Sei schön, sei stark«, hatte ihre Mutter ihr mitgegeben. Doch zu sehr schmerzte der Anblick ihrer Eltern, die aus dem Türrahmen ihrer Wohnung winkten.

Die ganze Nachbarschaft war auf den Beinen, jubelnde Menschen säumten den Weg. Mera, die kleine Mera, hatte es geschafft. Sie war der Stolz ihres Sektors. Wie ihr Bruder vor ihr. So oft war sie die Strahlstraße entlanggelaufen, doch heute gab es keinen Rückweg, sondern nur eine Richtung. Richtung Tempel. Nach oben.

Lesi lief den ganzen Weg mit ihr, lachte und jubelte mit den Passanten, verteilte Süßigkeiten an die Kinder. Sie war nicht sonderlich traurig gewesen, nicht in den inneren Ring einzuziehen. Lesi würde im mittleren Ring unterrichten, so blieb sie in der Nähe ihrer Familie.

Im Vorhof des Tempels wurde Musik gespielt, ein fröhliches Orchester aus Trommeln, Hörnern und Flöten. Mana-Getränke wurden ausgeschenkt und jeder wollte einen Blick auf die neue Priesterin erhaschen. Ein Spektakel, aufregender noch als eine Ketzerverurteilung.

Das Tor der ewigen Verbindung öffnete sich für Mera. Noch einmal drehte sie sich um, sah Lesi an, nickte ihr zu. Gerne hätte sie ihre Freundin umarmt, doch es geziemte sich nicht, als Priesterin solche Emotionen zu zeigen. Alle Augen waren auf sie gerichtet und so hob sie lediglich die Hand zum Abschiedsgruß und trat in den inneren Ring ein.

Die Menschen und Geräusche blieben auf der anderen Seite zurück, während Mera, begleitet von den Wächtern, die Treppe hinaufstieg. Sie war angekommen, sie hatte ihren Platz gefunden.

5. Hinein

Adlina, die Hohepriesterin, empfing Mera in demselben Saal, in dem Mera auserkoren worden war. Von dort ging es eine weitere Treppe hinauf und Mera fand sich nun auf dem zentralen Plateau, dem Tempelbezirk, wieder. Von hier konnte sie bis zum Rand der Kuppel blicken, als schwebe sie über den äußeren Bezirken Edens. Hinter ihr lagen ein weiterer Platz und der Tempel, weit größer, als sie ihn sich vorgestellt hatte. Überhaupt befanden sich hier oben weit mehr Gebäude und Flächen, als von unten sichtbar waren. Vor allem gab es viel Platz. Nur wenige Menschen waren zu sehen, als sie Adlina zu einem großzügigen einstöckigen Gebäude folgte, das sich etwas abseits zur Linken des Tempels befand.

»Das sind die Priesterinnengemächer«, erklärte Adlina. »Der Ort der Ruhe und inneren Einkehr. Hier können die Priesterinnen unter sich sein.«

»Unter sich sein?«, wollte Mera sofort wissen.

Adlina schmunzelte. »Alle haben dieselbe Frage. Ja, in den Priesterinnengemächern sind Männer nicht geduldet, aber anderswo im Tempelbezirk wirst du hin und wieder auf Paladine treffen.«

»Und das funktioniert?«, schob Mera hinterher, die Frage bereits bereuend, kaum dass sie ihren Mund verlassen hatte.

»Natürlich«, entgegnete Adlina in lehrerhaft strengem Ton. »Im Tempelbezirk sind nur die reinsten Seelen im Glauben versammelt. Unzucht gibt es hier nicht.«

Mera spürte, wie sie rot anlief. Was für eine unverschämte und törichte Frage. Eigentlich hätte man sie direkt wieder in den äußeren Bezirk schicken müssen.

»Das muss dir nicht peinlich sein«, erklärte Adlina in einem jovialen Ton. »Wir alle hatten solche Fragen, als wir hier angekommen sind. Fragen mit Antworten sind nichts Schlechtes, mein Kind.

Frage mit Bedacht, aber frage. Außerdem wohne ich hier mit den anderen Priesterinnen. Wir sind alle Schwestern. Meine Tür ist immer offen, genau wie mein Ohr.«

Als sie durch die Eingangstür schritten, warteten die anderen Priesterinnen bereits auf sie. Mera blickte in wunderschöne Gesichter, zarte Hände streichelten die ihre. Es mussten an die fünfzig Frauen sein. Sie war überwältigt, eingeschüchtert. Fühlte sich unwürdig im Angesicht dieser engelsgleichen Wesen.

Fröhliches Gelächter tönte durch die reich verzierten hohen Flure wie eine sanfte Melodie. Die größeren Räume waren mit bunten Vorhängen abgetrennt, in Farben, für die Mera nicht einmal den korrekten Namen kannte. Sanftes Lautenspiel und das Plätschern von kleinen Brunnen untermalten die Idylle. Der Mittelpunkt von Eden wirkte wie eine andere Welt. Wie trist und farblos war dagegen der äußere Ring, wie einfach und zerschlagen sahen dessen Bewohner aus. Es schien, als würde die Beschäftigung mit dem Glauben ewig jung halten. Das große Gleichgewicht zeigte sich auch im Körper. Ja, hier war sie richtig.

Adlina führte Mera in ihre Schlafkammer. Der Raum war nicht sonderlich groß und die Wände mit weißen Tüchern verhangen. Ein ausladendes Bett, über dem das allwissende Auge hing, war das zentrale Element. Daneben gab es einen Tisch mit Spiegel, einen Stuhl und einen Wandschrank.

»Alle anderen Räume wie Speisezimmer, Musiksaal und Waschräume sind Gemeinschaftsräume«, erklärte Adlina.

Das Zimmer wirkte in der Tat so, als wäre es nur zum Schlafen gedacht. Keine Ablenkung. Ein Leben für den Glauben. Mera sollte es recht sein. Trotzdem war das Bett mindestens doppelt so groß wie ihr altes Bett, das ihr nun eher wie eine Pritsche vorkam. Interessant, wie schnell sich Begrifflichkeiten durch die bloße Kenntnis von Neuem verschoben, dachte Mera.

»Komm, setzen wir uns«, sagte Adlina und wies auf das Bett. Sie hatte vom Tisch eine kleine Schale genommen, in der rosafarbene Kügelchen lagen. Mera fiel sofort der betörend-süßliche Duft auf, der ihr vollkommen fremd war. Er kitzelte ihre Nase und löste ein wohliges Kribbeln bis in ihren Kopf aus.

»Das ist Rosenduft«, erklärte Adlina. »Rosen, das waren Blumen, die es auf der Erde gab. So sahen sie aus.« Sie zeigte ihr das Bild auf der Schale, das eine sonderbare Pflanze in intensiven Farben zeigte.

»Wunderschöne rote Blüten, duftend, aber mit Dornen. Unsere Vorfahren haben diese Blumen gerne abgeschnitten und als Geschenk überreicht.«

»Blumen als Geschenk?« Mera fand die Vorstellung befremdlich. Sollte sie jemals einer Blume begegnen, würde sie niemals auf die Idee kommen, diese zu verstümmeln. Kein Wunder, dass die Erde dem Untergang geweiht gewesen war.

»Jetzt gibt es natürlich keine Rosen mehr«, fuhr Adlina fort. »Beim Exodus war eine einzelne Rose an Bord, als Abschiedsgeschenk. Als diese zu verdorren drohte, wurde sie cryonisiert. Später hat der Administrator ihren Geruch und ihren Geschmack in der großen Werkstatt herstellen lassen. Im Tempelbezirk gibt es noch ein paar weitere Pflanzen, die er so gerettet hat.«

Mera sog den Geruch tief ein und versuchte, sich die Blume vorzustellen. »Wie ist das möglich?«

»Der Administrator hat viele Möglichkeiten in der großen Werkstatt. Unsere Vorfahren haben uns Technologien hinterlassen, die unsere Vorstellungskraft übersteigen. Er braucht nur eine kleine Spur eines Lebewesens und kann damit seine Essenz verstehen.«

»Sein Wissen ist in der Tat unerschöpflich!«

Adlina lächelte. »Aber eigentlich ist das Mana mit Rosengeschmack. Das ist mein Willkommensgeschenk für dich. Abgesehen davon wirst du jeden Tag eine Mana-Ration bekommen. Es ist wichtig, dass du diese regelmäßig einnimmst. Nur so kann sich das große Gleichgewicht in dir manifestieren.«

Dann hielt sie Mera eines der rosafarbenen Kügelchen hin. »Aber diese sind noch kräftiger. Probiere davon. So etwas gibt es im äußeren Ring nicht.«

Vorsichtig nahm Mera das Kügelchen entgegen und hielt es zwischen Zeigefinger und Daumen. Viel hatte sie vom Mana gehört, das es hier im Tempelbezirk geben sollte. Ein wenig fürchtete sie sich vor der Wirkung. Aber sie wollte sich vor Adlina keine Blöße geben und schluckte das Mana hinunter. Es schmeckte süß, aber zugleich frisch und belebend.

Der Effekt setzte augenblicklich ein. Eine nie gekannte Wärme breitete sich in ihrem Körper aus, die mit jedem Herzschlag intensiver wurde. Nicht heiß, sondern warm und angenehm. Die Essenz von allem, was Eden war, schien durch ihren Körper zu fließen. Das große Gleichgewicht bemächtigte sich ihres Körpers; er war nur noch ein Gefäß, um die Wärme zirkulieren zu lassen. So musste sich die erste Hohepriesterin Inaya bei der Entdeckung des leuchtenden Pilzes gefühlt haben.

Meras Kopf fühlte sich leicht und schwer zugleich an; sie spürte, wie ihr Nacken nach hinten sackte.

»Du bist eine Rose«, hörte sie Adlina nahe an ihrem Ohr flüstern. Sanfte Hände fingen sie auf und betteten sie auf ein Kissen, das so weich war. So weich, dass sie glaubte, in der Weichheit zu versinken. Das Versinken war nicht bedrohlich, sondern behaglich. Hier könnte sie für immer liegen.

Kenne deinen Platz. Hier war ihr Platz. Das allwissende Auge über ihr leuchtete. Jetzt verstand sie.

Das Läuten einer Glocke durchbrach den Schleier ihres Rausches. Als Mera erwachte, befand sie sich in ihrer Schlafkammer. Sie war allein und nackt, nur mit einem leichten Tuch bedeckt. Sie fröstelte. Die Wirkung des Manas hatte nachgelassen, trotzdem fühlten sich ihre Gedanken immer noch gedämpft an. Gleichzeitig spürte sie eine ungeahnte Zufriedenheit, obwohl sie bis jetzt noch gar nichts geleistet hatte. Die Studien und die Suche nach Jennifer Yao konnten warten. Vielleicht war Mana der Weg, die Antwort auf das Warum. In ihrem Kopf spukte noch das Gefühl der unendlichen Wärme. Am liebsten wäre sie wieder dorthin verschwunden.

Noch einmal läutete die Glocke. Die Tür öffnete sich und Adlina blickte herein: »Na, hast du schön geträumt? Es ist Zeit für das Abendmahl.«

Mera zog die Bettdecke über die Brust, ihre Gedanken sammelnd. »Ich komme gleich.«

Die Speisen schmeckten so köstlich, dass Mera mehrmals ein Stöhnen unterdrücken musste. Es war, als wären ihre Geschmacksknospen erst im Tempelbezirk erwacht. Nie hatte sie etwas Vergleichbares gekostet.

Dass der Unterschied zwischen dem inneren und äußeren Ring sich auch kulinarisch bemerkbar machen würde, hatte sie nicht geahnt. Zwar hatte sie niemals Hunger leiden müssen – dem Administrator sei Dank! – doch war die Nahrung im äußeren Ring mehr auf Sättigung als auf Geschmack ausgelegt. Nahrung eben. Dies wurde Mera jedoch erst im Rückblick klar, damals hatte sie keinen Mangel verspürt.

Hier dagegen gab es Würstchen, Klöße und Gebäck in allen Formen und Farben. Verschiedenste Düfte standen im Wettstreit miteinander und Mera wusste gar nicht, wo sie zuerst zulangen sollte. Jede Speise schien ihre Aufmerksamkeit zu verlangen. Iss mich! Rieche hier! Koste von mir!

Sättigung war nur ein Teil des Mahls. Das Verspeisen selbst rückte in den Vordergrund. Probieren, entdecken. Und das alles zu dem ausgelassenen Geplauder der Priesterinnen. Ein Genuss jagte den nächsten. Was Mera jedoch am meisten überraschte, war, dass die Gemüsesorten hier unverarbeitet auf den Tisch gebracht wurden.

Im äußeren Ring dagegen war alles stark verarbeitet: Pasten, Breie, Teige, Riegel und Pulver. Die Ursprungszutaten waren nicht mehr zu erkennen. Tatsächlich konnte man die Ernte aus den vertikalen Gärten also auch direkt verzehren. Zu gerne hätte Mera dieses neue Wissen mit ihren Eltern geteilt.

Die nächsten Tage waren von vielen derartigen Erkenntnissen geprägt und vergingen wie im Fluge. Viel Zeit für Heimweh blieb deshalb nicht. Adlina machte Mera mit den Gepflogenheiten im inneren Ring vertraut. Schnell fand Mera Anschluss an die anderen Priesterinnen, die sie herzlich aufnahmen. Besonders Adshara, die nur ein Jahr älter war als sie, und Adyumi, die zwei Jahre älter war, nahmen sich Mera an. Sie kannte die beiden noch aus dem Priesterinnenseminar als Shara und Yumi. Gemeinsam schmökerten sie in der Bibliothek erbauliche Geschichten oder flanierten durch die Parkanlagen, wo gerettete und nachgezüchtete Pflanzen der Erde zu bewundern waren.

Besonders die dort gepflanzten Bäume waren so fremdartig, dass Mera sie stundenlang betrachten konnte. Ihre harten Körper schoben sich aus dem Boden und reckten sich in immer schmaler werdenden Verzweigungen Richtung Kuppel. Grüne Blätter schmückten die Äste, ähnlich den Spinatpflanzen, die Mera von den vertikalen Gärten kannte. Selbst die Blätter waren kleine Kunstwerke. Sattgrün, eine Farbe, die in Eden selten anzutreffen war und das Auge beruhigte. Die Struktur der Blätter erinnerte an kleine Äderchen, aber sie führten kein Blut. Doch wie Menschen waren diese Pflanzen abhängig von Licht, Wasser und Sauerstoff. Auch der Boden musste ihren Ansprüchen genügen, weshalb ihr Erhalt aufwendig und nur auf den kleinen Park, der kaum hundert Schritte lang und breit sein mochte, beschränkt war. Dafür gab es hier ein paar ruhige Ecken mit Sitzbänken, willkommene Orte für den Rückzug und ungestörte Gespräche.

Adlina hatte ihr eingebläut, dass der Park ein Mahnmal war, nie wieder den eigenen Planeten durch Zwist und Streitigkeiten untereinander zu gefährden. Das Privileg, diese Pflanzen hier unter der Kuppel zu sehen, war gleichzeitig eine Verpflichtung, Eden für die nachfolgenden Generationen zu erhalten. Einen Planeten hatten die Menschen bereits zerstört. Noch eine Chance würden sie nicht bekommen.

Warum die Bewahrung Edens so schwierig war, lernten die Priesterinnen im Tempelunterricht. Hier wurde geheimes Wissen geteilt, das den Bewohnern des inneren Rings vorbehalten war. So erfuhr Mera, dass auch die Ressourcen Edens endlich waren. Zu viele Menschen drängten sich unter der Kuppel. Deshalb bohrten die Gräber immer tiefer in den Boden hinein, auf der Suche nach Metallen, Gasen und der Hitze, die über ein weitverzweigtes Rohrsystem die Kuppel wärmte. Tatsächlich war der Boden unter Eden von Hunderten Tunneln durchzogen.

Gleichzeitig musste die Luft permanent gefiltert und die Beschichtung der Hülle immer wieder erneuert werden, um Eden vor Strahlung zu schützen. Ebenso musste mit dem Wasser gehaushaltet werden, denn ohne Wasser kein Leben.

So war der Administrator unablässig damit beschäftigt, die Balance zu halten. Das große Gleichgewicht war nicht nur eine philosophische Metapher, sondern eine konkrete Realität aus Bedarf und Verbrauch. Ein verschlungenes Zahlenspiel, das jederzeit kippen konnte. Schon eine kleine Änderung in diesem komplexen System könnte ganz Eden bedrohen.

Mera erschrak bei der Vorstellung, wie zerbrechlich das ganze Konstrukt war und wie offen im Tempelunterricht darüber gesprochen wurde. Im äußeren Ring hatten sie sich niemals mit derlei Dingen beschäftigt. Alles, was man für das Leben benötigte, kam vom Administrator. Er würde es schon richten, so einfach war das.

Doch nun lag es an ihnen, Seine Heiligkeit beim Austarieren des Gleichgewichts zu unterstützen. Hauptaufgabe der Priesterinnen war es, die Flamme des Glaubens im Volk am Lodern zu halten. So wurde sichergestellt, dass jeder seinen Platz kannte und die Gesellschaft stabil blieb. Dies geschah zum Beispiel durch die Ausbildung der Novizinnen, das Unterrichten von Laienpredigern sowie die regelmäßigen Zeremonien vor dem Tempel und in den Gebetshallen. Im Gegenzug für die große Verantwortung durften sie ein privilegiertes Leben führen. Das Wissen, das mit ihnen geteilt wurde, sei sowohl Gabe als auch Bürde, schärfte Adlina ihr ein. Die Priesterinnen wurden so zu einer eingeschworenen Schwesternschaft.

Abgesehen vom Tempelunterricht und den drei gemeinsamen Mahlzeiten hatte Mera viel Freizeit. Wie sie schnell feststellte, blieb ein Großteil der Priesterinnen auch tagsüber berauscht in ihren Zimmern oder dem Musiksaal. So könnten sie das große Gleichgewicht in ihrer Seele finden, erklärte Adyumi ihr. Mera hingegen nahm kein weiteres Mana zu sich. Zu viel Mana und Mera dämmerte wunschlos vor sich hin. Doch danach beschlich sie das Gefühl, auf der Stelle zu treten. Lediglich die vorgeschriebene Mindestportion, die beim Frühstück unter dem wachsamen Auge der Hohepriesterin einzunehmen war, erlaubte sich Mera. Stattdessen wollte sie das große Gleichgewicht logisch ergründen, mit Fakten und Büchern. Die Seele könnte dann dem Verstand folgen, so ihr Plan. Der perfekte Ort dafür war die Bibliothek.

Niemals hätte sie erahnen können, wie viele Bücher in Eden existierten. Fast jedes erdenkliche Thema wurde hier in irgendeiner Form abgehandelt. Die Regale schienen vor Wissen zu bersten, obwohl sie bis zur hohen Decke reichten und man nur mithilfe kleiner Leitern die obersten Reihen erreichen konnte. Mera nahm sich vor, jedes einzelne Buch zu lesen. Wahrscheinlich bräuchte sie dafür die Unsterblichkeit des Administrators. Doch selbst der Bau der Kuppel begann mit der ersten Schraube.

Wenn sie etwas über Jennifer Yao herausfinden wollte und wieso Menschen mit ihren Geschichten ins Unheil gelockt wurden, müsste sie ganz von vorne beginnen, beim Exodus. Bei der Ankunft ihrer Vorfahren. Im Register prüfte sie, welche Bücher es dazu gab. Dann holte sie ein großes rotes Buch aus dem angegebenen Regal und machte es sich in einer Sitzecke gemütlich. Nur das gelegentliche Rascheln von Seiten verriet, dass Mera nicht allein in der Bibliothek war.

»Ankunft. Die Geschichte der Landung unserer hochverehrten Vorfahren« lautete der komplette Titel. Das erste Kapitel beschrieb den desolaten Zustand auf der Erde und wie die letzten Menschen gezwungen waren, ihre Heimat zu verlassen. Regellosigkeit und das Streben nach Macht hatten zu katastrophalen Kriegen geführt, die Erde unbewohnbar gemacht. Im Text wurde von der Grausamkeit des Krieges berichtet. Die Menschen hatten das sogenannte Zirko-Virus erschaffen, um die Gegenpartei auszurotten. Doch das Virus war mutiert und hatte sich unkontrolliert weiterentwickelt. Waffen waren dort beschrieben, thermonukleare Bomben, mit denen ganze Landstriche ausradiert worden waren. Autonome Kriegsmaschinen, die zu Land und aus der Luft Jagd auf die letzten Menschen machten. Zahlen standen dort, wie viele Bewohner die Erde vor den Kriegen beherbergt hatte. Zahlen, die Mera nicht kannte. Wie viel war eine Milliarde? Sie nahm sich vor, Adlina zu fragen. Weniger als sechstausend Menschen waren übrig geblieben, als die sogenannten KI-Kriege beendet waren. In dieser Situation wurde der Exodus beschlossen, die Evakuierung des unbewohnbaren Planeten Erde. Unter Führung des Administrators wurde ein altes Weltraumprogramm wiederbelebt und der Rest der Menschheit machte sich auf den Weg zu einem Planeten namens Teegarden b. Mera schwirrte der Kopf in Anbetracht der vielen unbekannten Begriffe und Details. Viele Stellen waren rot hinterlegt und ein Kommentar am Seitenende wies darauf hin, dass diese Informationen nicht für die Allgemeinheit bestimmt waren. »Die Grausamkeiten unserer Vorfahren sind eine Bürde, mit der wir nicht die Gedanken unserer Brüder und Schwestern belasten wollen. Stattdessen sollte der Exodus als Wendepunkt betrachtet werden, Neuanfang und Wiedergeburt der Menschheit.«

Im zweiten Kapitel ging es um die Landung und die Verwirrung, die geherrscht hatte, als die Vorfahren den neuen Planeten betreten hatten. »Das Paradies hatten sie erwartet, doch jetzt dämmerte ihnen, dass sie das Paradies mit den eigenen Händen schaffen mussten. Viel Niedertracht und Zwist herrschte in diesen Tagen. Es war diese Zeit der Prüfung, in der das große Gleichgewicht geschaffen wurde. Helden taten sich hervor doch auch das Böse war in der Gestalt von Ketzern mit auf den neuen Planeten gereist. Im Dunkel erschien das Licht des Glaubens, und der Administrator erhob sich, die Seinen zu führen. Die Geburtsstunde von Eden.«

Es folgte die Geschichte der Hohepriesterin Inaya, die Mera übersprang.

Dann ging es um den ersten Kontakt mit den Kriechern. »Als sie aber zu dem von Inaya beschriebenen Ort aufbrachen, erschien eine Gefahr aus dem Dunkel. Niederträchtiges Getier, das wir heute Kriecher nennen. Zu dieser Zeit gingen sie noch aufrecht, wollten den Menschen gleich sein.«

Mera stellte sich einen aufrecht gehenden Kriecher vor, diese Stelle kam ihr mehr als seltsam vor. Zu ihrer großen Überraschung stand dort weiterhin geschrieben, dass die Vorfahren zunächst versucht hatten, mit den Kriechern zu kommunizieren. Niemals wäre sie auf die Idee gekommen, mit solch einem Wesen in Kontakt zu treten. Waren die Kriecher vor ihrer Verdammnis ganz anders gewesen, als sie es jetzt waren? Doch das Buch schwieg dazu.

Nachdem die ersten Menschen den heimtückischen Attacken der Kriecher zum Opfer gefallen waren, sah sich der Administrator gezwungen zu handeln. »Und da reckte er seine Hand zum Himmel und ein gleißendes Licht fuhr hernieder. Alle Kreaturen, die nicht reinen Glaubens waren, wurden von ihm niedergestreckt. Fortan krochen sie am Boden wie das niederste Getier, denn sie waren dem Menschen nicht ebenbürtig. Und der Administrator verdammte sie zu einem Leben in Dreck und Staub.«

Mera spürte einen kleinen Stich in der Brust. Warum hatte das Licht nicht ausgereicht, die Kriecher ein für alle Mal zu vernichten? Und Aberglauben und Ketzerei auszumerzen? Ihr Leben wäre so viel einfacher. Rina wäre noch am Leben. Und ihr Bruder.

»Was liest du da?«

Mera schreckte auf. Sie hatte gar nicht bemerkt, dass ein Paladin neben ihr aufgetaucht war, ein Buch unter den Arm geklemmt. Sie erkannte ihn an seinem dunklen Teint, der im krassen Gegensatz zu seinen hellen Augen stand, die zu leuchten schienen. Außerdem war da die auffällige weiße Stelle im ansonsten schwarzen Haar. Es war Adteran, der die Nachricht von Nohans Tod überbrachte hatte. Sein Name und sein Gesicht hatten sich in ihre Erinnerung eingebrannt – ein Detail des schrecklichen Tages, den sie niemals vergessen würde. An seinen Ärmeln war jeweils ein goldener Streifen angebracht, der sich von der ansonsten dunkelblauen Paladinkleidung abhob.

Mera klappte das Buch zu. »Ich möchte mehr über die Ankunft erfahren«, erklärte sie und tippte auf den Titel. Sie fühlte sich ertappt, obwohl sie nichts Unrechtes getan hatte. Dass Paladine in der Bibliothek genauso ein und aus gingen wie Priesterinnen, war für sie noch ungewohnt.

»Schön, dass dich das interessiert. Man sieht hier nicht so oft Priesterinnen. Die meisten bleiben unter sich in der Unterkunft.

Auch Adteran schien sich an sie zu erinnern. »Admera, willkommen im Tempelbezirk. Ich bin nicht überrascht, dass du auserwählt wurdest. Der Glaube ist stark in deiner Familie.«

»Danke.« Mera nickte verlegen. Sie hatte keine Ahnung, was sich für eine Priesterin geziemte, wenn sie mit einem Paladin sprach. Wo sollte, wo durfte dieses Gespräch hinführen? Am liebsten wäre sie aufgestanden, um Adlina um Rat zu fragen. War es in Ordnung, hier allein mit einem jungen Mann zu sprechen?

Adteran schien das nicht zu stören. Er sprach so selbstbewusst, als wäre er der Administrator selbst. »Ich bin auch gerne in der Bibliothek. Man lernt nie aus. Außerdem komme ich als Protektor viel rum, auch in der Außenwelt. Falls du also Fragen hast, wende dich gerne an mich.«

Mera dachte an ihre erste Begegnung und wie abweisend er damals gewesen war. Hier zeigte er ein ganz anderes Gesicht. Hatte er ein schlechtes Gewissen?

»Ich dachte, du bist ein Paladin. Was ist denn ein Protektor?«

»Nun ja. Wir haben dieselben Befugnisse wie Paladine«, erklärte Adteran, um dann mit einem verschmitzten Lächeln hinzuzufügen: »Und noch ein paar mehr. Der Unterschied ist, dass Protektoren aus dem inneren Ring stammen und dort auch ihre Kindheit verbringen, während Paladine aus dem äußeren Ring stammen und später ausgewählt werden. So wie ihr Priesterinnen.«

Mera schwirrte der Kopf von Fragen. Protektoren waren im äußeren Ring nicht bekannt. Und Kinder im inneren Ring? Wer sollte hier im Tempelbezirk denn Kinder zeugen?

Da sie lange mit einer Antwort zögerte, beendete Adteran mit einem Lächeln das Gespräch und wollte gerade kehrtmachen, als sich Mera ein Herz fasste. So eine Chance, Wissen direkt zu erfragen, musste sie wahrnehmen.

»Was sind Kriecher genau? Wie verhalten sie sich zu uns Menschen?«, wollte sie wissen.

Adteran räusperte sich und setzte sich dann auf den Platz neben ihr. Er schien nur darauf gewartet zu haben, sein Wissen mit jemandem zu teilen. Mera befürchtete, er könnte einer dieser Angeber sein wie die Jungen aus ihrer alten Schulklasse. Andererseits war er im inneren Ring aufgewachsen, er konnte also kein schlechter Mensch sein. So nah an der Quelle floss klares Wasser.

Er tippte mit dem Zeigefinger auf das vor Mera aufgeschlagene Buch. »Nun, die Texte sagen, dass die Kriecher uns nicht ebenbürtig sind.«

»So ist es«, entgegnete Mera. »Ich kann das bestätigen. Beim Auszug habe ich einen Kriecher gesehen. Sie haben nichts Menschliches, keine Seelen. Ihre Augen sind leer.«

»Trotzdem sind es denkende Wesen«, wandte Adteran ein. »Sie haben Spuren von Intelligenz und können miteinander kommunizieren. Es gibt sogar Kriechernester, wo sie simple Gemeinschaften bilden.«

Mera ballte die Faust. Kriechern Intelligenz zu unterstellen, empfand sie als Affront. »Wie dem auch sei. Ich hasse sie. Ich kann den Tag nicht erwarten, an dem wir sie endgültig vernichten.« Mera erschrak über den harten Ton ihrer Stimme.

»Das kann noch dauern«, meinte Adteran lapidar.

»Wieso sagst du das? Wir müssen standhaft bleiben im Glauben. Das Schwert immer wieder schärfen.«

Adteran blickte sich kurz um, und flüsterte dann: »Ich habe schon viele Angriffe miterlebt. Wir zerstören ein Nest und es entsteht ein neues. Nicht einmal den Weg zur Pilgerstätte kann man sicher gehen. Ich würde niemals die Allmacht des Administrators anzweifeln. Aber mir scheint, außerhalb der Kuppel sind seine Kräfte nicht dieselben.«

»Also überlassen wir die Außenwelt den Kriechern und gleichzeitig breiten sich unter der Kuppel die Schatten der Ketzerei aus? Wenn Jennifer aus den Schatten nur ein Aberglaube ist, warum fürchten wir dann selbst ihren Namen?«, zischte Mera zurück. Fast tat ihr Adteran leid, doch der Gedanke an ihren Bruder und die vorherrschende Teilnahmslosigkeit machte sie rasend. Wenn das große Gleichgewicht bedroht war, lag es dann nicht an ihnen, etwas zu ändern?

Ihre Worte hatten Adteran getroffen, das erkannte sie. Er versuchte noch etwas zu erwidern, doch dann besann er sich, lächelte entschuldigend, stand auf und verließ ohne ein weiteres Wort den Raum.

Mera blieb aufgewühlt zurück. Ihr war klar, dass sie weiter an ihrem Glauben arbeiten musste. Jede Art von Zweifel war Gift fürs Seelenheil. Deshalb musste der Glaube jeden Tag geprüft, geformt und gestählt werden. Trotzdem nahm sie sich vor, nächstes Mal weniger konfrontativ mit Adteran zu sprechen. Schließlich machte er nicht die Regeln. Und sicher gab es eine gute Erklärung dafür, warum der Administrator die Kriecher und Ketzer noch nicht vom Angesicht des Planeten gefegt hatte. Also hieß es weiter in den Schriften nach Antworten zu suchen.

Sie holte zwei weitere Bücher hinzu, eine Abhandlung über die Lebenswelt des Planeten und schließlich noch eine Beschreibung der Aufgaben der Paladine, denn die Begegnung mit Adteran hatte ihre Neugierde geweckt.

Voller Vorfreude wandte sie sich dem Buch »Die Außenwelt« zu, einem Buch, das ebenfalls nur im inneren Ring verfügbar und ihr gänzlich unbekannt war. Sie überflog das Inhaltsverzeichnis und setzte sich zum Ziel, bei Gelegenheit alle Abschnitte zu studieren. Zuerst schlug sie das Kapitel über »Lebewesen« auf. Überrascht stellte sie fest, dass es neben Kriechern noch etliches anderes Getier gab, von dem sie nichts wusste. In der Schule wurde die Außenwelt gemeinhin als lebensfeindlicher und gefährlicher Ort abgetan. Die einzige Berührung, die die Menschen aus dem äußeren Ring mit der Außenwelt hatten, war während des Auszugs. Ansonsten spielte was jenseits der Kuppel lag keine Rolle, dementsprechend dürftig war das Wissen.

Die Namen und das Aussehen des Getiers erschienen ihr fremdartig, noch nie hatte sie eines davon zu Gesicht bekommen. Waren diese ebenfalls bösartig und gefährlich? Leider wurden im Text nur ihr Erscheinungsbild, Verhalten und Vorkommen beschrieben. Das meiste Getier kroch unter der Erde, augenlos und ohne Beine. Bedeutete das, dass der Boden außerhalb der Kuppel weich war und nicht aus hartem Gestein wie hier? Mera machte sich eine Notiz, um später mehr über die Beschaffenheit des Bodens herauszufinden.

Dann stieß sie auf die Beschreibung der Kriecher. Mera schluckte, als sie die Illustration eines Exemplars erblickte. Die toten Augen, das weit aufgerissene Maul mit den Zahnreihen, der verformte Rücken aus dem sich die Knochen zu schieben schienen. Die seltsamen Hinterläufe und die schrecklichen Vorderläufe, die in den Krallen mündeten. Tatsächlich wirkten diese Tiere seltsam geknechtet, als litten sie unter Schmerzen. Als wäre ihr Dasein eine einzige Bestrafung.

Vor ihrem inneren Auge tauchte ihre eigene Begegnung mit dem Kriecher auf. Sein fauliger Atem, der Schrei – und Rinas Blick, als sich der Kriecher in ihren Bauch gefressen hatte.

Der Text war zu ihrer Enttäuschung knapp gehalten und es gab auch keine Bilder eines Nestes. Ein Bezug zur ersten Ankunft wurde ebenfalls nicht erwähnt. Dafür wurde bestätigt, dass die Kriecher Fleischfresser waren und meistens unter schrecklichem Hunger litten, da es in der kargen Landschaft wenig Nahrung für sie gab. Deshalb kam es auch zu Kannibalismus. In Gegenden mit mehr Pflanzen und Getier schlossen sich die Kriecher zu kleinen Gruppen zusammen und bildeten Nester. Mera nahm sich vor, Adteran nach den Nestern zu befragen, sollte sie ihm noch einmal über den Weg laufen. Auch Gegenden mit mehr Pflanzen und Getier konnte sie sich nicht vorstellen. Für sie war die Außenwelt eine orange-graue Todeszone.

Zu Meras Freude gab es auch ein Kapitel über Pflanzenarten. Es handelte sich meist um karges Gestrüpp, das sich zwischen Felsritzen festsetze und oft nur am Namen unterscheidbar war. Doch einige konnten zur Herstellung von Nahrungsextrakten verwendet werden oder hatten medizinischen Nutzen. Im hinteren Teil des Kapitels kamen auch Pflanzen mit größeren Blättern vor und eine »Nebelblume«. Fasziniert betrachtete Mera das Bild einer kleinen Blume mit leuchtend gelben Blüten. So ein schönes Gewächs hatte sie noch nie gesehen. Wer hatte solche Wunder entdeckt und hier darüber berichtet?

Gerade als sie sich den »Aufgaben der Paladine« zuwenden wollte, kam Adlina in den Raum. Mera erhob sich und senkte den Kopf zum Gruß.

»Nicht so förmlich«, entgegnete die Hohepriesterin, »du bist jetzt Admera. Wir sind doch alle Schwestern.«

Mera lächelte verlegen. Für sie war die Hohepriesterin immer noch ein höheres Wesen.

»Es ist immer ehrenhaft, zu studieren«, fuhr diese mit Blick auf die ausgebreiteten Bücher fort, »aber als Priesterin darfst du auch entspannen. Um die Probleme der Außenwelt dürfen sich Seine Heiligkeit und die Paladine kümmern.«

Mera hatte das Gefühl, sich verteidigen zu müssen. »Es interessiert mich einfach. Ich möchte alle Zusammenhänge verstehen, die das große Gleichgewicht beeinflussen.«

Adlinas Lippen umspielte ein Lächeln, das Mera nicht deuten konnte. »Das verstehe ich, mein Kind. Ich war mal genauso wissbegierig wie du. Für heute ist aber Schluss. Komm mit mir zum Abendessen. Und vergiss nicht, dein Mana zu nehmen.«

»Ja, Adlina«, entgegnete Mera, die fand, dass Adlina gar nicht schwesterlich klang, eher wie eine strenge Mutter. Resigniert klappte sie die Bücher zu und stellte sie unter dem wachsamen Auge der Hohepriesterin in die Regale zurück.

6. Ernte

Nach anfänglichem Zögern probierte Mera das hochpotente Mana wieder aus, in der Hoffnung empfänglicher für die Botschaften des Administrators zu werden. Wie sonst könnte sie die Weisheit, die sich ihr nur in einzelnen Fäden offenbarte, zu einem starken Seil flechten? Ein Seil, das ihr Halt gab in ihrer neuen Rolle als Priesterin. Immerhin vertrug sie den Konsum inzwischen besser, sodass sie nach der Einnahme nicht mehr stundenlang schlief. Stattdessen genoss sie immer öfter auch tagsüber den warmen Gedankenschleier und die Sorglosigkeit, die sich nach dem Verzehr einstellte. Es war, als tauche man für kurze Zeit in das große Gleichgewicht ein.

Dann lauschte sie mit den anderen Priesterinnen der Musik oder sie dösten in ihren Gemächern. Die Bürde schien in diesen Momenten leicht genug zu sein und auch die Gedanken an ihre Eltern und ihr altes Leben wogen nicht so schwer. Zweifel gab es in diesem Zustand keine, das Bedürfnis zu lernen, schwand. »Warum« kam im Wortschatz des Mana-Rausches nicht vor.

Das Erntefest war die erste große Feierlichkeit, an der Mera als Priesterin teilnehmen durfte. Als Kind war dies ihr Lieblingsfest gewesen. Ganz Eden war dann auf den Beinen. Es wurde Erntegebäck vorbereitet, lange Teigrollen, die in komplizierten Mustern gelegt und ausgebacken wurden. Sie schmeckten besonders gut, denn das Erntefest folgte einer dreitägigen Fastenzeit, um den Entbehrungen der Vorfahren zu gedenken. Zum Höhepunkt des Festes fand eine farbenprächtige Prozession statt, die vom Beginn des ersten Strahls bis zum Vorhof des Tempels führte. Dort wurde die Ernte symbolisch dem Administrator übergeben und bunt gefärbtes Ernte-Mana an die Teilnehmer verteilt. Dann wurde bis in die Nacht gesungen und getanzt, während mit Mana angereichertes

Duftwasser in Strömen aus den Brunnen lief. Ein Fest der Dankbarkeit und ein seltener Anlass, bei dem die Bewohner Edens aus sich herausgingen.

Mit einem Schmunzeln erinnerte sich Mera daran, wie ihr Vater sich in Ekstase getanzt hatte. Der sonst so stille, figurenschnitzende Mann hatte seinen Gefühlen freien Lauf gelassen. Sein Hemd durchgeschwitzt, die Hände zur Kuppel gereckt, stundenlang. Nur in dieser einen Nacht.

Erst seit Mera wusste, welch gigantische Herausforderung es war, Eden und seine Bewohner zu versorgen, konnte sie die Bedeutung des Erntefestes richtig begreifen. Ohne den Administrator wäre alles nichts. Aber er war genauso angewiesen auf die fromme Arbeit der Bewohner. Ein Band, das niemals zerreißen durfte.

Umso freudiger nahm sie an den Vorbereitungen teil, auch weil es endlich etwas Abwechslung gab. Es galt Hymnen zu üben, Instrumente einzuspielen und über die Abfolge des Programms zu diskutieren. Mera stellte fest, dass Adlina dabei als Sprachrohr des Administrators fungierte, er selbst schien die meiste Zeit im Tempel zu verweilen. Seit ihrer Ernennung hatte sie ihn nicht mehr zu Gesicht bekommen.

Am Morgen der Festivität herrschte statt der üblichen Mana-geschwängerten Ruhe reges Treiben in den Priesterinnengemächern. Eilige Schritte halten in den Fluren, Gelächter erklang aus den Stuben. Selbst Adlinas Lächeln wirkte natürlich, wie befreit. Die Priesterinnen halfen sich gegenseitig beim Anziehen der wallenden, bunten Gewänder, die nur an diesem Tag getragen wurden. Vier Sorten gab es: rot, grün, gelb und blau. Mera bekam eine rote Robe und konnte sich gar nicht sattsehen an ihrem Spiegelbild. Admera, die Priesterin, blickte ihr entgegen.

Dann wurden Gürtel gestrafft, Ärmel noch eilig abgeändert und Haare hochgesteckt. Adshara und Adyumi halfen ihr dankenswerterweise beim Bändigen ihrer Locken.

Zum Schluss wurden ihre Gesichter blass geschminkt und jede von ihnen bekam ein allwissendes Auge auf die Stirn gemalt. Mera ließ sich von der heiteren Stimmung anstecken und konnte das Fest kaum erwarten.

Endlich gab Adlina das Zeichen zum Aufbruch. In Zweierreihen zogen sie zunächst zu dem kleineren, rechteckigen Platz der harmonischen Mitte vor dem Tempel. Von dort schritten sie auf Geheiß der Hohepriesterin die Treppe hinab und positionierten sich in gleichmäßigem Abstand entlang der u-förmigen Mauerbrüstung, die auf drei Seiten den riesigen Tempelvorhof eingrenzte. So überragten sie die Bewohner des äußeren Rings unter ihnen und bildeten einen Halbkreis aus Rot, Grün, Gelb und Blau. Mera selbst hatte einen guten Platz nicht weit von der Treppe zugewiesen bekommen. Hier würden sie die Prozession erwarten.

Mera fühlte sich dem Geschehen seltsam entrückt, über allem stehend. Unter ihnen wuchs die Menschenmenge an und sie versuchte, ihre Eltern, Lesi oder ein anderes bekanntes Gesicht zu entdecken – angesichts der Tausenden Teilnehmer und der Entfernung ein aussichtsloses Unterfangen. Von hier aus sah sie nur ein Meer aus Köpfen. Gleichzeitig musste sie in ihrer wallenden Priesterinnenrobe würdevoll auftreten, weshalb nur ein paar verstohlene Blicke ins Publikum möglich waren.

Als die Prozession im Vorhof angekommen war und die Gaben niedergelegt waren, erklangen die Hörner, woraufhin Stille einkehrte. Die Priesterinnen begannen mit ihrem Lobgesang, eine melancholische Ballade darüber, wie die letzte Kartoffel von der Erde unter der Kuppel von Eden neues Leben fand und wie der Administrator mit eigenen Händen die erste Ernte eingebracht und zu einem Schmeckerling geformt hatte – und wie er sie an die ersten Bewohner verteilt hatte, den eigenen Hunger ignorierend.

»Erste Ernte, Saat der Hoffnung, wunderbar. Deine Gärten tragen Früchte, damals, heut und immerdar«, schloss der Chor. Viele Menschen hatten feuchte Augen, auch Mera berührte das Lied, das nur an diesem Tag im Jahr gesungen wurde.

Dann schritt der Administrator die Treppe hinab, langsam und würdevoll, ein Wächter auf jeder Seite.

Mera wagte es nicht, ihn direkt anzusehen. Aus dem Augenwinkel bewunderte sie seine reich verzierte Robe, schielte auf sein gütiges Gesicht. Ein Lächeln so unauslöschlich wie die Flamme des Glaubens. Noch immer konnte sie nicht glauben, dass Seine Heiligkeit neben ihr stand, nur ein paar Schritte entfernt. Sie bräuchte nur hinüberzugehen, die Hand auszustrecken und könnte seine Robe berühren. Wie würde sich das anfühlen? Würde die Aura Seiner Heiligkeit an ihr kleben bleiben wie Mana-Sirup? Welch kindische Gedanken, tadelte sie sich selbst.

»Meine Kinder«, begann der Administrator seine Ansprache, »das Erntefest ist die Zeit, um über die vergangene Saison zu reflektieren. Dankbar zu sein, dass wir keinen Hunger leiden müssen. Es war eine gute Ernte. Dies war nur möglich, weil jeder seinen Platz kennt, seine zugewiesene Arbeit verrichtet und sich an die Regeln hält. Das sind die Säulen von Eden. Das große Gleichgewicht. Es fordert und belohnt. Aber lasst euch nicht täuschen! Die Außenwelt wartet nur darauf, unsere Kuppel zu verschlingen, Kriecher umrunden Eden bei Tag und bei Nacht. Falsche Propheten versprühen ihr Gift auch unter uns. Ich beschütze euch, doch ihr müsst euren Teil zum großen Ganzen beitragen. Ohne euch ist alles nichts!«

Das war das Stichwort, auf das die Priesterinnen auf der Tempeltreppe und der Laienchor im Vorhof ihre Melodie zu summen begannen. Erst leise, kaum hörbar, dann immer lauter. Ein harmonischer Klang aus Hunderten Kehlen, die sich vereinten. Die Menschenmasse unter ihnen stimmte ein, gemeinsam trugen sie die Worte des Administrators noch höher, bis unter die Spitze der Kuppel. Innerer und äußerer Ring sangen dieselbe Melodie, ewig verbunden.

»Die Ernte war erfolgreich!«, verkündete der Administrator mit seiner tiefen, durchdringenden Stimme, als die Tonfolge ihren Höhepunkt erreichte. »Euch gebührt mein Dank!«

Nun wurde die Menschenmasse unruhig. Die Leute drängten nach vorne und streckten die Hände zum Himmel wie Verdurstende, die auf Regen warteten.

»Esst, trinkt, tanzt und feiert!«, rief der Administrator, die Handflächen zur Kuppel gerichtet. Hörner erschallten, und eine Lichtsäule vom Tempel bis zum Scheitelpunkt der Kuppel erstrahlte.

Während die Massen frenetisch jubelten, warfen die Priesterinnen hochpotentes Festtags-Mana in die Menge. Aus den Brunnen sprudelte mit Mana versetztes Wasser. Der kollektive Rausch konnte beginnen.

Mera blickte sehnsüchtig in den Vorhof des Tempels. Wie gerne wäre sie heute auf der anderen Seite der Ringmauer. Jetzt spürte sie die Last der Bürde ihres privilegierten Seins ganz deutlich. Die Fröhlichkeit, die sie noch während der Vorbereitung gefühlt hatte, fiel von ihr ab. Warum konnte sie nicht nach unten gehen? Nur eine Treppe und ein Tor trennten sie von ihrer Familie.

Zuerst stieg der Administrator die Treppe wieder nach oben, dann folgten die Priesterinnen. Es wirkte, als habe das Geschehen im Vorhof nichts mit ihnen zu tun.

Zurück in den Priesterinnengemächern wurden die Geräusche des Festes von den dicken Türen und Wänden gedämpft, so wie die

Melancholie vom Mana. Die Priesterinnen trafen sich im Musikraum, wo man vom geöffneten Balkon den Trubel im Vorhof hätte hören können. Doch die Balkontür blieb verschlossen, die Priesterinnen spielten ihre eigene Musik.

Mera leerte einen Kelch eines mit Mana durchsetzten, bläulichen Getränks und spürte die Gedanken leichter werden. Mehrmals lehnte sie Festtags-Mana ab, während sie durch den Raum schritt. Jemand befüllte ihren Kelch neu. Mera trank. Beobachtete, wie sich die anderen in Ekstase tanzten, die Bewegungen im Rhythmus der Trommeln. Die Luft war stickig. Zuckende Leiber und entrückte Gesichter. Mera setzte sich etwas abseits auf einen gepolsterten Schemel und nahm einen weiteren Schluck.

Sie musste kurz eingenickt sein, hatte jegliches Zeitgefühl verloren. Ihre Robe war verrutscht, mit dem Rücken lehnte sie gegen die Wand. Den Kelch hielt sie noch in der Hand, doch der Inhalt war auf den Boden gegossen. In der hintersten Ecke erblickte sie die Hohepriesterin, die in ein fröhliches Gespräch mit einer Gruppe Priesterinnen vertieft war. Adlina wirkte ebenfalls berauscht, lachte ständig lauthals auf und stützte sich immer wieder auf einen kleinen Tisch, auf dem Früchte lagen.

In der anderen Ecke des Raumes tanzten zwei junge Frauen eng umschlungen miteinander. Die beiden bewegten sich sehr langsam, wie in Trance, und rieben ihre Unterkörper im Takt der Trommeln aneinander. Niemand schien sich daran zu stören.

Waren das hier wirklich die Auserwählten? War solch ein Rausch im Einklang mit dem großen Gleichgewicht und den Lehren des Administrators?

Durch den Mana-Schleier versuchte Mera, dem Treiben zu folgen, doch die Bewegungen verliefen zu bunten Schlieren. Die Trommeln und ihr Herz schlugen um die Wette, versuchten, sich gegenseitig ihren Rhythmus aufzuzwingen. Die Welt drehte sich schneller als Mera.

Sie brauchte frische Luft. Durch lange Gänge schleppte sie sich, immer wieder an der Wand abstützend. Ankämpfend gegen die wohlige Wärme des Manas, die ihrem Körper befahl, sich hinzulegen, nicht nachzudenken, auszuruhen. Schwer atmend erreichte sie den Ausgang und stürzte in die erlösende Kühle des Platzes vor dem Tempel.

Sie wollte zum Park, sich auf die Bank vor den geretteten Pflanzen setzen, allein sein. Erschrocken hielt sie inne, als sie dort eine schemenhafte Gestalt entdeckte. Es war Adteran, der Protektor aus der Bibliothek. Er nickte ihr freundlich zu und schien nicht überrascht, sie hier anzutreffen. Wieder umzudrehen, erschien ihr unhöflich. Außerdem musste sie sich ausruhen, also setzte sich Mera wortlos neben ihn.

»Auch keine Lust zu feiern?« Seine Worte drangen nur langsam zu ihr vor. Ihre Antwort versiegte auf dem Weg vom Kopf zum Mund. Die Welt drehte sich immer noch ohne sie.

»Zu viel Mana?« Adteran hielt ihr eine kleine Flasche hin. »Trink das.«

Zögernd führte sie diese an den Mund, benetzte zuerst ihre Lippen. Dann nahm sie ein paar tiefe Schlucke von der kalten Flüssigkeit.

»Paladine und Protektoren haben das bei sich für den Fall, dass sie schnell klar im Geist werden müssen. Du musst mit dem Mana langsam machen. Es gibt Menschen, die sind zu sensibel für den Rausch. Und das Zeug hier ist viel potenter als im äußeren Ring.«

Meras Sinne schienen ihr wieder zu gehorchen. Dafür zog sich die Wärme zurück und sie fröstelte. Dabei war die Temperatur unter der Kuppel immer gleich.

»Danke. Ich habe gehofft, empfänglicher für das große Gleichgewicht zu werden. Es ist ein schmaler Grat zwischen Rausch und Klarheit. Ich werde vorsichtiger sein.«

So saßen die beiden eine Weile schweigend da, den Klängen der Festlichkeiten lauschend. Von hier oben konnte man ganz Eden überblicken. An Festtagen wie heute blieben alle Gebäude erleuchtet, ein Meer aus Lichtern entstand. Selbst die vertikalen Gärten waren illuminiert und schwebten wie lange Ketten bläulicher Perlen unter dem Dach der Kuppel. Die Strahlstraßen waren so noch deutlicher erkennbar. Und irgendeins dieser kleinen Lichter im dritten Sektor war Meras Elternhaus.

Je mehr die Wirkung des Manas nachließ, desto mehr wurde ein unterdrücktes Gefühl nach oben gespült. Traurigkeit. Schon liefen ihr stumme Tränen übers Gesicht. Nein, sie konnte doch nicht einfach Emotionen zeigen. Sie verbarg ihr Gesicht in den Handflächen.

»Was ist los?«, wollte Adteran wissen. Es lag etwas in seiner Stimme, das sie schon lange nicht mehr gehört hatte: Anteilnahme. Er sah sie weinen und verurteilte sie nicht.

Kurz überlegte sie zu lügen, aber diese plötzlichen Gefühle mussten raus – und wenn es durch Worte geschah. Komischerweise schien sie ihm in diesem Moment näher zu sein als den anderen Priesterinnen, die sich dem Rausch hingaben. Waren sie die beiden einzigen nüchternen Menschen in Eden heute Nacht?

»Ich vermisse meinen Bruder, meine Eltern, meine alten Freunde. Bei der Kuppel! Ich sollte so etwas nicht sagen.« Sie hielt sich die Hand vor den Mund, als könnte sie sich davor bewahren, etwas Dummes zu sagen. Dann meinte sie: »Ich bin ja für immer dankbar, hier zu sein, aber heute wäre ich lieber im äußeren Ring. Ich fühle mich wie eine Versagerin.«

Mera befürchtete schon, zu viel gesagt zu haben. Immerhin war Adteran ein Protektor. Viel weiser und erfahrener als sie. Was, wenn er direkt zum Administrator ginge und ihm mitteilte, was für eine undankbare Priesterin sie war? Die Neue, die Dumme. Die, die zu schwach ist. Ihre Gefühle schienen durch das Mana und durch Adterans Getränk verrücktzuspielen.

»Niemand geht jemals zurück. Man bleibt in seinem Ring oder man geht nach draußen. Nach ganz draußen«, meinte Adteran und zeigte in Richtung der Schleuse.

Die Worte trafen Mera wie ein Hammer. Auf einmal erschien ihr zukünftiges Leben alles andere als verheißungsvoll. Jetzt, nüchtern wie sie war, kam es ihr wie eine schwere Strafe vor, ihr Elternhaus nicht mehr besuchen zu dürfen.

»Mach dir keine Sorgen, das wird schon. Der Anfang ist schwer hier für Neuankömmlinge. Akzeptanz ist der erste Schritt. Aber wenn du verstehst, wie viel du hier bewegen kannst, wie viel Wissen dir zugänglich ist, dann willst du nirgendwo anders sein. Hier ist das Zentrum. Schau nach oben, wir sind genau unter der Spitze der Kuppel.«

Mera wischte sich die Tränen mit den langen Ärmeln ihrer Robe ab und blickte hinauf.

»Protektoren und Paladine sind die Einzigen, die es für ein paar Aufträge mal in den äußeren Ring treibt«, fügte Adteran hinzu. »Oder die Hohepriesterin bei den Auszügen. Aber ansonsten leben wir in unterschiedlichen Welten …«

»… unter einer Kuppel«, vervollständigte Mera seinen Satz. »Ich wünschte, ich wäre ein Paladin. Wie du. Oder mein Bruder. Nohan.«

Adteran schwieg, doch seine Gesichtszüge verrieten, dass ihn Nohans Schicksal bewegte. Er hatte ihren Bruder gekannt, hatte sogar die Nachricht seines Todes überbracht. Was hielt er zurück?

Adteran starrte nach vorne, es wirkte, als wollte er davonlaufen. Doch dann schien er sich wieder zu fangen.

»Adnohan«, wiederholte er. »Er hätte nicht sterben dürfen.«

Mera war erleichtert, dass Adteran das Gespräch nicht mit Glaubensfloskeln abblockte. Der Gedanke, so mehr über ihren Bruder zu erfahren, ließ unerwartete Hoffnung keimen. Sein Geist schien näher zu sein, Mera war nicht allein.

»Erzähl mir alles über ihn, bitte«, flehte sie Adteran an. »Und über die Ketzer, die Jennifer Yao folgen.«

Diesem schien die Situation sichtlich unbehaglich. Verstohlen blickte er sich um, stellte sicher, dass niemand auf dem Platz zu sehen war.

»Es ist nicht gern gesehen, über die Toten zu sprechen. Fragen zu stellen. Fragen ohne Antworten. Besonders über die Ketzer. Das habe ich dir schon erklärt. Dein Bruder war ein kluger Mensch, sehr beliebt bei den anderen Paladinen und Protektoren. Der Administrator hat ihn oft auf schwierige Einsätze geschickt. Reicht das nicht?«

»Was weißt du über sein Martyrium? Ich will wissen, was es mit den Ketzern auf sich hat. Wie kann der Aberglaube so stark sein, dass ein Paladin, ein Krieger des Glaubens, zu Tode kommt?«

Adteran seufzte und betrachtete seine Handflächen, als stünde dort die richtige Antwort geschrieben.

Mera ließ nicht locker. »Gibt es jemanden, der mir mehr darüber erzählen kann?«

»Du solltest es dabei belassen. Dein Bruder ist ein Märtyrer, das ist ehrenvoll.«

»Warum ist das ehrenvoll? Ich möchte doch nur das große Ganze verstehen. Warum mein Bruder gestorben ist. Ist das zu viel verlangt?«

Die Tränen kamen wieder zurück, schienen sein Herz zu erweichen. Verlegen rutschte er auf der Bank hin und her, fuhr sich nervös durch die dunklen Haare. Dann richtete er sich auf und räusperte sich. »Wenn ich dir helfen soll, musst du etwas für mich tun. Damit ich weiß, dass ich dir vertrauen kann.«

Meras Nackenhaare stellten sich auf, eine Vorahnung von Gefahr lag in der Luft. Sie wog ihre Optionen ab, doch im Chaos ihrer Gefühle verstummte ihre innere Stimme, die ihr sonst den Weg der Vernunft wies.

»Was soll ich tun?«, fragte Mera, weil sie nicht wusste, was sie sonst hätte sagen sollen.

»Das Gemach der Hohepriesterin Adlina. Du musst dort etwas für mich holen.«

»Ich soll die Hohepriesterin beklauen, bist du wahnsinnig?« Mera meinte sich verhört zu haben.

»Die Priesterinnen sind alle berauscht und tanzen im Musikraum. Jetzt ist der perfekte Augenblick. Keiner wird etwas merken.«

»Vergiss es«, zischte Mera. Entsetzt, dass Adteran einen derart krassen Regelverstoß vorschlug. Träumte sie? Erlaubte er sich einen Spaß mit ihr?

Mera stand auf, bereit zum Gehen. Doch Adteran packte sie am Handgelenk. Nicht grob, aber bestimmt.

»Hör mir zu«, fuhr Adteran unbeirrt fort. »Ich habe den Verdacht, dass Adlina etwas zu verbergen hat. Sie hat in der großen Werkstatt etwas produzieren lassen, aber die Aufzeichnungen vernichtet. Eine klare Flüssigkeit, die sie in kleinen Fläschchen aufbewahrt. Ich muss wissen, worum es sich dabei handelt. Die Sache scheint mir sehr ungewöhnlich. Als Protektor muss ich solchen Sachen auf den Grund gehen.«

»Und warum gehst du mit deinem Verdacht nicht zum Administrator?«, wollte Mera wissen.

»Es ist nicht so einfach. Die Hohepriesterin ist eine der engsten Vertrauten des Administrators. Sie ist sehr mächtig. Ohne Beweise ist eine Anschuldigung gegen sie reiner Selbstmord.«

»Na klar. Und stattdessen schickst du die Neue vor. Entbehrlich, wie ich bin.«

»Dir kann nichts passieren. Du gehst in ihr Zimmer. Du schaust in ihrem Schrank, ob sie die kleinen Fläschchen dort hat, unbeschriftet, mit klarer Flüssigkeit. Du schnappst dir eine und dann kommst du wieder zurück. Das dauert keine zwei Minuten.«

Mera biss auf ihre Unterlippe und versuchte, ihre Wut zu unterdrücken. Heute Morgen war die Welt noch in Ordnung gewesen, und nun das hier. Was gingen hier für Ränkespiele vor sich?

Adteran redete einfach weiter: »Als Mann kann ich dort nicht rein. Für dich als Priesterin ist das kein Problem. Die sind alle berauscht. Selbst wenn dich jemand sehen sollte, sagst du einfach, dass du dich in der Tür geirrt hast, weil du zu viel Mana zu dir genommen hast. Schließlich bist du die Neue.«

Seine Worte begannen etwas Sinn zu machen und schlugen zarte Wurzeln.

»Außerdem möchtest du mehr über deinen Bruder erfahren. Du möchtest wissen, warum er gestorben ist? Ich kann einiges rausfinden, zu fast allen Dingen, die in Eden geschehen. Aber das ist genauso ein Risiko für mich. Wenn du mir hilfst, helfe ich dir.«

Meras Widerstand bröckelte. Mehr über Nohan zu erfahren, war ein gewichtiges Argument. Sie ging die Regeln durch, die sie brechen würde. Kenne deinen Platz. Folgsamkeit gegenüber den Oberen. Stelle keine Fragen ohne Antworten. Andererseits: Wenn sie einem Protektor bei einer Untersuchung half, die dem großen Gleichgewicht dienen könnte, war dies nicht der größte Dienst für den Administrator? Und irgendetwas störte sie an Adlina.

Sie musterte noch einmal Adteran. Er hatte etwas an sich, das sie nicht benennen konnte. Doch sie fühlte sich ihm nahe.

»Also gut. Ich mach es«, erklärte sie. »Warte hier auf mich.«

Ohne Umschweife kehrte sie zurück zu den Priesterinnengemächern. Sie wollte die Sache so schnell wie möglich hinter sich bringen. Hinein. Den Gang entlang. Zuerst führte sie ihr Weg zum Musikraum, aus dem immer noch die wilden Rhythmen und das inzwischen hysterische Gelächter zu hören waren. Sie spähte durch die geöffnete Tür, wollte sicherstellen, dass Adlina hier war. Inzwischen tanzte die Hohepriesterin ekstatisch in der hinteren Ecke.

Nüchtern, wie Mera nun war, fand sie das Verhalten von Adlina alles andere als angemessen. Viel wichtiger war jedoch, dass die Hohepriesterin beschäftigt war.

Weiter den Gang entlang. Außer ihr schienen alle im Musikraum zu sein. Die hinterste Tür gehörte zu Adlinas Gemach. Während die Trommeln leiser wurden, klopfte Meras Herz lauter. Immer wieder sah sie sich um und horchte in den Gang hinein. Nichts. Dann lauschte sie an der Tür. Auch im Gemach der Hohepriesterin war es still. Mera hielt die Luft an und betätigte die Türklinke so sachte wie möglich. Nicht verschlossen. Mein Ohr und meine Tür sind immer offen, fiel Mera Adlinas Ausspruch ein. In diesem Punkt hatte die Hohepriesterin also nicht gelogen. Durch den Spalt schielte Mera in den Raum, vergewisserte sich, dass die Luft rein war. Dann glitt sie blitzschnell in das Gemach und schloss die Tür hinter sich.

Adlinas Zimmer war etwas geräumiger als die der anderen Priesterinnen. Bett, Schreibtisch, Stuhl, Schränke, Bücherregal. Außerdem gab es einen eigenen Waschraum.

Sie musste sich schnell orientieren. Wo würde Adlina Tränke aufbewahren? Auf dem Schreibtisch fanden sich ein paar Bücher und Aufzeichnungen. Eilig öffnete sie die Schubladen. Mehr Dokumente, mehr Bücher, keine Tränke. Als Nächstes wandte sie sich den Schränken zu, aber dort befand sich lediglich eine große

Auswahl Roben und anderer Kleidungsstücke. Auch ausgefallene, viel zu knappe Unterwäsche fand Mera zu ihrem Erstaunen.

Je länger sie suchte, desto unbehaglicher fühlte sie sich. Sie ging zurück zur Tür und spähte auf den Gang. Niemand. Die Suche ging weiter. Der Waschraum! Dort befand sich ein massiver Schrank aus weiß lackiertem Metall.

In der obersten Schublade befand sich ein riesiges Sammelsurium an Mana. Pillen, Ampullen und Pulver in allen Formen und Farben. Noch nie hatte Mera so viel Mana auf einem Fleck gesehen. Doch keines der Fläschchen entsprach der Beschreibung Adterans. Alle waren beschriftet und trugen Mana im Namen.

Im mittleren Schieber befanden sich Tränke, Hunderte Fläschchen. Ungeduldig wühlte sich Mera durch den Inhalt der Schublade. Die Anspannung war kaum auszuhalten. Am hinteren Rand entdeckte sie ein Paket mit unbeschrifteten Fläschchen. Klarer Inhalt. Es mussten einmal zehn gewesen sein, doch zwei Fächer waren bereits leer.

Ein Lachen ließ Mera herumfahren. Zu laut, zu nah. Es musste vom Gang kommen. Bei der Kuppel, jetzt war alles vorbei!

Hektisch nahm sie eines der Fläschchen an sich, schloss die Schublade und schlich aus dem Wachraum. Da war es wieder, das Lachen war ganz nah. Ihr Herz raste und sie spürte den eigenen Pulsschlag im Ohr dröhnen. Oder kam das Lachen aus einem angrenzenden Zimmer? Irgendwie hatte es sich zu vertraut angehört. Das war Adlina! Alles, bloß das nicht! Sie saß in der Falle.

Mera schlüpfte geistesgegenwärtig in den großen Wandschrank neben dem Bett, dem einzigen Ort, der sich als Versteck eignete. Kaum hatte sie die Schranktür von innen geschlossen, öffnete sich die Tür des Schlafgemachs. Ein kurzes Gespräch zwischen zwei Frauen, dessen Inhalt Mera nicht verstehen konnte. Anscheinend hatte sich Adlina von der anderen Person verabschiedet. Die Tür schloss sich wieder und es wurde still. Nur das Geräusch von Schritten, die sich zwischen Bad und Schlafzimmer hin- und herzubewegen schienen. Gelegentlich summte Adlina eine Melodie. Dann wurde es wieder still. War sie eingeschlafen? Mera überlegte sich Szenarien für ihre Flucht, doch mit Adlina auf dem Bett wäre der Weg zur Tür versperrt. Würde sie bis zum Morgengrauen warten müssen? Mera wagte kaum, zu atmen. Wenn die Hohepriesterin den Schrank öffnen würde, wäre sie verloren. Keine Ausrede war in dieser Situation noch glaubhaft. Von wegen im Rausch im falschen Zimmer gelandet. Sie konnte nur warten. Innerlich verfluchte sie Adteran und ihre eigene Naivität. Die Kriecher sollten sie holen! Wie konnte sie nur so dumm sein? Alles aufs Spiel zu setzen! Das Gespött ihres ganzen Viertels würde sie werden. Der Bruder ein Märtyrer, die Schwester eine verbannte Priesterin. Ihre Eltern würden sich vor Scham im Fels vergraben wollen.

Da klopfte es. Adlina bewegte sich wieder, doch nicht zur Tür, sondern ins Badezimmer. Hatte sich Mera verhört? Ein Scharren und Kratzen folgte von dort. Doch! Es musste aus dem Waschraum kommen. Eine weitere Person war ins Schlafgemach gekommen, sie hörte das gedämpfte Gespräch. Die beiden mussten nun auf dem Bett sein. Murmeln, Kichern, schmatzende Geräusche. Was trieb Adlina da?

»Ich zeige dir, wie man das große Gleichgewicht erreicht«, hörte sie Adlina sagen.

Die andere Person stöhnte laut auf. »Ja. Hör nicht auf. Zeig mir den Weg!«

Schlagartig wurde Mera klar, dass es sich um einen Mann handelte. Bei der Kuppel! Kannte Adlina ihren Platz nicht? Waren solche Dinge Priesterinnen nicht untersagt? Hatte sie nicht gegenüber Mera behauptet, dass es im inneren Ring nur reine Seelen gäbe?

Vielleicht war Adteran tatsächlich einer Verfehlung durch die Hohepriesterin auf der Spur.

Deckenrascheln, Stöhnen und Schreie wechselten sich ab. Es ging immer wilder zu, bis das Ganze in einem lauten, lang gezogenen Schrei endete.

Mera konnte nicht einordnen, wovon sie da Zeugin wurde. Es schien eine Mischung aus Lust und Schmerz zu sein.

Nachdem die beiden ihr seltsames Spiel beendet hatten, lagen sie schweigend, aber schwer atmend auf dem Bett.

Schließlich sagte Adlina: »Komm, lass uns ein Bad nehmen. Die Nacht ist noch jung. Solch eine Gelegenheit bekommen wir nicht oft.«

Schritte, dann war das Geräusch fließenden Wassers zu vernehmen. Gedämpftes Kichern und Murmeln drang zu Mera vor, die beiden mussten im Waschraum sein.

Vor ihrem geistigen Auge analysierte Mera die Beschaffenheit des angrenzenden Zimmers. Die große Wanne, die gerade befüllt wurde, befand sich in der hinteren rechten Ecke des Waschraums. Zwar waren die beiden Räume nicht voneinander abgetrennt, aber von der Wanne aus hatte man keinen direkten Blick auf den Schlafbereich. Ihre beste Chance bestand also darin, zu warten, bis beide in der Wanne waren.

Sobald das Geräusch des fließenden Wassers verstummt war, öffnete Mera vorsichtig die Schranktür. Die Luft war rein.

Aus dem Waschraum hörte sie sanftes Plätschern und ein leises Gespräch.

So sachte sie konnte, verließ Mera den Schrank, ihre Bewegungen waren langsam und kontrolliert, ihr Verstand fokussiert. Erschreckt stellte sie fest, dass die Tür des Schlafgemachs nun mit einem Riegel von innen verschlossen war. Sie schob ihn behutsam zur Seite. Verriegeln würde sie die Tür nach dem Verlassen nicht mehr können.

Aber was für eine Wahl hatte sie? Hoffentlich war Adlina so berauscht, dass ihr das nicht auffallen würde. Als Mera die Tür des Schlafgemachs öffnete, schaute sie sich noch einmal um. Niemand schien sie bemerkt zu haben. So verließ sie den Raum, schloss die Tür von außen und eilte den Gang entlang, vorbei am Musikraum, zurück nach draußen.

Erst als sie wieder im Freien war, merkte sie, wie ihre Hände zitterten. Sie lehnte sich gegen den Türrahmen und brauchte ein paar Augenblicke, um zu begreifen, was gerade geschehen war. So aufgeregt war sie das letzte Mal bei der Begegnung mit dem Kriecher gewesen.

Als sie sich wieder gefasst hatte, ging sie zurück zu der Parkbank, auf der Adteran sie erwartete.

»Das hat aber gedauert. Ich hatte schon Sorgen, dass du mich verraten hast«, sagte er. Mera konnte nicht einschätzen, ob er das ironisch oder ernst meinte.

»Ich wäre fast erwischt worden«, warf Mera ihm vor. Am liebsten hätte sie ihm eine verpasst. »Die Kriecher sollen dich holen! Das war wirklich knapp. Adlina ist zurückgekommen und, bei der Kuppel, sie hat sich mit einem Mann versündigt!«

»Bist du dir sicher?«, wollte Adteran wissen. »Wie ist der dort hineingelangt?«

»Ja, ich bin mir sicher. Es hat sich so angehört, als wäre er über den Waschraum gekommen. Sollten wir das nicht dem Administrator melden?«

»Nein. Behalte das für dich, sprich mit niemandem darüber. Adlina kann sich einiges rausnehmen, da sie eine der engsten Vertrauten des Administrators ist. Das macht sie gefährlich. Solche Vorwürfe müssen zum richtigen Zeitpunkt vorgebracht werden. Das könnte uns aber später noch nützlich sein. Hast du das Fläschchen gefunden?«

Mera holte die Flüssigkeit aus der Innentasche ihrer Robe und hielt sie ihm hin. »Habe ich. Und dein Teil der Abmachung?«

»Ich überlege mir etwas. Ich brauche ein paar Tage, dann finde ich dich.«

Behutsam verstaute er das Fläschchen in seiner Gürteltasche und erhob sich dann. »Also. Ich gehe mal besser. Das war wirklich mutig von dir. Ich weiß jetzt, dass ich dir vertrauen kann. Jetzt vertrau du mir.«

So verschwand er in Richtung der Paladinunterkunft auf der anderen Seite des Tempelbezirks.

Mera blieb noch auf der Bank vor den vergessenen Pflanzen sitzen. Die Musik vom Tempelvorhof war nicht leiser geworden, das Erntefest noch in vollem Gange. Ob ihr Vater heute wieder ausgelassen tanzte? Sie ließ den Blick über die Lichter Edens schweifen. Wohin gehörte sie? Ein Kind Edens war sie. Doch dies war die einzige Gewissheit in dieser Nacht.

7. Der verlorene Bruder

Die Anspannung des Tages entlud sich in einem unruhigen Schlaf voll wilder Träume. Mitten in der Nacht schreckte Mera auf, weil sie meinte, jemand stünde an ihrem Bett. War Adlina ihr auf die Schliche gekommen?

Lange lag sie daraufhin wach und dachte über das Erlebte nach. War es möglich, dass es im inneren Ring unreine Seelen gab? Hatte der Administrator denn die Seinen nicht selbst ausgewählt? Ruhte nicht das allwissende Auge über allem, was in Eden geschah? Die Vorstellung, dass seine Macht nicht vollkommen sein könnte, dass dunkle Kräfte in Eden am Werk waren, ließ sie erschaudern. Vielleicht war es ihre Bestimmung, dem Administrator beizustehen. Sie döste wieder ein.

Nohan kam in ihr Zimmer und wuschelte ihr durchs Haar, so wie er es früher gemacht hatte. »Wuschel«, sagte er, »was ist los mit dir?«

»Ich bin zu schwach«, gestand Mera. »Ich bin nicht würdig, Priesterin zu sein. Ich wünschte, wir könnten wieder wie früher leben. Als Familie.«

»Du bist aber kein Kind mehr. Das Glück der Ignoranz ist nicht für dich bestimmt.«

»Wie hast du das geschafft? Du warst mein Held. Alle haben zu dir aufgeschaut. Nie hast du gezweifelt oder gezögert.«

»Denkst du das wirklich? Das ist nur das Bild, das sie von mir geschaffen haben. Ein Bild, um es über den Küchentisch zu hängen. Ich war zerrissen. Erinnere dich, wie ich als Kind war. Deine eigenen Erinnerungen, nicht das, was andere dir erzählt haben.«

Mera durchforstete ihre Kindheit. Nohan war als Kind wild gewesen, mit wenig Sinn für Regeln und den Glauben. Nicht nur einmal waren die Eltern in die Schule einbestellt worden, um ihnen ins Gewissen zu reden. Wie oft hatten sie Nohan getadelt, wie oft hatte er zur Strafe Texte rezitieren müssen. Immer wieder. Stundenlang hatte er Stubenarrest gehabt, bis er die ganze Hymne auswendig konnte. Nur geglaubt hatte er nicht, was sein Mund da wiedergab. Wie eine seiner Steinfiguren hatte ihr Vater ihn formen wollen. Beständig, Stückchen für Stückchen. Doch ihr Bruder war aus härterem Material gemacht.

Einmal hatte Mera ein Gespräch ihrer Eltern belauscht. »Wenn er weiter so stur bleibt, holen ihn die Kriecher beim Auszug«, hatte seine Mutter dem Vater zugeraunt. »Ich weiß auch nicht mehr, was wir noch tun können«, hatte dieser geantwortet. Es schien, als habe er sich mit diesem Schicksal abgefunden. Möge der Administrator ihm beistehen, hatte er nur gemeint. Für Mera war dies ein Schock gewesen. Seitdem hatte sie jeden Abend für ihren Bruder gebetet. Elf Jahre alt war sie da gewesen. Ein Kind, das sich niemandem anvertrauen konnte. Am Tag seines Auszugs war sie in Tränen aufgelöst und hatte Nohan angefleht, nicht zu gehen. Doch er ging. Sie alle mussten gehen. Mera hatte die ganze Nacht hindurch gebetet und dem Administrator versprochen, stark im Glauben zu werden. Stark genug für sich selbst und ihren Bruder. Eine leuchtende Flamme der Frömmigkeit zu werden, wenn er nur ihren Bruder vor den Kriechern beschütze.

Und es hatte gewirkt. Nohan kam zurück, aber er war ein anderer Mensch. Zwei Freunde hatten die Kriecher gerissen. Es war ein besonders verlustreicher Auszug gewesen. Die Hohepriesterin machte den allgemeinen Sittenverfall in seiner Generation dafür verantwortlich. Doch Nohan selbst kehrte als Held wieder. Irgendwie war es ihm gelungen, einen Kriecher mit der Fahnenstange des Banners des allwissenden Auges aufzuspießen, nachdem der Fahnenträger gerissen worden war. Den Kriecher brachten sie als Trophäe zurück nach Eden und übergaben ihn der Hohepriesterin. Ein seltenes Schauspiel, nie gehört in der Geschichte Edens.

Nohan war gesegnet, sagten sie daraufhin, ein wahres Schwert des Glaubens. Doch Mera sah die andere Seite. Nohan war gebrochen, sein spitzbübisches Lachen verschwunden. Es war, als wäre ein Teil seines Wesens in der Außenwelt verblieben, als hätten die Kriecher ihren Bruder verschlungen und eine leere Hülle wieder ausgespuckt. Mühsam wurde er wieder aufgebaut, ein neuer, besserer Mensch. Stück für Stück, Hymne für Hymne füllten sie die Hülle mit Glaubenseifer. Paladin sollte er nun werden, denn er war zu Höherem berufen. Die Verwandlung gefiel ihren Eltern. Er wurde zu der Steinfigur, die sein Vater immer formen wollte. Doch ihm hatte das richtige Werkzeug gefehlt: Angst.

Nohan war der Stolz der ganzen Straße, aber Mera wurde er fremder. Schweigsam und ernst ging er seinen Pflichten nach. Je mehr der Glauben ihn erstrahlen ließ, desto mehr stand Mera in seinem Schatten. Sie war nur doch die Schwester Nohans.

Und wie hatten sie gefeiert, als er schließlich zum Paladin berufen wurde und in den inneren Ring umzog. Adnohan sein neuer Name. Hymnen würden sie eines Tages von ihm singen!

Sie solle nicht traurig sein, erklärten ihre Eltern Mera, als er sich verabschiedete. Es sei eine große Ehre, ein Tag der Freude. Denselben Satz sollte sie so ähnlich bei seinem Tod wieder hören. Er wuschelte ihr noch ein letztes Mal durchs Haar und Mera schwor sich, nie wieder den Kopf zu waschen; ein Vorhaben, dem ihre Mutter nach einer Woche ein Ende bereitete.

Danach sahen sie Nohan nur noch ein paar Mal. Auf der Balustrade des Tempels bei Feierlichkeiten, einmal beim Abführen von Ketzern – und beim Besuch nach Meras Auszug. Ein paar Briefe hatte er geschrieben, die ihre Eltern im Nachtkästchen aufbewahrten. Sie waren voller frommer Floskeln und ohne Inhalt. So war ihr Bruder gewesen. Zwei Menschen. Von der Erfahrung des Überlebens in den Glauben gepresst. Nohan und Adnohan.

Und dann war er den Ketzern zum Opfer gefallen, als hätten sie nachgeholt, was die Kriecher fünf Jahre zuvor verpasst hatten. Kinder der Schatten allesamt – Jennifers Werk. Einen goldenen Brief hatten sie bekommen und das Porträt. Weine nicht, Mera. Das ist ein Tag der Freude! Dein Bruder ist ein Märtyrer. Weine nicht, du verstehst das noch nicht. Eines Tages wirst du es begreifen. Doch Nohans Überreste befanden sich in einer kleinen Schatulle. Nie wieder würde er sie Wuschel nennen.

Keine Hymne wurde über ihren Bruder geschrieben. Er hatte aufgehört zu existieren. Nur das Bild über dem Esstisch war noch da. Und das Warum, das sie seit jenem Tag begleitete.

Mera schlug auf ihr Kopfkissen ein, wieder wach. Nohan war verschwunden. Sie ging zum Schreibtisch. Nur Mana half jetzt noch in den Schlaf zu finden. Sie nahm ein Kügelchen zwischen die Finger, doch entschied sich dann dagegen. Vielleicht würde Nohan so wieder erscheinen. Träume und Visionen – besser als ein Bild über dem Esstisch.

Am nächsten Morgen erwachte sie spät und musste sich zuerst orientieren. Das Fest, der Mana-Rausch, die Ausnüchterung, der Diebstahl des Fläschchens, die wilden Träume – dies alles war in der Nacht zuvor geschehen.

In den Priesterinnengemächern war es noch still, alle schliefen ihren Rausch aus. Also ging Mera in den Speisesaal und bediente sich von den Resten des vorabendlichen Festmahls. Niemand kontrollierte heute, ob sie ihre Mana-Ration zu sich nahm, und so ließ sie es, auch wenn dieses schwer zu greifende, melancholische Gefühl und eine innerliche Unruhe wieder da waren. Mera dachte daran, wie groß der Unterschied zwischen Mana-Rausch und Nüchternheit war. Adterans Getränk hatte ihr dies verdeutlicht. Nüchtern war alles ausgeprägter, auch die negativen Emotionen. Es war anstrengend, doch nur in diesem Zustand tauchten entscheidende Fragen auf.

Im Gemeinschaftsraum prüfte sie, welche Priesterinnen für welche Dienste eingeteilt waren. Heute war komplett frei, erst morgen gab es wieder Tempelaufgaben zu erledigen. Also beschloss sie, den Tag in der Bibliothek zu verbringen.

Sie wählte einen der schmucklosen Studientische mit Leselampe aus. Von dort hatte sie den Eingang der Bibliothek im Blick und hoffte, dass Adteran auftauchen würde. Sie wollte wissen, wie seine Suche voranging. Aber sie wollte ihn auch einfach nur sehen. Mit niemandem im inneren Ring konnte sie so offen reden. Ihre Gedanken schweiften immer wieder ab und so klappte sie das Buch zu und ging in den Park.

Stundenlang wandelte sie auf den kleinen Pfaden. Immer wieder las sie die Beschriftungen der vergessenen Pflanzen, kannte die Texte bald auswendig. Vor einem Baum blieb sie stehen. »Birken (Betula) waren auf der Erde eine Pflanzengattung in der Familie der Birkengewächse (Betulaceae). Birken stellten nur geringe Ansprüche an Boden und Klima und gediehen sowohl auf trockenen wie nassen Böden, zum Beispiel Heidegebieten, auf Dünen und in Mooren. Mögen sie eines Tages auch außerhalb Edens Wurzeln schlagen!« Und immer wieder blickte sie sehnsüchtig in Richtung des zweckmäßigen, zweistöckigen Gebäudes, in dem die Paladine lebten. Als die Beleuchtung der Kuppel schließlich abgedunkelt wurde und die Abendzeit ankündigte, beschloss sie, in ihr Zimmer zurückzukehren. Beim Abendmahl durfte sie nicht fehlen. Da spürte sie eine Hand auf ihrer Schulter.

»Nicht erschrecken«, meinte Adteran, »ich bin es.«

Sofort fühlte sich Mera besser, das stundenlange Warten war schon vergessen.

»Hallo«, meinte sie, »schön, dich zu sehen.«

»Ich muss dich leider enttäuschen. Es war viel los und ich muss noch ein paar Dinge abklären, bevor ich dir mehr über deinen Bruder erzählen kann.«

»Aber du bist trotzdem gekommen?«

»Ich habe dich hier gesehen und … na ja, wollte Hallo sagen. Du sahst etwas verloren aus. Nicht, dass du selbst zu einer vergessenen Pflanze wirst.«

Mera lächelte. »Und was würde auf meiner Beschreibung stehen?«

Adteran legte einen Finger ans Kinn und dachte mit gespielter Intensität nach. »Admera. Eine besondere Blume. Widerstandsfähig und schön.«

Ihr Gesicht glühte.

»Und rot«, fügte Adteran hinzu.

Leider fiel ihr kein gewitzter Konter ein und so schnaubte sie demonstrativ und verzog das Gesicht zu einer, wie sie hoffte, witzigen Grimasse.

Adteran wurde wieder ernst. »Ich bin froh, dass ich mit dir sprechen kann.«

»Wieso? Weil du mich veralbern kannst?«

»Nein. Nicht nur. Es gibt nicht viele Menschen im Tempelbezirk, mit denen man offen sprechen kann. Jeder könnte eine eigene Agenda haben. Uneingeschränktes Vertrauen gibt es nur gegenüber dem Administrator. Und das macht einsam. Du bist noch neu hier, nicht Teil irgendwelcher Gruppen. Ohne verborgene Absichten. Hoffentlich.«

Mera spürte es jetzt. Was ihn so anders machte. Er trug diese Melancholie in sich. Wie sie selbst, wenn sie auf Mana verzichtete.

»Und ich hatte gedacht, im inneren Ring aufzuwachsen, sei ein Privileg«, meinte Mera.

»Ja und Nein. Ich bin hier aufgewachsen, also fehlt mir der Vergleich. Ob mir ein Leben im äußeren Ring besser gefallen würde?

Keine Ahnung. Das Problem mit Wissen ist, dass man es nicht eintauschen möchte, selbst wenn es einen unglücklich macht. Außerdem bin ich als Protektor in einer besonderen Stellung. Mir wurde immer gesagt, dass ich ein Auserwählter bin. Dass ich eine besondere Ausbildung erhalten habe. Wir sollen uns beweisen, heißt es. Uns verdient machen. Wir Protektoren stehen im ständigen Wettbewerb zueinander und wissen nicht einmal genau wieso. Was können wir denn hier noch erreichen? Wir sind schon an der Spitze. Über uns ist nur noch er.« Dabei deutete er Richtung Tempel.

Je mehr er erzählte, desto mehr Frustration schwang in seiner Stimme mit, so als ob er mit sich selbst stritt. »Und das Schlimmste ist«, fuhr er fort, »dass ich niemanden habe. Protektoren sind Waisenkinder, wir werden von Priesterinnen und Paladinen erzogen. Die Hohepriesterin bringt die Babys in den Tempelbezirk. Reine Seelen, die Kinder von Märtyrern, wie man sagt. Ich kann mich an einen älteren Protektor erinnern, der oft mit uns Kleinen gespielt und uns Gutenachtgeschichten erzählt hat. Admanis hieß er. Er war wie ein Vater für mich. Doch er kam immer seltener zu Besuch. Seit zehn Jahren habe ich ihn nicht mehr gesehen. Menschen verschwinden hier, Admera. Einfach so.«

Mera wollte ihn trösten, ihn umarmen, doch sie traute sich nicht. »Es tut mir leid, dass du so fühlst. Niemand sollte ohne seine Eltern aufwachsen, das ist schrecklich. Ich würde dir so gern beistehen.«

Jetzt blickte er sie direkt an, seine hellen Augen glänzten. Tiefe Trauer lag darin.

Stimmen näherten sich, zwei Männer im angeregten Gespräch.

»Ich sollte gehen«, meinte Adteran und verschwand schnellen Schrittes hinter den vergessenen Pflanzen.

Mera verweilte noch kurz und dachte über das Gespräch nach. Adteran schien verloren, auf der Suche. Wie sie. Doch wenn ein

Leben im Tempelbezirk nicht zum großen Gleichgewicht führte, was dann?

Ohne Mana hatte Mera wieder intensive Träume. Eine seltene Blume. Meras Körper nur mit roten Blütenblättern bedeckt. Adteran erschien, doch er durfte nicht hier sein. Er kämpfte sich seinen Weg durch den Nebel, durch ein rotes Blütenmeer. Auch er nackt. Sie wollte seinen Körper sehen, ihn zu sich holen. Wollte das mit ihm machen, was Adlina mit dem Mann gemacht hatte. Doch es war falsch. Unrein. Die Dornen wollten ihn abhalten, zu ihr zu kommen. Stachen ihn, sodass rote Bluttropfen den Boden bedeckten. Schön, wie die Blüten der Rosen. Der Traum begann seine Wärme zu verlieren, die Farben rutschten. Alles wurde rot. Das große Gleichgewicht, sie hatte es durch ihre wollüstigen Gedanken zerstört. Wo war Adteran?

»Ich bin der Zorn des Planeten.«

Das Bild einer Prophetin auf einem Berg erschien. Sie war in Lumpen gekleidet, hatte die Hände zum Himmel gestreckt, als bete sie für Regen. Die Wolken öffneten sich und Feuer ergoss sich in langen Streifen vom Himmel. Denn sie war die Gebieterin über die Elemente. Inmitten des Feuermeeres lag die Kuppel, die in den Flammen verschwand. Schreie von Menschen und Kriechern erklangen. Dann war alles still. Dunkelheit legte sich über den Planeten, gereinigt von Mensch und Getier. Nur die Frau auf dem Berg war noch da, ihr Gesicht kam Mera bekannt vor. Sie schien gleichzeitig zu lachen und zu weinen. Die Zerstörung bereitete ihr keine Freude, es musste so geschehen. Auch sie war nur eine Dienerin des Gleichgewichts. Mera hatte dieses Schicksal über Eden gebracht, durch ihr verbotenes Verlangen.

Der Traum hing Mera noch lange nach. Verschämt dachte sie daran, als sie beim Frühstück im Gemeinschaftsraum saß und versuchte, ihn zu interpretieren. Was hatte das zu bedeuten?

Es fühlte sich komisch an, wenn sie an Adteran dachte. Diese Gefühle schienen immer stärker zu werden. Während sie mit der rechten Hand nach einer gebackenen Teigstange griff, ließ sie mit ihrer linken Hand ihr Mana-Kügelchen vom Teller in ihre Robentasche verschwinden. Denn Adlina kontrollierte jeden Morgen akribisch, ob alle Priesterinnen ihr Mana zu sich genommen hatten. Mera aber wollte die Gefühle zulassen, ihnen auf den Grund gehen. Außerdem hoffte sie insgeheim, Adteran noch einmal in ihren Träumen zu sehen.

Dann kam der Tag ihrer ersten eigenen Andacht. Andachten halten zu dürfen galt als große Ehre unter den Priesterinnen. Auch wenn sie sich als Schwestern verstanden, gab es unter ihnen eine Art Wettstreit. Da die Hohepriesterin die Vertraute des Administrators war, versuchten die meisten Priesterinnen, ihr Ansehen bei Adlina zu steigern. Adlina wiederum verteilte die Aufgaben und konnte so belohnen. Die Hohepriesterin schien Mera zu mögen und hatte ihr daher eine erste Andacht zugeteilt.

Nun schritt Mera, begleitet von einem Wächter, den Weg auf dem inneren Ring bis zur westlichen Gebetshalle entlang. In jeder Himmelsrichtung gab es eine Halle. Diese waren, neben dem Tempel selbst, die Verbindungspunkte zwischen äußerem und innerem Ring. Hier trafen die beiden Teile von Eden regelmäßig aufeinander, wobei sie sich niemals vermischten.

Ihr Auftreten sei durch den Wächter noch eindrucksvoller, hatte Adlina ihr erklärt. Die Macht des Wortes und die Macht der Technologie der Vorfahren. Stumm folgte er ihr überall hin, hielt an, wenn sie anhielt. Das mechanische Surren und das Klacken der metallischen Beine erinnerten Mera ständig an seine Anwesenheit.

Von der Mauer des Rings konnte sie direkt auf eine Empore in der Gebetshalle treten, während die Gläubigen die Ränge unter ihr füllten. Wie eine drohende Faust ragte die Empore über die Gemeinde. Die Trennung war augenscheinlich und gewollt. Gepredigt wurde von oben nach unten. In dieser Richtung wurde auch das Wissen weitergegeben, gefiltert und streng dosiert. Administrator, Hohepriesterin, Priesterin, der Rest. So war die Hierarchie.

Mera stellte sich vor, wie ihre Eltern mit stolzgeschwellter Brust dort unten saßen und ihr lauschten. All die Bewunderung der Gläubigen unter ihr hätte sie heute für eine Umarmung getauscht.

Zu ihrer Enttäuschung waren die Predigten kein Werk der Priesterinnen, sondern wurden ihnen vorgegeben. Adlina hatte ihr den Text am Morgen vorbeigebracht, Mera musste die Predigt lediglich vorlesen. Ihr Anteil am Gelingen der Andacht lag also an der Art, wie sie den Text vortrug, an der Intonation und an den Emotionen, mit denen sie die Rede untermalen konnte.

Heute ging es darum, wie sich gute und schlechte Taten durch die Generationen vererben konnten. Ein oft wiederholtes Thema.

»Denn es ist ja so. Sind die Eltern schwach im Glauben, so sind es nicht auch selten deren Kinder und Kindeskinder. Die Eltern setzen ein positives, aber auch ein negatives Beispiel. Wie viele Kinder wurden schon von den Kriechern geholt, weil sie von ihren Eltern nicht im Glauben bestärkt worden sind? Die gute Nachricht ist aber: In jeder Generation kann man diesen Kreislauf durchbrechen. Durch Fleiß, durch aufmerksames Zuhören bei den Predigten, durch gelebten Glauben. So kann auch das Kind schwacher Eltern stark im Glauben werden. Das große Gleichgewicht ist allgegenwärtig und diskriminiert nicht. Es durchdringt alle Stoffe und ist nicht an die Körperlichkeit der Menschen gebunden. Wessen Seele rein ist, der wird empfangen. Das ist die Botschaft der Hoffnung! Doch der Weg ist beschwerlich. Darum, liebe Eltern, seid Vorbild, lebt und zeigt euren Glauben, jeden Tag. Denn auch Positives wird vererbt und nachgeahmt. Kinder von glaubensstarken Eltern werden weit häufiger für wichtige Ämter ausgewählt, werden Priesterinnen, Paladine, Beamte. Nehmt mich, ein einfaches Kind aus dem Volk, doch von meinen Eltern bestärkt, den Weg des Glaubens zu gehen. Nun verweile ich am Schoß des Erhabenen. Und ihr Kinder Edens, schaut nicht weg, wenn ihr lasterhafte Worte hört, bei Freunden, in der Nachbarschaft, auf der Arbeit. Das Gift falscher Prophezeiungen wirkt schnell. Haltet eure Umgebung rein. Meldet, wenn euch frevelhaftes Verhalten auffällt. Nur so könnt ihr euren Kindern den Weg zum großen Gleichgewicht eröffnen.«

Mera ließ den Blick prüfend über die Gemeinde schweifen und fragte sich, wie ihre Predigt aufgefasst wurde. Es war ein seltsames Gefühl. Als sie selbst noch dort unten gesessen hatte, waren ihr die Priesterinnen wie übermenschliche Wesen vorgekommen. Nun, da sie hier oben stand, ein Mensch aus Fleisch aus Blut, ein Mädchen aus dem Volk namens Mera, kam ihr alles wie eine große Verwechslung vor. Wo genau lag der Unterschied zwischen Mera und Admera?

Kurz stockte sie, dann besann sie sich. »Lasst uns nun gemeinsam singen: Administrator, Wächter von Eden.«

Schon schmetterten Hunderte Kehlen die beliebte Hymne. So einfach konnte der Glaube sein, dachte Mera und beneidete die Menschen unter ihr. Einfach und rein, wie Kinder. Gefäße, die von ihr befüllt wurden.

»In zwei Wochen ist ein großer Tag«, schloss Mera die Predigt. »Der Frühlingsauszug steht an und unsere jungen Bewohner sind nun bereit, ihren Glauben unter Beweis zu stellen. Unterstützt sie in den nächsten Tagen besonders tatkräftig, damit sie diese große

Aufgabe bewältigen und gefestigt zurückkehren können. Und den Jungen und Mädchen möchte ich mitteilen: Habt keine Angst! Geht zum Unterricht, lernt eure Lektionen. Vor drei Jahren war ich beim Frühlingsauszug dabei. Eine Erfahrung, die mich stark gemacht hat, die mich hierhergebracht hat.«

Ihre Stimme brach kurz. »Lasst euren Glauben Schwert und Schild sein. Möge der Administrator mit euch sein!«

Auf dem Rückweg zum Tempelbezirk überlegte Mera, wo sie Adteran über den Weg laufen könnte. Die Predigt und die Erinnerung an den Auszug hatte sie in einer nervösen Unruhe zurückgelassen.

So entschied sie, ihre Robe zu wechseln, um dann in die Bibliothek zu gehen. Doch in ihrem Zimmer wartete Adlina auf sie. Die Hohepriesterin saß auf ihrem Bett, sodass Mera kurz glaubte, sie habe sich in der Tür geirrt. Ihre Nackenhärchen stellten sich auf.

»Wie geht es dir, Admera? Wie war die Predigt?«

»Gut. Denke ich. Die Menschen haben fleißig mitgesungen. Ich wollte mich nur umziehen und dann in die Bibliothek.«

Adlina schmunzelte. »Immer noch ganz der Bücherwurm. Du musst wirklich lernen, dich zu entspannen. Hier.« Sie hielt ihr eine der rosafarbenen Mana-Kapseln hin.

Mera zögerte.

»Hier«, wiederholte Adlina, ihre Stimme nun schärfer.

Mera rang sich ein Lächeln ab und schluckte die Pille. Der dumpfe Schleier des Nicht-Wollens ließ nicht lange auf sich warten. Gedanken an die Bibliothek, Adteran, Nohan und ihre Eltern verschwanden in einem Nebel der passiven Verzückung und wurden zu nichtssagenden Bildern der Vergangenheit. Jennifer Yao existierte hier nicht.

Doch irgendetwas an diesem Mana war anders. Obwohl ihre Gedanken wattiert waren, war Mera hellwach.

»Setz dich!«, befahl Adlina.

Mera gehorchte, wie ein Automat, als würde Adlina über ihren Körper bestimmen, und setzte sich aufs Bett. Die Hohepriesterin begutachtete ihr Gesicht und ihren Körper, als wäre Mera eine Statue.

»Du bist eine schöne junge Frau. Eine echte Rose. Kein Wunder, dass der Administrator dich ausgewählt hat. Ich weiß nicht, warum er dich noch nicht besucht hat. Aber gewiss wird es bald so weit sein.«

Adlina setzte sich neben sie, strich ihr über die Wange. Die Berührung war Mera unangenehm, doch sie konnte sich nicht bewegen. Sie spürte Adlinas feucht-warmen Atem im Nacken.

»Hör mir zu, Admera«, fuhr die Hohepriesterin fort. »Wir Priesterinnen müssen zusammenhalten. Seit Inayas Lächeln kämpfen wir um unsere Stellung. Gegen andere Fraktionen, die uns die Gunst des Administrators missgönnen, Zwietracht säen. Vergiss das nicht, wenn du dem Administrator dein Lächeln schenkst. Wir sind Schwestern.«

Genauso plötzlich wie ein sich verflüchtigender Tagtraum verschwand Adlina wieder aus dem Zimmer, wort- und lautlos. Mera blieb zurück in ihrem Rausch und versank in der wohligen Umarmung des Bettes. Die Worte der Hohepriesterin klangen nach. *Lächeln schenken. Wir sind Schwestern.*

Als Mera erwachte, war sie träge und es fiel ihr schwer, sich vom Bett zu erheben. Sie lag einfach nur da. Alles war in Ordnung, warum also sollte sie sich bewegen? Welchen Grund gab es, überhaupt etwas zu tun, wenn man doch zufrieden war? Dieser Zustand hielt noch eine ganze Weile an. Der Tag begann einfach ohne sie. Vor der Tür hörte sie die anderen beim Frühstück plaudern, den Tisch abräumen und sich dann anderen Dingen widmen. Jemand probte eine Hymne im Musikraum. Nur Adlina ließ sich kurz blicken, um nach ihr zu sehen. Ein Kontrollblick, da sich nicht beim Frühstück anwesend war, wie Mera klar wurde.

Erst danach hatte sie wieder genug Antrieb, um sich zu erheben. Sie bereute es, das Mana gegessen zu haben. Nächstes Mal würde sie ablehnen, egal was Adlina sagte. Die Hohepriesterin und ihr Verhalten erschienen ihr immer seltsamer. Sie kam und ging, wie es ihr passte. Es gab keinen Rückzugsort. Offene Türen überall, doch die Hohepriesterin selbst verbarg Geheimnisse. Nirgendwo konnte man für sich sein und trotzdem war man allein.

Sie wollte Adteran sehen, mit ihm sprechen.

Nachdem sie ziellos durch die Parkanlagen gewandelt war und eine gefühlte Ewigkeit auf der Bank vor den vergessenen Pflanzen gesessen hatte, schwand ihre Hoffnung. Es war unmöglich, sich zufällig zu treffen. Sie überlegte, auf die andere Seite des Tempels zu gehen, wo die Paladine ihre Wohnstätte hatten. Aber das würde sicher Probleme für beide nach sich ziehen und so entschied sie sich dagegen.

Gerade als sie sich auf den Weg zur Bibliothek machen wollte, kamen ihr Adshara und Adyumi entgegen, gut gelaunt und kichernd. Die beiden schienen immer zu zweit unterwegs zu sein. Eigentlich hatte Mera keine Lust auf eine oberflächliche Plauderei, aber sie wollte nicht unhöflich sein und sie mochte die zwei. Sofort nahmen die beiden Mera in ihre Mitte.

»Admera! Warum so ein trübes Gesicht? Hat dir ein Kriecher dein Mana gestohlen?«, kam Adshara direkt zur Sache.

Ohne eine Antwort abzuwarten, fügte Adyumi hinzu: »Komm doch mit uns. Wir gehen schwimmen, im Wasserbecken unter der großen Werkstatt.«

Nun war Mera tatsächlich interessiert. Sie wusste natürlich, dass es dort große Schwimmbecken gab, aber bis jetzt hatte sie noch keines aufgesucht. Bei einigen Priesterinnen schien das ein regelmäßiges Freizeitvergnügen zu sein. Ihre Neugier überwog und ein bisschen Ablenkung könnte sie wirklich gebrauchen. Also stimmte sie zu.

Auf der Rückseite des Tempels führte ein großes Tor hinab in den Fels, auf dem Eden errichtet worden war. Angeblich war dies derselbe Weg, den die Hohepriesterin Inaya einst gegangen war.

Menschen und Maschinen gingen ein und aus. Hier gab es die große Werkstatt, die Minen, Lager- und Maschinenräume, unterirdische Zuchtstationen für Pilze und das Wasserwerk. Das Wasser aus den Tiefen wurde gefiltert und in die einzelnen Bereiche verteilt. Da die Wärme ebenfalls aus der Tiefe des Gesteins kam, gab es große beheizte Schwimmbecken. Mera wusste, dass ihr Vater hier in einer der Minen arbeitete. Jedoch gab es einen separaten Zugang aus dem äußeren Ring. Ob die Schächte irgendwo zusammenliefen, wusste sie nicht. Eine Karte über all das, was sich unter Tage befand, hatte sie noch nie gesehen.

Ein langer Gang führte nach unten, doch wegen der immer gleichen künstlichen Beleuchtung fehlte Mera jegliches Gefühl dafür, wie tief sie schon hinabgestiegen war. Der Hauptgang lief spiralförmig, während immer wieder Abzweigungen und Türen seitlich wegführten. Nicht alle schienen zugänglich zu sein. Das meiste Treiben herrschte in der großen Werkstatt, vor deren Tor Mera fasziniert stehen blieb.

»Dürfen wir hier hinein?«, wollte sie wissen.

»Klar«, meinte Adshara. »Nicht in alle Bereiche, aber schauen ist erlaubt. Komm mit.«

Der Wächter am Tor registrierte sie kurz, dann öffnete sich der Eingang. Sofort schlugen ihnen Tausende Geräusche entgegen, die der Fels draußen noch verschluckt hatte. Es surrte, klackte und brummte. Kleine Automaten fuhren am Boden entlang und transportierten Gegenstände, während größere Maschinen, die in einer Reihe fest am Boden verschraubt waren, filigrane Bewegungen vollführten. Der ganze Raum war lebendig und voller Energie, obwohl Mera nur eine Handvoll Menschen zählte.

»Bleib innerhalb dieser beiden Linien«, erklärte Adshara ihr und wies auf farbige Markierungen am Boden.

Mera kam aus dem Staunen nicht mehr heraus. Ein Ort der Hochtechnologie, Erbe der Vorfahren. Ein Blick auf das, was einmal war. Wenn der Tempel die Seele von Eden war, so war die große Werkstatt sein laut pochendes Herz. Unablässig wurden hier Dinge gefertigt, die für den Fortbestand der Kuppel und deren Infrastruktur benötigt wurden.

»Was ist dort hinten?«, fragte Mera und zeigte auf zwei grün markierte Türen am anderen Enden der großen Halle.

»Das ist nichts für uns. Wenn du mehr über die große Werkstatt erfahren willst, musst du dich an Adlina wenden«, erklärte Adyumi.

»Kommt, lasst uns endlich schwimmen gehen«, warf Adshara ein und nahm Mera bei der Hand.

Schweren Herzens ließ sie sich nach draußen und weiter hinab ziehen.

»Und du warst tatsächlich noch nie schwimmen? Bei der Kuppel! Du weißt nicht, was du verpasst hast. Es ist traumhaft!« Adshara schien ehrlich überrascht.

»Du musst mehr Zeit mit uns verbringen und nicht ständig deine Nase in Bücher stecken«, pflichtete Adyumi ihrer Freundin bei.

»Ihr habt wahrscheinlich recht«, entgegnete Mera. »Ich habe mich immer noch nicht richtig eingelebt, obwohl schon einige Zeit vergangen ist. Das Leben im inneren Ring habe ich mir etwas anders vorgestellt. Manchmal … Ich …«

»Was ist es? Du kannst uns alles sagen.«

»Ich vermisse manchmal meine Familie und meine Freunde vom äußeren Ring. Es war alles so einfach damals. Geht euch das auch so?«

Adshara und Adyumi sahen sich verschwörerisch an, sodass Mera befürchtete, sie hätte zu viel gesagt. Dann lächelten die beiden vielsagend.

»Na klar«, meinte Adshara. »Wir sind doch auch nur Menschen. Oder wie ist das bei dir, Adyumi? Bist du eine Maschine? Oder ein Kriecher?« Dabei kniff sie ihrer lachenden Freundin in den Arm.

Mera beneidete sie um ihre Unbeschwertheit und lächelte verlegen. Aber sie war froh, dass es unter den sonst so zurückgezogenen Priesterinnen Menschen wie die beiden gab. Voller Emotionen, voller Leben.

»Im Ernst«, fuhr Adshara fort, »ich würde lügen, wenn ich behaupten würde, dass ich meine Eltern nicht vermisse. Besonders das erste Jahr ist hart. Aber wir alle wissen, warum es die strikte Trennung zwischen den Ringen gibt. Die meisten würden unter der Last des Wissens zusammenbrechen. Deshalb wurden wir ausgewählt. Und ist es nicht ein gutes Gefühl, zu wissen, dass unsere Arbeit dazu beiträgt, Eden zu bewahren? Durch unser Tun geht es auch unseren Familien gut. Dieser Gedanke hilft mir.«

»Und das Mana ist viel besser«, fügte Adyumi lachend hinzu.

Mera dachte, dass Adsharas Gedanke tatsächlich etwas Tröstliches hatte. Doch bevor sie das Gespräch vertiefen konnte, verkündete Adyumi, dass sie ihr Ziel erreicht hatten.

Eine dunkle Tür öffnete sich automatisch und der Gang dahinter wurde erleuchtet.

»Hier haben nur Priesterinnen Zugang«, erklärte Adshara feierlich.

Am Ende des Ganges tat sich ein großes Gewölbe auf. Die hohe Decke war im dunklen Naturstein belassen und nur leicht behauen. Vielleicht ein alter Minenschacht. Boden, Wände und Becken waren dagegen mit glänzend weißen Fliesen ausgelegt. Nur das Wasser war erleuchtet und so schimmerte der ganze Raum magisch bläulich.

Mera blieb ehrfürchtig am Eingang stehen. So ein großes Schwimmbad hatte sie nicht erwartet. In das Becken hätte ihr Schlafzimmer gut und gerne zwanzigmal hineingepasst. An mehreren Stellen plätscherten kleine Wasserfälle von der Decke auf die Wasseroberfläche. In der Mitte des Beckens erhob sich ein Springbrunnen aus Stein, der geheimnisvolle Wesen ohne Arme und Beine darstellte, aus deren Mäulern Wasser hervorquoll. Ein oben angebrachtes Element erzeugte in wechselnden Formen Wasserbögen und Fontänen. Im ganzen Gewölbe war es dampfig und warm. Das Wasser lag einladend schimmernd und klar vor ihnen.

Bevor Mera etwas fragen konnte, hatten Adshara und Adyumi ihre Roben am Beckenrand abgelegt und waren kopfüber ins Wasser gesprungen.

Mera folgte ihnen langsam nach, aber legte ihre Robe und die Unterwäsche sorgfältig auf eine der Bänke am Beckenrand. Dann stieg sie vorsichtig die Treppe hinab ins Wasser. Mit jedem Schritt fühlte sie sich besser. Die Wärme schien sie förmlich willkommen zu heißen, wie ein verlorenes Kind. Mera war immer noch fasziniert von der Architektur und der Größe des Beckens. Noch nie hatte sie solch eine Menge Wasser auf einem Fleck gesehen. Der Planet, der sich auf der Oberfläche so feindselig zeigte, schien unter der Erde ein anderes Gesicht zu haben. Zu ihrer Erleichterung stellte sie fest, dass sie im Becken stehen konnte, und so löste sie ihre Hand vom Beckenrand.

»Keine Angst«, rief Adshara ihr zu, »das Wasser geht dir hier nur bis über die Brust.«

Mera schritt zu den beiden anderen, die sich vom Springbrunnen berieseln ließen.

»Na, wie gefällt es dir?«, wollte Adyumi wissen.

»Es ist wirklich schön hier und so angenehm. Ich hätte schon früher hierherkommen sollen. Was für ein magischer Ort.«

»Man sagt, Wasser ist die Essenz des großen Gleichgewichts. Deshalb führt der Mangel an Wasser zu Chaos und Verderben«, erklärte Adshara. »Und deshalb fühlen wir uns im Wasser so ausgeglichen.«

Adyumi fügte hinzu: »Du musst dich einfach an uns halten, wenn du wissen willst, wie man entspannt. Es gibt nicht nur einen Weg zum großen Gleichgewicht. Ich kann dir auch schwimmen beibringen, wenn du möchtest.«

»Schwimmen? Oh ja, das wäre fantastisch. Ich kenne das nur aus Büchern.«

Wie auf Kommando tauchte Adyumi unter, stieß sich vom Sockel des Springbrunnes ab und schoss wie ein Pfeil durchs Wasser, bis sie auf der anderen Seite am Beckenrand wieder auftauchte. Dann kam sie mit gleichmäßigen, für Mera seltsam anmutenden Arm- und Beinbewegungen zurückgeschwommen.

Mera war begeistert. »Das möchte ich auch können! Wann fangen wir mit dem Unterricht an?«

Adyumi lachte. »Bald. Heute ist Entspannung angesagt.« Gemächlich drehte sie sich auf den Rücken und ließ sich einfach treiben, als würden unsichtbare Hände ihren Körper tragen.

»Bald ist wieder Auszug.« Adshara lenkte das Gespräch auf das Thema, das gerade alle umtrieb. »Könnt ihr euch noch daran erinnern, wie das war? Als euer Glaube zum ersten Mal auf die Probe gestellt wurde? Daran sollten wir immer denken. Die Kälte dort draußen, während wir hier im warmen Wasser baden können. Weit weg vom Nebel und den Kriechern.«

Mera schüttelte sich beim Gedanken an die Unwirtlichkeit der Außenwelt. Ihre Fröhlichkeit schien bei deren bloßer Erwähnung im Becken versunken zu sein. Kaum vorstellbar, was die Kinder bald durchleben mussten, während die Priesterinnen hier das Leben genossen.

»Ich denke nicht gerne an den Auszug«, sagte Adyumi mit ungewohntem Ernst. »Ich bin froh, dass wir damit nichts mehr zu tun haben. Die Kinder zu segnen, so wie die Hohepriesterin, das könnte ich nicht.«

»Der Gedanke an den Auszug gibt mir auch ein schlechtes Gefühl. Ich wünschte, niemand müsste mehr den Kriechern zum Opfer fallen«, gab Mera zu bedenken. »Warum gibt es immer noch dieses Leid?«

»Aber ohne den Auszug wärst du nicht hier. Er hat dich zu dem gemacht, was du bist. Je mehr man darüber nachdenkt, desto großartiger erscheint das ganze System. Selbst die Kriecher haben einen Nutzen im großen Gleichgewicht. Sie machen den Auszug zu diesem schicksalsträchtigen, prägenden Erlebnis. Alles ist miteinander verwoben, nichts ist sinnlos. An jeder Stelle unserer Weiterentwicklung lassen wir etwas Blut zurück.«

Mera wusste, dass Adshara recht hatte, aber sie wollte nicht mehr an die Außenwelt und die Kriecher denken. Zu angenehm war der Aufenthalt im warmen Wasser. So versuchte sie, erneut das Thema zu wechseln. »Habt ihr eigentlich schon einmal das Mana von Adlina probiert? Das aus Rosen? Das ist mir irgendwie zu heftig.«

»Von Adlina? Nein«, erklärte Adyumi. »Wir beide versuchen, immer etwas Distanz zu unserer Hohepriesterin zu halten.«

Auch Adshara schüttelte den Kopf. »Mir reicht unsere tägliche Ration. Aber ich weiß, dass es noch andere Sorten für spezielle Anlässe gibt. Angeblich kann man direkt mit dem Administrator sprechen oder man bekommt Visionen. Aber egal welche Sorte, Hauptsache, du vergisst deine Tagesration nicht.«

»Warum das denn?«

»Das weißt du nicht? Nun, zum einen bindet dich das Mana stärker an den Administrator. Es macht dich empfänglich für seine Botschaften und stark im Glauben. Diesen Teil kanntest du sicher.«

Mera nickte verlegen.

»Aber es gibt noch einen weiteren Grund. Dieses Mana unterdrückt körperliche Gelüste. Wenn man zu lange aussetzt, verhält man sich wie ein Tier, das nur an Fortpflanzung denkt. Unsere Vorfahren hatten immer wieder Probleme aufgrund ihres Fortpflanzungstriebs. In den Abhandlungen über die Erde steht, dass deshalb nicht wenige Kriege ausgebrochen sind. Ganze Städte und Landstriche wurden nur deswegen zerstört, weil ein Mann sich mit einer Frau paaren wollte. Ist das nicht verrückt? Da stand sogar, dass der Fortpflanzungstrieb die Menschen zu seinen Sklaven gemacht hat. Ihr ganzes Leben drehte sich darum, mehr Status zu erlangen, um bessere Möglichkeiten bei der Paarung zu haben. Wir können uns das gar nicht mehr vorstellen. Aber Mana hilft uns dabei, den Fortpflanzungstrieb auf einem angemessenen Niveau zu halten. Und Priesterinnen sollten ihn gar nicht verspüren. Deshalb stellt Adlina sicher, dass wir unsere Rationen zu uns nehmen.«

»Und denke nur an die Geschichte von Coran und Adseyta«, ergänzte Adyumi, »dem Arbeiter und der Priesterin, die in die Außenwelt geflohen waren, um zusammen zu sein. Und dabei Eden fast dem Untergang preisgegeben haben.«

Mera wäre vor Scham am liebsten im Wasser versunken. Kein Wunder, dass sie in den letzten Tagen solch komische Gedanken über Adteran gehabt hatte. Und dieser Traum über drohendes Unheil. Sie war dabei, sich in ein Tier zu verwandeln, und das große Gleichgewicht warnte sie. Hatte sie – sie wagte den Gedanken kaum zu Ende denken – sich mit ihm fortpflanzen wollen? Ihr würde übel. Mera nahm sich fest vor, ab morgen wieder ihre Tagesration Mana zu sich zu nehmen. Unwürdig war sie, eine Priesterinnenrobe zu tragen.

»Lasst uns aufbrechen«, meinte Adshara schließlich. »Zeit fürs Abendmahl.«

Bevor Mera das Becken verließ, tauchte sie ihren Kopf unter Wasser und öffnete die Augen. Hier sah sie die Welt durch einen blauen Filter. In der Außenwelt herrschte das Orange-Grau des Nebels vor. Beides waren Realitäten, die eine beruhigend, die andere verstörend. Doch nur durch den Perspektivwechsel wurden die Unterschiede klar. Wäre sie ein Wasserwesen, wäre das schimmernde Blau ihre Normalität. Ein Kriecher lebte im Orange-Grau und kannte nichts anderes. Das große Gleichgewicht äußerte sich in beidem. Irgendwo im Spektrum zwischen Blau und Orange-Grau befand sich die harmonische Mitte. Also müsste sie noch mehr Perspektiven einnehmen, um sich ihr anzunähern.

Mera tauchte auf und schnappte nach Luft. Sie würde keine Fehler mehr machen. Dies war erst der Anfang ihres Lernens.

8. Hinaus

In den nächsten Tagen bemühte sich Mera, ihre Mana-Ration so einzunehmen, dass sie noch funktionierte, ohne in den trance-artigen Dämmerschlaf zu versinken, dem viele Priesterinnen tagtäglich verfielen. Schnell fand sie die optimale Dosierung: Mit der morgendlichen Pille beim Frühstück sowie einer weiteren vor dem Schlafen schaffte sie es konzentriert durch den Tag. Träume und Visionen blieben aus. Selten dachte sie an ihre Eltern oder an Adteran. Das zwischenzeitliche Verlangen, das in ihr aufgeflackert war: nur noch kalte Asche.

Wenn Mera nicht gerade ihren Pflichten als Priesterin nachkam, verbrachte sie fast jede freie Minute mit Adshara und Adyumi, so kamen keinerlei trübe Gedanken auf. Sie fühlte sich ausgeglichen und zufrieden, zum ersten Mal, seit sie Priesterin war.

An diesem Nachmittag saßen sie zu dritt auf Adyumis Bett und diskutierten über die Inhalte des heutigen Tempelunterrichts. Mera hatte festgestellt, dass die beiden Freundinnen einen gesunden Pragmatismus pflegten, wenn es um Glaubensdinge ging. In erster Linie war es ihnen wichtig, dass alles funktionierte. Der Glaube war der Schmierstoff, der einen reibungslosen Ablauf garantierte. Sinn durch Nutzen.

»Habt ihr den Administrator in letzter Zeit gesehen?«, wollte Adshara wissen. Mera und Adyumi schüttelten mit dem Kopf.

»Er scheint den Tempel kaum noch zu verlassen«, meinte Adyumi. »Adrula, eine der älteren Priesterinnen, hat mir erzählt, dass er noch bis vor ein paar Jahren regelmäßig die Priesterinnengemächer aufgesucht hat und es viel mehr Kontakt gab. Inzwischen läuft alles über Adlina.«

Mera war das auch schon aufgefallen. Sie fragte sich, ob der Administrator bei der nächsten Feierlichkeit erscheinen würde. Bis jetzt war die Nähe zu ihm, die sie sich im inneren Ring erhofft hatte, nur ein vages Gefühl. Tatsächlich schien die Hohepriesterin die bestimmende Kraft zu sein. Gleichzeitig fürchtete Mera sich vor dem, was bei den Besuchen des Administrators geschehen würde. Die Botschaft Adlinas klang ihr noch im Ohr. Sie sollte dem Administrator ihr Lächeln schenken.

Nach dem Nachmittagstee machte sich Mera allein auf den Weg zum Schwimmbecken, denn Adshara und Adyumi waren von Adlina beauftragt worden, ein paar Roben auszubessern.

Im Wasser, diesem wunderbaren Element, fühlte Mera das große Gleichgewicht am stärksten. Das Schwimmen war nun Teil ihrer täglichen Routine, so wie das Morgengebet. Stundenlang konnte sie Bahnen ziehen und tauchen, bis ihre Fingerkuppen runzelig wurden. Oft bemerkte sie gar nicht, dass die anderen die Halle bereits verlassen hatten und sie ganz allein im Schwimmbecken zurückblieb. Sie wusste inzwischen, wann sie sich nach dem gemeinsamen Abendmahl entfernen konnte und wann sie wieder zurück in ihrem Zimmer sein sollte, um nicht den Unmut von Adlina auf sich zu ziehen. Unter Wasser war Mera in ihrer eigenen Welt, alles war still und weit entfernt. Die Bibliothek dagegen suchte sie nur selten auf.

Wie viele Tage das letzte Treffen mit Adteran bereits zurücklag, konnte sie nicht sagen. Und beinahe war es ihr egal. Sein Versprechen ihr gegenüber hatte er nicht eingelöst. Wahrscheinlich hatte er sie einfach benutzt.

Nur in den seltenen Momenten, wenn sie an ihren Bruder dachte, spürte sie einen kleinen Stich. Doch wahrscheinlich spielten die Details seines Schicksals keine Rolle im großen Ganzen.

Auf dem Rückweg zum Wohntrakt bemerkte sie Adteran, der auf der Bank vor den vergessenen Pflanzen saß, wie bei den letzten Begegnungen. Irgendetwas änderte sich bei seinem Anblick in ihr und sie fühlte kurz wieder diesen Drang, sich zu ihm zu setzen. Seine Melancholie war ansteckend und rief nach Gleichgesinnten. Eine andere Stimme riet ihr, weiterzugehen. Sollte sie ihn einfach ignorieren?

Bevor sie einen endgültigen Entschluss fassen konnte, hatte er sie erspäht und so ging sie zögernd auf ihn zu.

»Lange nicht mehr gesehen«, meinte Adteran brummend, als sie sich zu ihm gesellte. Er schien keine gute Laune zu haben.

»Das stimmt«, entgegnete Mera. »Ich war ziemlich beschäftigt.«

»So?« Seine Augenbraue hob sich. »Oder bist du mir aus dem Weg gegangen?«

Das tat weh. Ganz unrecht hatte er nicht.

»Es ist okay«, meinte Adteran. Seine Augen erinnerten sie an das schimmernde Blau des Schwimmbeckens. »Wir sind nicht dafür bestimmt, Zeit miteinander zu verbringen. Aber ich kann dich gut leiden und will dieses Gefühl nicht mit Mana abtöten, als wäre es etwas Schlechtes.« Betreten senkte er den Blick. »Du hast mir gefehlt.«

»Aber es ist falsch!« Meras Worte klangen härter, als sie beabsichtig hatte. Waren denn diese Gefühle nicht gefährlich? Waren ihre Träume nicht Warnung genug? Warum überrumpelte er sie derart?

Adteran seufzte. »Wahrscheinlich hast du recht.«

Schweigend saßen sie auf der Bank und blickten nach oben zum Mittelpunkt der Kuppel. Die meisten Lichter im äußeren Ring waren bereits erloschen, die Nachtruhe legte sich über Eden.

Adteran erhob sich und tat so, als würde er die goldenen Plaketten studieren, die vor den vergessenen Pflanzen angebracht waren. Mera verstand wieso. Eine andere Priesterin kam, eine Hymne summend, vorbeigeschlendert. Obwohl Adteran schon etwas abseitig stand, bedachte sie Mera mit einem strafenden Blick.

Erst als die andere Priesterin außer Hörweite war, setzte Adteran sich wieder zu Mera und meinte: »Ich habe etwas herausgefunden. Aber es ist wirklich heikel. Eigentlich möchte ich dich da nicht mitreinziehen.«

»Und das hat mit meinem Bruder zu tun?« Mera bemühte sich, so unbeteiligt wie möglich zu schauen. Die Neugierde, die sie die letzte Zeit so erfolgreich unterdrückt hatte, war mit einem Schlag zurück. Wenn es um Nohan ging, wurde alles andere ausgeblendet.

»Ja. Adnohan hat damit zu tun. Aber nicht nur er. Ich denke, ich bin da einer größeren Sache auf der Spur.«

Mera überlegte kurz, dann sagte sie: »Ich habe nicht die Hohepriesterin bestohlen, um jetzt einen Rückzieher zu machen. Wenn es um meinen Bruder und den Schutz von Eden geht, dann bin ich dabei.«

Adteran atmete schwer. Hatte er gehofft, sie würde einfach aufgeben?

»Gut«, sagte er, »dann müssen wir einen Ausflug machen. Wir treffen uns morgen früh zur vierten Stunde hier. Bevor alles erwacht. Und bitte verzichte auf dein Mana, damit deine Gedanken klar bleiben, wenigstens bis morgen.«

Adteran traf sie in aller Frühe am vereinbarten Treffpunkt bei der Sitzbank vor den geretteten Pflanzen. Sie war erleichtert, ihn zu sehen, denn bis zuletzt hatte sie befürchtet, dass alles nur ein Test oder eine Falle sein könnte. Vom Park gingen sie wieder unter die Erde, derselbe Weg, der zu den Schwimmbecken führte. Doch noch vor der großen Werkstatt öffnete Adteran eine Tür mit einer Schlüsselkarte. Ein Aufzug brachte sie weiter hinab, bis sie in einem großen Gewölbe ankamen. Dort standen mehrere ovale Maschinen mit Glasfront, die Mera an die Schlafkapseln aus den Raumschiffen der Vorfahren erinnerte. Doch diese Apparaturen waren größer, standen auf metallischen Kufen und an der Oberseite befanden sich vier große kreisförmige Elemente, in denen schwarze Metallflügel ruhten. Die eingetrübte weiße Außenhülle der seltsamen Geräte wies schwarze Schlieren auf.

»Kolibris«, erklärte Adteran. »Benannt nach kleinen Wesen auf der Erde, die auf der Stelle fliegen konnten.«

Erst da wurde Mera klar, dass der Ausflug sie aus der Kuppel führen würde. Sie konnte ihre Aufregung kaum verbergen, spürte aber keine Angst. Stattdessen eine ungeahnte Vorfreude auf eine neue Perspektive. Schwimmen. Und jetzt fliegen!

Der Kolibri war nicht sehr geräumig. Im vorderen Bereich befanden sich zwei Sitze, im Heck gab es noch zusätzlichen Stauraum. Nachdem sie Platz genommen und die Gurte angelegt hatten, begann sich der Kolibri zu drehen. Dann beschleunigt er und wurde aus dem Fels durch einen Tunnel ins Freie katapultiert. Das Gefühl ähnelte einer Fahrt im Aufzug, nur ging es nach vorne statt nach unten.

Außerhalb der Kuppel drosselte der Kolibri die Geschwindigkeit nach dem Anfangsschub, kleine Flügel schoben sich auf beiden Seiten aus dem Rumpf und das Fluggerät surrte durch den Nebel, als wollte es die orange-grauen Luftwirbel zerschneiden. Mera war noch nie geflogen, auch die Existenz solcher Kolibris war ihr bis heute Morgen nicht bekannt gewesen. Was die Vorfahren doch für geheimnisvolle Technologien hinterlassen hatten!

So glitten sie knapp über die Planetenoberfläche, die sich manchmal zeigte, wenn der Nebel etwas aufriss. Mera presste ihr Gesicht gegen die getönte Scheibe und beobachtete den Tanz der Nebelschwaden. Allein dieser Ausblick war den Regelbruch wert. Bei dem Gedanken, dass unter ihr lebensfeindliches Terrain voller Kriecher war, lief ihr ein wohliger Schauer über den Rücken. Dort unten lauerte die Gefahr, hier oben waren sie sicher. Im Flug war die Außenwelt leichter zu ertragen.

Adteran nickte ihr zu. »Und? Wie findest du es?«

»Ganz in Ordnung«, antwortete sie mit gespielter Langeweile.

Tatsächlich klopfte ihr Herz wild vor Aufregung. Immer wenn ein Stückchen vom Boden zu sehen war, hoffte sie, eines der Lebewesen aus dem Buch in der Bibliothek zu entdecken. Doch sie flogen zu schnell und zu hoch, es war kaum möglich, etwas Genaueres zu erkennen. Hatten die Autoren des Buchs den Planeten etwa zu Fuß erkundet?

»Kannst du ein bisschen tiefer fliegen?«, wollte sie wissen.

»Klar, hier ist es sehr eben.«

Adteran drückte gegen das Steuerungsgerät vor ihm und der Kolibri senkte sich. Nun waren die Steine größer, Mera konnte den Boden deutlich ausmachen.

»Wie tief fliegen wir?«, wollte sie wissen.

»Drei Meter.«

»So nahe am Boden.« Sie schluckte. »Können Kriecher eigentlich springen?«

»Auf jeden Fall keine drei Meter hoch«, entgegnete Adteran mit einem Zwinkern. »In so einer Flughöhe muss man sich eher vor Hügeln und plötzlichen Windschüben in Acht nehmen.«

»Tun wir das denn?«

»Diese Passagierdrohnen sind mit Sensoren ausgestattet, die automatisch das Gelände und die Wetterlage vor uns registrieren. Die sind wie maschinelle Augen. Sie sehen mehr als wir. Und bei Problemen bekomme ich eine Meldung. Hier.« Er tippte auf das Bedienfeld. »Die Technologie stammt noch von unseren Vorfahren. Wir benutzen sie, um die Umgebung zu untersuchen und Kriechernester aufzuspüren und zu zerstören. Vieles, was die Vorfahren hinterlassen haben, ist einfach in der Handhabung. Aber wir verstehen nicht mehr alles. Und wenn etwas kaputtgeht, bleibt es meistens kaputt.«

»Aber wenn wir solch überlegene Fluggeräte besitzen, warum gibt es dann immer noch Kriecher? Und warum riskieren wir es, dass jedes Jahr einige der Unseren von ihnen beim Auszug getötet werden?«

Bilder von Rina erschienen vor Meras innerem Auge und mit ihnen flammte die Wut auf. Wie vereinbart hatte sie auf Mana verzichtet – umso emotionaler war sie nun. Nur zu gerne würde sie die Kriecher vom Angesicht des Planeten tilgen, ihre Nester von heiliger Flamme verschlingen lassen.

»Die Kriecher lassen sich nicht ausrotten, es kommen immer neue nach. Der Planet ist riesig, wir kontrollieren nur einen kleinen Radius um die Kuppel. Alles, was wir tun können, ist die Nester in der näheren Umgebung zu finden und zu vernichten. Und was den Auszug angeht …« Adteran atmete schwer. Offensichtlich war ihm das Thema unangenehm. »Und was den Auszug angeht: Vielleicht stimme ich hier mit den Ansichten des Administrators nicht überein.«

Wieder so eine frevelhafte Aussage. Mera schaute ihn ungläubig an. Adlina einiger Verfehlungen zu verdächtigen war die eine Sache. Der Administrator hingegen war unfehlbar, jede Kritik tabu.

Adteran fuhr unbeeindruckt fort: »Aber die Idee hinter dem Auszug kennst du ja. Jeder Mensch, der einmal die Feindlichkeit der Außenwelt am eigenen Leib gespürt hat, wird ein frommer Bewohner Edens sein. Darum geht es. Dafür werden dann auch ein paar Opfer in Kauf genommen.«

»Einerseits bekämpfen wir die Kriecher, andererseits lassen wir sie die Unseren fressen? Das ist schwer zu begreifen«, wandte Mera ein.

»Wie gesagt, ich stimme dem auch nicht zu. Und ›bekämpfen‹ ist vielleicht das falsche Wort. Eher halten wir sie in Schach. Ob unsere Arbeit einen großen Unterschied macht, kann ich nicht sagen. Die Wege des Administrators sind manchmal schwer zu verstehen, aber am Ende dienen sie in irgendeiner Form dem großen Gleichgewicht.«

Mera antwortet nicht, ihre Gefühle schienen zu verwirbeln wie der Nebel draußen. Sie flogen immer weiter ins endlose Nichts.

»Kannst du mir endlich verraten, wo wir überhaupt hinfliegen und was du herausgefunden hast?«

»Also«, holte Adteran aus, »ich muss wohl nicht betonen, dass alles, was ich dir nun sage, streng geheim ist?« Er lehnte sich im Sitz zurück und verschränkte die Arme. Der Kolibri hielt selbstständig Kurs.

Mera nickte.

»Ich habe mir angesehen, was dein Bruder vor seinem Tod gemacht hat. Wir müssen bei jeder Nutzung des Fluggerätes das Ziel und einen Grund für den Flug angeben. Paladine wie dein Bruder brauchen zudem die Genehmigung eines Protektors oder des Administrators selbst. In dem Register stand, dass die letzten Einsätze deines Bruders Gaia als Ziel hatten.«

»Gaia?«

»Das Ziel unserer Reise. Fünfmal war er dort. Doch vom letzten Einsatz ist er nicht zurückgekehrt.«

»Wie bitte?« Mera glaubte, sich verhört zu haben. »Es hat einen Hinterhalt gegeben in einer Wohnung im zweiten Sektor. Das hast du mir erzählt!«

»Ich weiß. Die Leiche wurden von einem anderen Protektor, Adsolon, geborgen. Ich war nur mit der Überbringung der Todesnachricht beauftragt. Wieso hätte ich an der Geschichte zweifeln sollen?«

»Erzähl weiter«, forderte Mera.

»Dein Bruder ist also nicht in Eden getötet worden, sondern in Gaia verschwunden. Und dein Bruder war nicht allein. Er hatte einen Begleiter. Adjosh, ein Protektor wie ich. Er hat die Flüge autorisiert. Adjosh und ich sind zusammen im inneren Ring aufgewachsen. Er hatte ein paar komische Ansichten, war aber ein guter Kerl. Eines Tages war er plötzlich verschwunden. Er hat die Erleuchtung gefunden, haben sie gesagt. Das passiert, wenn man mit dem großen Gleichgewicht verschmilzt. Ein Zustand der Körperlosigkeit beginnt, nur die Seele bleibt übrig. Nicht selten tritt dies auch bei Priesterinnen ein. Aber Adjosh hat keine Erleuchtung gefunden. Er war an Bord des Kolibris deines Bruders.«

»Woher weißt du das?«

»Kurz vor dem letzten Auftrag hatten dein Bruder und Adjosh ein Treffen mit dem Administrator und der Hohepriesterin. Das habe ich aus dem Protokollbuch des Tempels, wo alle Audienzen verzeichnet sind. Sicher kein Zufall. Das würde bedeuten, dass sie in offizieller Mission unterwegs nach Gaia waren. Warum aber hat dann niemand nach ihnen gesucht? War der Auftrag geheim? Das ist noch seltsamer, wenn man weiß, wie wertvoll die Kolibris für uns sind. Es gibt nur noch acht Stück. Und die große Werkstatt ist lediglich in der Lage, Ersatzteile herzustellen. Aber den Verlust eines ganzen Fluggerätes hinnehmen?«

Mera war ratlos. »Aber sein Martyrium? Warum diese Lüge mit dem Hinterhalt?«

»Jemand wollte vertuschen, was dein Bruder und Adjosh tatsächlich gemacht haben.«

Mera versuchte einzuordnen, was das bedeutete. »Das heißt, seine Seele ist nicht im Innersten des Tempels im ewigen Gleichgewicht?« Sie dachte an die kleine Schatulle, in der sich angeblich seine Überreste befunden hatten. Leer war sie gewesen oder mit fremder

Asche befüllt. Wie könnte seine Seele so zur Ruhe kommen? Darum also sucht Nohan sie in den Träumen auf. Trauer ergriff sie, um sogleich einer Welle von Hoffnung zu weichen. »Oder vielleicht ist er noch am Leben? Irgendwo da draußen?«

»Ich wünschte das wäre wahr. Aber zwei Jahre in der Außenwelt zu überleben ist unmöglich. Es tut mir leid.«

Meras Hoffnung zerstob so schnell, wie sie gekommen war. Nur Fragen blieben. Fragen ohne Antworten. Sie war sich nicht sicher, wie die Geschichte enden könnte. Immerhin zeigte Adteran Mitgefühl. Wie gut taten diese Worte in einer Welt, wo der Tod entweder verdiente Strafe oder ehrenvolles Martyrium war, aber niemals Grund zu trauern.

Adteran erzählte weiter: »Aber niemand hat das Verschwinden von Adjosh mit dem deines Bruders in Zusammenhang gebracht. Es hat ehrlich gesagt auch niemanden interessiert. Menschen verschwinden im inneren Zirkel. Niemand stellt Fragen. Nur ein paar scheinbar unbedeutende Aufzeichnungen bleiben übrig.«

»Was meinst du, ist dann mit ihnen geschehen?«

»Das habe ich mich auch gefragt. Adjosh war etwas eigen, meiner Meinung nach. Und ich denke, dein Bruder und er haben irgendetwas für den Administrator erledigt. Aber wir müssen mehr rausfinden.«

Mera fiel es schwer, sich zu konzentrieren, da ihr Verstand neben den vielen Informationen immer noch die Tatsache verarbeiten musste, dass sie durch die Luft flog. Adteran gönnte ihr eine Pause und sie blickte wieder aus dem Fenster.

Nach einer Weile machte er ein paar Bewegungen mit seinem Finger auf der glatten Bedienoberfläche und der Kolibri verringerte die Geschwindigkeit. Jetzt standen sie fast in der Luft, sie schwebten auf der Stelle.

»Wir sind da«, meinte er ernst.

Mera blickte angestrengt durch die Frontscheibe, doch außer Nebelschwaden konnte sie nichts ausmachen. »Wo?«, fragte sie aufgeregt.

Adteran lenkte das Fluggerät langsam nach vorne. Eine Windböe rüttelte sie durch und dann konnte Mera hinter den Fetzen aus grauem Orange etwas erkennen: ein riesiges, dunkles, gewölbtes Objekt. Eindeutig kein Kriechernest, sondern von Menschenhand geschaffen.

»Was ist das?«, fragte Mera, mehr an sich als an ihren Begleiter gerichtet. Irgendwie kam ihr diese Struktur bekannt vor, aber sie konnte sie nicht zuordnen. Ein neuerlicher Windstoß gab mehr des absonderlichen Gebildes frei. Es war eine kreisförmige Kuppel. Sie erblickte gigantische Träger aus Stahl, doch den Scheitelpunkt konnte sie nicht ausmachen. Mit einem Schlag war ihr klar, wo sie waren.

»Soll das witzig sein?«, fragte sie entrüstet. »Für eine Außenansicht der Kuppel hätten wir nicht so lange fliegen müssen.«

Ein amüsiertes Lächeln umspielte Adterans Lippen, aber er ging nicht auf sie ein. Stattdessen begann er, die gigantische Kuppel zu umrunden.

Was sollte das?

Im nächsten Moment sah sie es. Ein riesiges Loch klaffte im oberen Bereich der Kuppel, so groß, dass sie das Ende nicht erkennen konnte. Es schien bis zum Scheitelpunkt zu reichen. Darunter lag eine tiefe Dunkelheit, wie ein Abgrund. Das Loch war nicht gleichmäßig, Stücke von Stahl, zerfetzte Rohre und andere Materialien ragten in alle Richtungen.

Als hätte ein Riese ein Stück aus der gigantischen Kuppel gerissen, dachte Mera entsetzt. »Was ist das? Was ist geschehen?«, fragte sie ängstlich.

»Das«, antwortete Adteran, »das ist nicht Eden. Willkommen in Gaia.«

Meras Gesichtszüge gefroren beim Versuch, die Bedeutung der zerstörten Kuppel zu erfassen. Alte Gewissheiten zerstoben und das klaffende Loch in der Kuppel schien ihre Seele zu spiegeln. Zu viele Fragen, zu viele Eindrücke. Alles prasselte gleichzeitig auf sie ein. Die Priesterin hatte sich in Sekundenbruchteilen wieder in ein kleines Mädchen verwandelt. Sie fand keinen Halt in ihren Gebeten, sondern sehnte sich nach dem Schoß ihrer Mutter, der Umarmung ihres Vaters. Und sie schämte sich nicht dafür.

Adteran steuerte den Kolibri auf das dunkle Loch zu. »Als ich diesen Ort das erste Mal gesehen habe, war ich auch erschrocken. Aber es wird dir helfen, Eden besser zu verstehen. Und ich hoffe, wir finden etwas über deinen Bruder heraus. Vertraust du mir?« Adteran blickte sie aus seinen strahlend hellen Augen an.

Mera suchte darin, obwohl sie nicht wusste, was. Zumindest erschien ihr sein Blick aufrichtig, es lag keine Gefahr darin, nichts Verborgenes. Also nickte sie zaghaft. »Ich will alles wissen.«

Als die Dunkelheit das Fluggerät verschlang, schaltete Adteran Scheinwerfer ein, die den Bereich vor ihnen und den Boden unter ihnen erhellten.

»Die Kuppel konnte einst genau wie die von Eden beleuchtet werden. Als sie außer Betrieb ging, blieb sie dunkel. Für immer.«

»Was ist hier passiert? Was ist das für ein Ort?«

»Gaia ist ein altertümlicher Name für Mutter Erde«, erklärte Adteran, während die Scheinwerfer über Umrisse von Gebäuden huschten, deren dunkle Schatten nach ihnen zu greifen schienen. »So haben die Bewohner diesen Ort genannt, als Erinnerung an den Planeten, von dem wir einst gekommen waren. Diese Kuppel ist jünger als Eden. Es war ein Versuch, diesen Planeten weiter zu besiedeln und neuen Lebensraum zu schaffen.«

Mera folgte gebannt dem Spiel der Ruinenumrisse in den Lichtkegeln und lauschte fasziniert Adterans Worten.

»Doch diese Kuppel existierte nur wenige Generationen. Gaia war ein gescheiterter Versuch, die Menschen sich selbst zu überlassen, wieder nach den Prinzipien zu leben, die auf der Erde geherrscht hatten. Ein Zugeständnis des Administrators an den freien Willen der Menschen.«

Mera konnte kaum glauben, was sie da hörte. Worte, die schmerzhaft brannten. Aber sie schwieg.

»Es gab vor langer Zeit einige Menschen, die in Eden nicht zufrieden waren. Obwohl der Administrator für Schutz, Nahrung und Mana sorgte, wollten sie mehr. Weniger Glaube, mehr Selbstbestimmung. In seiner Güte und Weisheit half der Administrator ihnen diese zweite Kuppel, Gaia, zu errichten. Ein Abbild von Eden, genauso funktional, mit Luft, Wasser und Schutz vor den Elementen der Außenwelt. Er stellte den Bewohnern frei, ob und wie sie ihren Glauben leben wollten, und überließ ihnen die Kontrolle über die Kuppel. Eine Gesellschaft ohne Unterschiede, ohne inneren und äußeren Ring war die Folge. So wenige Regeln wie möglich und absolute Gleichheit. Jeder durfte alles wissen, alles fragen, alles infrage stellen. Es dauerte nicht lange, bis sich die Bewohner vom Glauben abwandten. Stattdessen machten die Gerüchte von Jennifer die Runde, die als Gegenpol zum Administrator hochstilisiert wurde. Er das Licht, sie der Schatten. Oder umgedreht, je nachdem, wenn man fragte. Während der Administrator auf diesem Planeten ein Paradies schaffen wollte, drängten die Anhänger Jennifers weiter. Genügsamkeit gegen beständigen Fortschritt. Der Administrator ließ sie gewähren und beschränkte sich auf Eden, wo die Gläubigen verblieben. Schließlich zerstörten die Bewohner Gaias alles, was an den Administrator erinnerte. Sie vernichteten die Schriften, vergaßen die Lieder, trampelten auf dem Bildnis des allwissenden Auges herum. Und sie jubelten dabei. Jetzt sind wir wirklich frei, sagten sie.«

Mera hielt den Atem an, so ungeheuerlich erschien ihr das Gesagte. Auch Adteran machte eine längere Pause, während er das Fluggerät über eine verfallene, von Wohnhäusern gesäumte Straße lenkte. Die Gebäude erinnerten an die in Eden, aber sie waren heruntergekommen und teilweise zerstört. Mera fiel auf, dass viele beschrieben und bemalt waren. Sie stellte sich vor, wie hier die Ungläubigen Feste gefeiert hatten, verblendet und dumm, fern von Eden.

»Hier in Gaia zeigte sich bald, dass die Menschen ohne die Weisheit des Administrators verloren waren. Das große Gleichgewicht begann zu kippen. Wie Kinder ohne Eltern tat jeder, was ihm beliebte. Niemand ließ sich etwas sagen, denn alle waren ja gleich, alle waren frei. Die Nahrungsmittelversorgung kam ins Stocken, als einige Bewohner sich mehr nahmen, als vorgesehen war. Streit entstand, dann erste Gewalt. Das Recht des Stärkeren hält dort Einzug, wo es keine Regeln mehr gibt. Vom ersten Faustschlag bis zum ersten Mord ist es nicht weit, wenn keine Sanktionen folgen, wenn man mit Gewalt seine Ziele erreicht. Und kurz darauf erwachte ein weiterer Dämon, der den Menschen innewohnt: die Rache. Einmal befreit, verdunkelt sie unseren Verstand. Sie will immer mehr, als ihr genommen wurde. Eine Ohrfeige wird mit einem Faustschlag vergolten, ein Toter mit zwei Toten. Und so begann der Kreislauf der Rache. Gewalt und Gegengewalt.«

»Das große Chaos«, ergänzte Mera. Der Zustand, den die Priesterinnen geschworen hatten, zu verhindern.

»Ein neues, blutiges Gleichgewicht entstand. Den Schwächeren blieb nichts übrig, als sich zu Gruppen zusammenzuschließen, um stärker zu werden. Fraktionen entstanden, Respekt wurde eingefordert, eigene Regeln erfunden. Dann besetzte eine der Fraktionen die große Werkstatt, um Waffen zu produzieren. Damit hatten sie die Oberhand. Diese Gruppe traf fortan die Entscheidungen, sie lebten im Luxus, während die anderen Hunger litten. Ein Gleichgewicht der Bedrohung.«

Ein lang gezogener Schrei erklang und ein Schatten rannte über die Straße vor ihnen. Wie als Antwort hallten weitere Schreie in der Kuppel wider, eine Symphonie aus Wut und Hunger. Die Kriecher hießen sie willkommen. Mera zuckte zusammen und griff instinktiv nach Adterans Hand.

»Hier im Kolibri kann uns nichts geschehen«, versicherte dieser. Trotz seiner offensichtlichen Gelassenheit zog er das Fluggerät ein paar Meter höher in die Luft.

Unter ihnen im Scheinwerferkegel konnte Mera einen Kriecher erkennen, der erwartungsvoll zu ihnen nach oben blickte, sich angespannt im Kreis drehte, auf das nächste Fressen hoffend. Dass die Mahlzeit über ihm in der Luft schwebte, schien ihn wahnsinnig zu machen. Sein klagendes Geschrei ließ Mera erschaudern.

Ein zweiter, größerer Kriecher kam aus dem Schatten gekrochen und vertrieb den ersten mit einem Knurren und ein paar angedrohten Bissen. Im Gegensatz zum ersten blieb er ruhig auf der Stelle und blickte stumm nach oben, keine Energie verschwendend. Er schien klüger zu sein, abwartend. Mera kam es vor, als blicke er sie direkt an, obwohl sie aus dieser Höhe kaum seine Augen ausmachen konnte. Wie eine scheußliche Statue verharrte er, als wolle er ihnen sagen, er habe alle Zeit der Welt. Außer ihm schienen sich noch Hunderte Augenpaare in der Dunkelheit zu drängen, den Kolibri im Blick.

Adteran flog ein Stück weiter, ein höheres Gebäude tauchte vor ihnen auf. Von den oberen Stockwerken waren nur noch ein paar Stahlträger übrig. Darunter war die Fassade verkohlt, offensichtlich war das Haus einem Brand zum Opfer gefallen.

Routiniert setzte Adteran seine Erzählung fort: »Wo war ich? Ach ja. Der Hunger. Hunger ist eine starke Waffe. Hunger kann ähnlich starke Kräfte freisetzen wie der Glaube. Deshalb sollte eine Gesellschaft von Menschen sich immer davor hüten, Hunger entstehen zu lassen.«

»Nur eine Mahlzeit trennt den Menschen vom Kriecher«, fügte Mera hinzu. »Deshalb hat in Eden die Nahrungsversorgung so große Bedeutung.« Sie kannte die theoretischen Grundlagen, doch hier konnte sie die Auswirkungen sehen.

Adteran nickte. Es wirkte als habe er jedes Wort gut überlegt und seine Erzählung von langer Hand vorbereitet. »In Gaia hat der Hunger schließlich dazu geführt, dass die unterdrückten Bewohner sich trotz des Gleichgewichts der Bedrohung erhoben. Ab einem gewissen Grad nimmt Hunger die Angst vor dem Tod. Ohne Rücksicht auf Verluste stürmten sie die Mauern der Oberen und die große Werkstatt. Nun hatten sie ebenfalls Waffen. Und so begannen die letzten Tage von Gaia. Wenn nur eine Seite bewaffnet ist, geht es um Übermacht. Wenn aber beide Seiten gleich stark aufgerüstet haben geht es um Vernichtung. Unerbittlich kämpften sie gegeneinander, in wechselnden Fraktionen. Hass, Zerstörung, Rache, die Spirale der Gewalt drehte sich immer schneller. Denn das war ihre Freiheit. Zu hassen, wie sie wollten. Zu töten, wer ihnen nicht passte. Schließlich sprengte jemand ein Loch in die Kuppel, ob Absicht oder Unfall, das wissen wir heute nicht mehr. Die künstliche Atmosphäre entwich. Wer keinen Schutzanzug hatte, erstickte. Wer einen Schutzanzug hatte, erfror nach ein paar Tagen. Wem es gelang, sich noch länger warm zu halten, wurde von der Strahlung dahingerafft. Zu guter Letzt hat eine verzweifelte Gruppe die Schleuse geöffnet, um in die Außenwelt zu fliehen. Damit hielten die Kriecher Einzug. Die neuen Herren von Gaia.«

Mera liefen kalte Tränen die Wangen hinab. »Das ist so fürchterlich. Diese armen Menschen.« Sie konnte sich kaum ausmalen, welche Gräuel sich hier abgespielt haben mussten. Dass Menschen einander solches Leid zufügen konnten. »Aber konnte der Administrator denn gar nichts tun?«

Adteran zögerte kurz. »Nein. Das war der Preis der Freiheit, den die Menschen hier bezahlt haben. Ihr Schicksal lag in ihren eigenen Händen. Doch man sagt, er hat um jedes seiner Kinder geweint.«

Mera fühlte sich erschlagen. Fast schämte sie sich, Mensch zu sein. Das also war ihre wahre Natur. Nur durch ein komplexes System aus Glauben und Regeln konnten sie überhaupt miteinander auskommen. Die dunklen Gefühle, die in ihnen schlummerten, mussten permanent gebändigt werden.

»Du verstehst, warum ich dir das gezeigt habe? Ich hatte manchmal auch Zweifel, ob man dies oder jenes in Eden nicht anders machen könnte. Aber die Gefahr, alles aufs Spiel zu setzen, ist gewaltig. Der Administrator hat sich nach der Katastrophe in Gaia jahrelang gegrämt. Seither sind unsere Regeln umso strenger. Diese Episode diente als Mahnung und wurde sogar im Buch »Der Fall Gaias« niedergeschrieben. Doch die Gerüchte um Jennifer wurden so am Leben gehalten und Zweifel an der Unfehlbarkeit des Administrators wurden laut, weshalb Gaias Schicksal schließlich aus der der offiziellen Geschichtsschreibung verbannt wurde. Eine zweite Kuppel hatte es nie gegeben. Eden blieb sein einziges und vollkommenes Werk.«

Mera nickte. Trotzdem erschien ihr diese Erkenntnis unfassbar trostlos. Früher hatte sie geglaubt, der Glaube mache Menschen besser und trage sie wie Flügel auf eine höhere Daseinsform. Jetzt wusste sie, dass der Glaube ihnen enge Ketten anlegte, um zu verhindern, dass sie sich gegenseitig auffraßen. In beiden Fällen wäre der Glauben das Schlüsselelement, doch Hoffnung konnte sie darin nicht finden. Kein Wunder, dass Adteran so melancholisch war mit der Last dieses Wissens.

»Aber was ist mit meinem Bruder? Was hat er hier gesucht?«

»Ich habe einen Verdacht. Adjosh, der Protektor, der mit deinem Bruder verschwunden ist, hat immer wieder darüber gesprochen, die Außenwelt zu erforschen. Er war fest davon überzeugt, dass wir weitere Kolonien gründen müssten, den Planeten erkunden. Irgendetwas ist da draußen im Nebel, hat er allen erzählt. Doch der Administrator, sicher auch geprägt von dem Scheitern Gaias, untersagte solche Expeditionen. Die Hauptaufgabe sei es, das große Gleichgewicht in Eden zu erhalten. Expansion wecke Gelüste und Begehrlichkeiten. Adlina war die Wortführerin der Fraktion, die sich gegen jegliche weitere Erkundungen aussprach. Zur selben Zeit, als dein Bruder und Adjosh verschwanden, trieb ein falscher Prophet sein Unwesen. Flugblätter und Plakate waren aufgetaucht, auf denen dazu aufgerufen wurde, den Planeten zu erforschen, den Geschichten um Jennifer aus den Schatten auf den Grund zu gehen. Zufall?«

Mera dachte an Rinas Eltern, die wegen ketzerischer Umtriebe verbannt worden waren. Sie selbst hatte ihren Bruder auf die Spur gebracht. War das der Grund gewesen, warum er und dieser Adjosh sich mit der Erkundung der Außenwelt beschäftigt hatten? Trotzdem passten die einzelnen Stücke der Geschichte noch nicht zusammen.

»Also haben sie Nachforschungen in Gaia angestellt und man wollte sie einfach loswerden«, überlegte Mera.

»Genau«, sagte Adteran. »Man behauptet, einer hat Erleuchtung gefunden, der andere ist bei einem Einsatz verschollen. So gibt es keine unangenehmen Nachfragen. Den Angehörigen im äußeren Ring erzählt man zudem noch, dass ihr Familienmitglied zum Märtyrer wurde, und so tut man sogar noch etwas für die

Volksfrömmigkeit. Du wärst wahrscheinlich keine Priesterin geworden, wenn man deinen Bruder als Ketzer verurteilt hätte.«

Mera dachte über die Worte nach. Das Märtyrertum ihres Bruders war der Fixpunkt ihrer Familie gewesen.

Adteran steuerte das Fluggerät wieder in Richtung des großen Lochs in der Kuppel. Mera war erleichtert, als der orange Himmel hinter der Kuppelöffnung zu erkennen war und sie langsam ins Freie glitten. Nun flogen sie zur Rückseite der Kuppel, hinunter zum Felsen.

»Dort.« Adteran wies auf eine kleine rechteckige Öffnung, die an einer Felswand unterhalb der Kuppel zu sehen war. »Das ist der Schacht für die Kolibris. Und er ist offen, wie ich mir gedacht habe.«

Mit ruhiger Hand lenkte er sie zur Öffnung und wieder tauchten sie in Dunkelheit hinein. Es ging nur langsam voran, da der Schacht kaum breiter als das Fluggerät und wie der Rest der Kuppel unbeleuchtet war.

»Also habe ich mich gefragt, was es in Gaia noch geben könnte«, erklärte er, während er konzentriert den endlos wirkenden Schacht entlangsteuerte. »Was die beiden hier suchten. Ich habe dir ja erzählt, dass Gaia im Prinzip baugleich ist mit Eden. Der Administrator hat auch ein paar Kolibris abgegeben, um den Austausch zwischen beiden Kuppeln zu ermöglichen.«

Mera beschlich ein beklemmendes Gefühl. In dieser Enge wären sie ein einfaches Ziel. Es ging nur vor oder zurück, ein Wenden war unmöglich.

»Wie schon erwähnt ist das größte Problem der Kolibris die automatische Beschränkung der Reichweite«, fuhr Adteran fort. »Also kann man nur den immer gleichen Radius um Eden abdecken, bevor man zum Laden zurückmuss. Das ist der uns bekannte Bereich, in dem sich zum Beispiel die Raumschiffe der Vorfahren und eben

Gaia befinden. Gaia ist bereits am Rand unserer Reichweite, viel weiter könnten wir nicht fliegen. Wenn man aber in Gaia das Fluggerät aufladen könnte …«

»… dann könnte man viel weiter fliegen«, schlussfolgerte Mera.

»So ist es. Gaia wäre dann eine Zwischenstation. Ein neuer Radius zur sicheren Erkundung täte sich auf. Und ich glaube, genau diese Möglichkeit zum Zwischenlanden und Aufladen haben dein Bruder und Adjosh hier erforscht.«

Mera dachte fasziniert über die Möglichkeiten nach. Was wohl da draußen noch für Geheimnisse im Nebel verborgen lagen?

»Die Energie wird aus der Hitze in der Tiefe gewonnen«, erklärte Adteran. »Wenn die Maschinen und Automaten im Fluggerätedeck also den Fall von Gaia überdauert haben, wäre es durchaus denkbar, dass ein Aufladen noch möglich ist. Und wir hätten auch eine Erklärung dafür, warum Adlina die beiden loswerden wollte.«

Vor ihnen erschien eine blanke Wand, doch im Boden gab es eine Öffnung, durch die Adteran steuerte, indem er den Kolibri senkrecht sinken ließ. Darunter wurde der Blick auf einen gewölbeähnlichen Raum frei, das Fluggerätedeck.

Adteran ließ den Kolibri einmal um die eigene Achse drehen und leuchtete den ganzen Raum aus. Alles war still, der Raum wirkte verglichen mit dem Rest von Gaia aufgeräumt und unversehrt.

Eine Bewegung ließ Mera zusammenfahren – doch sie erkannte, dass es lediglich der Schatten eines Automaten gewesen war, der im Scheinwerferlicht an der Wand entlanggekrochen war.

»Da steht der Kolibri aus Eden«, raunte Adteran und deutete auf den Umriss eines zweiten Fluggerätes.

Meras Herz pochte. »Was tun wir jetzt?«

»Wir gehen raus. Zieh den Schutzanzug an.«

»Was? Meinst du das ernst?«

Adteran nickte nur und zog eine Waffe hervor. Mera hatte die Apparatur, die gebogen war wie ein L, zwar schon öfters bei Paladinen gesehen, aber sie hatte keine Ahnung, wie das Ding hieß oder wie es benutzt wurde. In Eden waren Waffen unnötig und verpönt. Priesterinnen kämpften mit der Schärfe ihres Verstandes.

Ohne weiter auf Mera einzugehen, zog Adteran sich einen abgenutzten Schutzanzug an. Aus Mangel an Alternativen tat Mera es ihm schließlich nach und streifte sich mühsam den zweiten Anzug über, was in der Kabine einfacher gesagt als getan war. Da die Systeme ihres Kolibris bereits abgeschaltet waren, fiel die Temperatur spürbar, und so beeilte sie sich. Zum Schluss halfen sie sich gegenseitig beim Zuziehen der Reißverschlüsse auf der Rückseite der Anzüge.

Das Zischen, das beim Öffnen der Kabinentür ertönte, ließ Mera zusammenzucken. Außerhalb des Kolibris fühlte sie sich schutzlos und ausgeliefert. Das letzte Mal hatte sie den Boden der Außenwelt beim Auszug betreten, das war mehr als drei Jahre her. Doch in diesem Moment fühlte sie sich zurückversetzt. Das Wissen, dass die Kuppel von Gaia über ihnen nun von Kriechern bevölkert war, tat ein Übriges.

Adteran hatte die Scheinwerfer auf das Fluggerät gerichtet, das am anderen Ende des Decks etwa einhundert Schritte von ihnen entfernt stand. Dazwischen gab es mehrere leere Dockingstationen. Trotz der hohen Leuchtkraft der Scheinwerfer blieben so die rückwärtige Seite der Halle und deren Ecken im Dunkeln. Mera sprach ein stilles Gebet, um den Beistand des Administrators zu erbeten, und hoffte inbrünstig, dass die Kriecher sie verschonen mochten, weil sie rein im Glauben war. Doch war sie das überhaupt noch?

In den Schutzanzügen waren alle Bewegungen doppelt so anstrengend und kompliziert. Ihre schlurfenden Schritte schienen in der ganzen Kuppel von Gaia widerzuhallen. Mera wollte nur weg von diesem Ort. Dasselbe Gefühl, dass sie vom Auszug kannte. Zurück. Zurück unter den Schutz der Kuppel von Eden. Und doch war da noch etwas anderes. Neugier. Und ein Funken Hoffnung. Nohan.

Adteran versuchte, das Fluggerät zu öffnen, doch die Kabine blieb verschlossen. »Keine Energie, wie es aussieht. Vielleicht habe ich mich getäuscht. Aber das ist definitiv die Maschine aus Eden.«

Er wandte sich den Apparaturen der Dockingstation zu, drückte immer wieder auf einen hervorstehenden Knopf. Er schien gerade aufgeben zu wollen, als ein leises Brummen ertönte. Kurz darauf leuchteten grüne Linien auf der Apparatur auf und verschiedene Bedienfelder und weitere Tasten waren zu erkennen.

»Es gibt also noch Energie hier, ich hatte recht.« Adteran klang erleichtert, als wären sie nicht allein unter Hunderten von Kriechern. Er betätigte ein paar der eben erschienenen Tastenfelder und auf dem Boden leuchteten fünf grüne Linien auf, die parallel zueinander wie ein Strahl zum Fluggerät liefen. »Es lädt«, erklärte Adteran. »Der Energiespeicher des Kolibris war bei null.« Er ging zurück zum Verdeck des Cockpits, das sich nun öffnen ließ.

Mera schloss die Augen, der Öffnungsmechanismus zischte. Zu groß war die Angst davor, was sich dort im Fluggerät befinden könnte. Ihr Bruder war noch nicht gefunden worden.

»Es ist leer«, rief Adteran. »Irgendetwas stimmt mit dem Kolibri nicht. Die Steuerelemente sind verbrannt. Er ist nicht mehr flugfähig.«

»Was denkst du, ist passiert?«

»Schwer zu sagen. Vor allem gibt es keine Spur von Adnohan und Adjosh. Lass uns einmal schauen, ob wir hier etwas finden. Ich denke, das war ihr Rückzugsort.«

Mera blickte sich um. Der Raum war zu groß. Für eine detaillierte Spurensuche würden sie Stunden brauchen und sie müsste spätestens zum Frühstück wieder zurück in Eden sein.

»Lass uns logisch denken«, sagte sie zu Adteran. »Es gibt keine Spuren eines Kampfes. Wenn die Kriecher sie hier erwischt hätten, gäbe es irgendetwas am Boden. Blutflecken, Knochen, Kleidungsreste.«

Dafür war es hier zu ordentlich. Sie versuchte, sich vorzustellen, was passiert war. Es wies aber auch nichts darauf hin, dass sich hier jemand längerfristig aufgehalten hatte.

»Die beiden haben mehrmals Gaia besucht und herausgefunden, dass man Fluggeräte aufladen und somit weiter in die Außenwelt vordringen kann. Dann haben sie den Administrator informiert. Adlina war dagegen, wollte die beiden vielleicht sogar loswerden. In der Folge sind sie hier gestrandet, mit einem defekten oder manipulierten Fluggerät. Also sind sie zu Fuß weiter? Wenn sie einen Hinweis hinterlassen wollten, dann doch nur in dem einzigen Objekt, das ursprünglich nicht aus Gaia stammt.«

Mit rasendem Herzen ging sie zum geöffneten Verdeck des defekten Fluggerätes. Die beiden wollten gefunden werden! Auf dem Pilotensitz lag eine handschriftlich verfasste Nachricht.

Mera las sie vor: »Brüder und Schwestern! Es ist alles eine Lüge! Sie haben unser Fluggerät sabotiert, weil sie uns blind und dumm halten wollen. Wir schlagen uns nun zu Fuß durch zur Kolonie. Schließt euch uns an, um für die Wahrheit zu kämpfen. Von Gaia immer weiter Richtung Süd-Südwest, bis ihr Berge seht, die Fingern gleichen. Dort werdet ihr uns finden. Habt keine Angst! Die Wahrheit wird siegen! Jennifer ist nicht aus den Schatten, sondern sie bringt das Licht! Adjosh und Adnohan.«

Mera drückte die Notiz an ihre Brust, als wäre die Nachricht nur für sie bestimmt. »Er lebt. Mein Bruder lebt«, freute sie sich.

Adteran schien schon wieder die nächsten Schritte zu planen. »Eine Kolonie? Das heißt, es gibt noch mehr Siedlungen hier? Bei der Kuppel, was geht hier nur vor sich?«

Die Zeit drängte und so flogen sie nach Eden zurück, bevor der Tag anbrach. Als sie von einem starken Wind durchgeschüttelt wurden, griff Mera instinktiv nach Adterans Hand. Er erwiderte ihren Griff, als sei es das Normalste der Welt, dass ein Protektor und eine Priesterin sich berührten. Dann schenkte er ihr ein Lächeln.

Außerhalb von Eden, so schien es, bot Adteran mehr Schutz als der Administrator. Außerhalb von Eden folgte das große Gleichgewicht ganz eigenen Regeln.

9. Erwachen

Der Anblick der zerstörten Kuppel Gaias hatte sich über Meras Herz gelegt wie der schwarze Staub auf die Hände ihres Vaters. Nun hatte sie die Gewissheit, dass auch in Eden die Schatten hausten.

Stoisch ging sie ihren Pflichten als Priesterin nach, predigte und sang bei Messen. Sie stellte sicher, pünktlich bei den gemeinsamen Mahlzeiten zu erscheinen und die ihr aufgetragenen Dienste gewissenhaft zu erledigen. Abgesehen davon, hielt sie sich so weit wie möglich von Adlina fern, so hatte sie es mit Adteran vereinbart. Er wollte sich währenddessen auf die Suche nach der Kolonie machen. Als Protektor war es für ihn ein Leichtes auch tagsüber Erkundungsflüge zu unternehmen, er unterlag keiner Kontrolle.

Mera dagegen fühlte sich, als trüge sie eine Maske, wenn sie ihren Alltag bestritt. Kein Wort durfte sie verlieren, zu riskant war das Entdeckte. Ihre Lebensfreude und der kindliche Glaube an das Gute waren unwiederbringlich verloren. Ihre nächtlichen Visionen und Zweifel kehrten wieder, auch weil sie bewusst das Mana reduzierte. Die Toten der Kuppel von Gaia schienen sie zu rufen. Der Geist ihres Bruders war irgendwo dort draußen, tot, lebendig, in welcher Form? Kein Märtyrer war er gewesen, sondern ein Ketzer. Die Wahrheit war so flüchtig wie ein Manarausch.

Wütend schwamm sie ihre Bahnen, schlug regelrecht auf die Wasseroberfläche ein, tauchte und versuchte, zu verstehen. Wo sollte der Weg hinführen, den sie mit Adteran eingeschlagen hatte? Je mehr sie wusste, desto schlechter ging es ihr. All die Gefühle und Stimmen wurden lauter, wollten aus dem Gefängnis ihrer Seele ausbrechen. Wie viel einfacher war dagegen die Unwissenheit.

Etwas berührte sie sanft am Knöchel. Einbildung? Nein, da war es wieder. Jemand packte sie am Fußgelenk, hielt sie fest. Mera strampelte, das Wasser spritzte. Erleichterung, als ihre Füße auf dem Beckenboden aufsetzten. Sie wischte sich das Wasser aus dem Gesicht, rieb sich die Augen, sah sich um. Die Wasseroberfläche war ruhig, abgesehen vom Schaum und den Luftbläschen, dort wo sie gerade geschwommen war. Niemand war hier, nur das Plätschern des Springbrunnens war zu hören. Das Blau im Becken leuchtete so friedlich wie immer.

Eine Bewegung am gegenüberliegenden Beckenrand. Jemand kam auf sie zugetaucht. Jetzt war der Körper deutlich zu erkennen, die Konturen nur gebrochen durch das Wasser.

»Adshara? Adyumi?« Ihren Freundinnen traute sie solche Streiche nicht zu. Natürlich kamen auch andere Priesterinnen hierher, doch einfach so jemanden zu packen? Und wie war die Gestalt so schnell wieder an den gegenüberliegenden Beckenrand gekommen?

Je näher die Silhouette kam, desto unbehaglicher wurde es Mera. Sie war hier ganz allein, niemand konnte sie hören. Die Gestalt war tiefdunkel, schwarz. Hob sich deutlich vom weißen Beckenboden ab. Die Silhouette war nicht die eines Menschen. In gleichmäßigen, wellenförmigen Bewegungen, die bis zum langen Schwanz reichten, kam der Kriecher auf sie zu, die Gliedmaßen eng am Körper angelegt.

Mera schrie und wandte sich zum Beckenrand zu ihrer Linken, doch die Gestalt war schon bei ihr. Etwas packte sie, zog sie nach unten. Das war ihr Ende. Wer sich gegen das große Gleichgewicht versündigte, endete im Maul eines Kriechers. Immer weiter sank sie hinab, tiefer und tiefer. Sie blickte zu ihren Füßen. Es war kein Kriecher, der sie nach unten zog. Es war Rina, die Freundin, die sie beim Auszug verloren hatte. Ihre Haut war blass und aufgedunsen, die Augen lediglich dunkle, seelenlose Höhlen.

Rina öffnete ihren Mund, ein schwarzes Loch. »Warum ich? Warum nicht du?«, kreischte sie.

»Weil ich stark im Glauben war«, verteidigte sich Mera.

»Du hast nie wieder über mich gesprochen. Sag meinen Namen«, befahl Rina.

»Rina!«, schrie Mera verzweifelt. »Rina, Rina!«

Doch der Griff lockerte sich nicht. Weiter ging es in die Tiefe hinab.

Rina lachte schrill, das dunkle Wasser sprudelte. Immer mehr Luftblasen erschienen. »Und nun, wo ist dein Glaube jetzt?«

Mera schreckte hoch und schlug mit den Armen um sich. Erst langsam begriff sie, dass sie in ihrem Bett war und nicht im Schwimmbecken. Zitternd griff sie zu einem Mana-Kügelchen. Sie wollte sich wie ein Stein unter der Erde fühlen, handlungsunfähig und entrückt von der Welt.

Die einzigen Lichtblicke waren die Treffen mit Adteran. Immer wieder ertappte Mera sich dabei, wie sie in Gedanken bei ihm war. Die Tatsache, dass ihr Umgang verpönt und eine Beziehung streng verboten war, entwickelte sich nun zu einer echten Last. Wenn das Verlangen, ihn zu sehen, zu groß wurde, sah sie oft keinen anderen Ausweg als die Gefühle mit Mana zu ersticken. Doch es fühlte sich falsch an, sogar unnatürlich. Etwas zu unterdrücken, das ein großer Teil von ihr zu sein schien?

Immer wieder ließ sie sogar ihre morgendliche Mana-Ration unauffällig verschwinden, auf die Gefahr hin, die verbotenen Gefühle, die in ihr schlummerten, ganz zu entfesseln. An Mana-freien Tagen verlor sie sich in wilden Tagträumen. Malte sich aus, wie es wäre, mit ihrer Hand durch seine dunklen Locken zu streicheln. Ihn zu berühren, nicht nur an seiner Hand. Wie es wäre, zu sündigen.

Mera saß in der hintersten Ecke der Bibliothek und brütete über dem Buch, das die Außenwelt beschrieb. Sie versuchte den Text mit dem, was sie selbst dort draußen gesehen hatte, in Einklang zu bringen. Wie konnte man auf diesem Planeten überleben, wie müsste eine Kolonie beschaffen sein? Gab es noch mehr Kuppeln? Gebiete ohne Kriecher?

Selbst hier im inneren Ring war das Wissen beschränkt. Es gab keine Angaben zur Größe des Planeten, keine Karten, auf denen verzeichnet wäre, an welcher Stelle Eden sich befand.

Gaia wurde mit keinem Wort in den Schriften erwähnt. Sie hatte Adshara und Adyumi danach befragt. Den beiden war der Name kein Begriff, aber sie hatten Geschichten über eine andere Kuppel gehört. Mutmaßungen, Gerüchte. Das konnte doch nicht sein, was der Administrator wollte.

Adteran betrat den Raum und schritt alle Regale ab. Vergewisserte sich, dass niemand in der Nähe war. Dann setzte er sich an den Tisch neben Mera.

»Ich habe die Kolonie gefunden«, erklärte er im Flüsterton.

»Sind sie dort? Adjosh und mein Bruder?«

Adteran sah betroffen aus. Er legte seine Hand auf die ihre. »Nur Adjosh ist dort. Er hat mir gesagt, dass dein Bruder den Weg aus Gaia damals nicht überlebt hat. Kriecher. Es tut mir sehr leid.«

Die Trauer überspülte Mera, drohte sie niederzuwerfen. Wäre Nohan doch einfach tot geblieben. Die Hoffnungsschimmer der letzten Wochen. Was hatte es genutzt? Er war tot gewesen, die ganze Zeit. Ob Märtyrer oder nicht, was für einen Unterschied machte es? Mehr über sein Schicksal zu erfahren, hatte nur Unglück über sie gebracht.

Mera konnte nicht anders als sich in Adterans Umarmung zu flüchten. Halt suchen, während alles um sie herum ins Wanken geriet. Nur er versprach noch Trost in dieser Welt aus Schmerz und

Lügen. Sein warmer Atem ließ ihren Nacken kribbeln, während stille Tränen auf seine Schulter tropften. Viel zu schnell musste sie sich von ihm lösen, als irgendjemand die Bibliothek betrat. Hastig griff Adteran sich ein Buch und ging ein paar Schritte das Regal entlang.

Als der Zauber der Umarmung abklang, kam die Verzweiflung zurück. Doch da war noch etwas anderes. Wut mischte sich in die Trauer. Wie Färbemittel, das man in den Teig gab. Ein paar Tropfen genügten, um das Gebäck zu verändern. Etwas Neues entstand. Rachegelüste. Das dunkle Gefühl, von dem Adteran erzählt hatte. Jemand hatte Nohan in den Tod geschickt mit voller Absicht. Jemand müsste dafür zur Verantwortung gezogen werden, das große Gleichgewicht wieder hergestellt werden. Die Vorstellung, jemanden für Nohans Tod büßen zu lassen, fühlte sich gut an. Mera ballte die Fäuste.

Nachdem die dritte Person die Bibliothek wieder verlassen hatte, ging sie zu Adteran hinüber. »Bring mich dorthin. Ich will die Kolonie sehen«, sagte sie mit entschlossener Stimme. »Ich kann nicht mehr warten. Hier werde ich verrückt. Wir müssen etwas tun.«

»Gut«, erwiderte Adteran. »Dann lass uns wieder vor Tagesanbruch aufbrechen. Nein, noch besser zur zweiten Stunde. Der Weg zur Kolonie ist weiter und wir müssen in Gaia die Speicher aufladen.«

»So machen wir es.«

Adteran wirkte glücklich darüber, dass sie mit ihm fliegen wollte, obwohl er die schlechte Nachricht überbracht hatte. »Ich bin froh, dass wir das zusammen machen. Du und ich.«

»Das bin ich auch«, erwiderte Mera.

»Seit ich dich das erste Mal getroffen habe, weiß ich das. Du hast Fragen. Genau wie ich. Wir sind uns ähnlich. Sonst hätte ich dir nicht so viel zugemutet. Admera, mit dir fühle ich mich nicht allein.

Ich brauche jemanden, mit dem ich mein Wissen teilen kann. Sonst habe ich das Gefühl zu platzen. Verstehst du das?«

»Ich verstehe das. Lass uns nie wieder allein sein. Wenn nur wir beide ehrlich zueinander sind, kann ich die Lügen besser ertragen. Und ich habe noch eine Bitte«, meinte sie und blickte ihn herausfordernd an. »Bring mir das Fliegen bei. Ich weiß, dass wir eines Tages dort draußen sein werden. Dann will ich bereit sein. Und frei.«

Nachdem sie sich in derselben Nacht am verabredeten Treffpunkt eingefunden hatte, folgte sie Adteran in einigem Abstand. Es ging wieder hinein in den Fels zum Aufzug. Erst nach einigen Abzweigungen und Türen winkte er sie zu sich. Hier könnte sie das allwissende Auge nicht sehen, meinte Adteran.

In dem Gewölbe öffnete er das Verdeck eines Kolibris. Dieses Mal zeigte er Mera jeden Schritt. Nachdem sie Platz genommen hatten – diesmal saß Mera vor dem Steuergerät – erklärte Adteran ihr die wichtigsten Funktionen.

»Es ist gar nicht schwer. Die Kolibris sind so eingestellt, dass eigentlich nichts passieren kann. Zuerst prüfen wir, ob es genug Energie gibt.« Er wies auf einen grünen Balken. »Bevor die Energie halb leer ist, kehrt der Kolibri automatisch zur Ladestation hier in Eden zurück. Sonst läuft man Gefahr, in der Außenwelt zu stranden.«

Mera nickte und versuchte, sich so gut wie möglich jedes Detail einzuprägen.

»Das hier ist der Geschwindigkeitsregler, das der Höhenregler. Alles wird dir auf diesem Kontrollfeld angezeigt. Außerdem gibt es hier eine Karte, auf der ein paar Orte verzeichnet sind. Man kann auch neue Orte markieren und auswählen. Aber natürlich alles nur im Radius einer halben Speicherladung. Dann fliegt der Kolibri automatisch dorthin. Mit dem Steuergerät kannst du manuell lenken, die Sensoren verhindern aber einen Zusammenstoß und korrigieren die Flugroute selbstständig. So weit alles klar?«

»So weit schon.«

»Dann los.«

»Wie bitte? Das war aber eine sehr kurze Einführung. Für das Priesterinnenamt habe ich drei Jahre gelernt. Und für das Fliegen sollen ein paar Minuten genügen? Das kann doch nicht alles sein.«

»Es ist wirklich nicht schwer, die Details zeige ich dir auf dem Weg. Wir müssen vor Tagesanbruch zurück sein. Also los.«

Mera versuchte die aufkeimende Anspannung zu unterdrücken. Sie setzte sich aufrecht hin, räusperte sich, als müsste sie gleich eine Predigt halten, und griff dann nach dem Steuergerät.

»Das brauchst du noch nicht. Zum Starten wählen wir dieses Feld auf dem Kontrollfeld, so werden wir nach draußen gebracht. Bereit?«

»Bereit.«

Mera drückte den Startknopf. Das Kontrollfeld blinkte auf und das Fluggerät drehte sich selbstständig. Eine Schleuse öffnete sich über ihnen, der Kolibri stieg auf, und ein schmaler Tunnel wurde erleuchtet. Als Nächstes schien das Fluggerät in den Tunnel gezogen zu werden, immer schneller, die einzelnen Lichter verschwammen zu Leuchtstreifen. Die Beschleunigung drückte beide in den Sitz. Schon nach ein paar Sekunden wurden sie förmlich ausgespuckt, sie befanden sich außerhalb der Kuppel. Von Angst schweißfeuchte Finger klammerten sich um das Steuergerät. Mera flog.

Behutsam testete sie, wie die Apparatur auf ihre Befehle reagierte, und zog das Steuergerät sachte nach oben. Genauso sanft stieg der Kolibri an. Dann vollführte sie ein paar vorsichtige Lenkmanöver. Erleichtert stellte sie fest, dass die Steuerung kinderleicht war. Die

Maschine tat genau wie ihr befohlen, als wäre sie eine Verlängerung ihrer Hände. In der Tat war Schwimmen eine viel komplexere Herausforderung. Die Kolibris – ein wahrer Segen ihrer Vorfahren.

»Gar nicht schwer. Habe ich doch gesagt«, bestätigte Adteran ihren ersten Eindruck.

Meras Anspannung legte sich und wich einer Woge Euphorie, einem lange verloren geglaubten Gefühl. Verborgen unter Ritualen, Regeln und Mana-Räuschen. Aber hier war es: echte kindliche Freude. Sie flog. Im Gegensatz zu den ersten beiden Malen, als sie die Kuppel verlassen hatte, kam sie sich nicht mehr schutzlos vor. Ganz im Gegenteil, sie fühlte sich frei. Als steuere sie nicht nur das Fluggerät, sondern auch ihr eigenes Schicksal. Kein stures Regelbefolgen wie in Eden, sondern volle Kontrolle über das eigene Handeln. Ein Gefühl, an dem auch Adteran einen wesentlichen Anteil trug und das sofort abhängig machte. Von diesem Gefühl konnte man nie genug bekommen.

Beim Zwischenstopp in Gaia half ihr Adteran, durch den engen Schacht zu manövrieren. Hier musste sie den automatischen Abstandsregler deaktivieren, da der Abstand auf beiden Seiten zu gering war. Nervenaufreibende Handsteuerung war gefragt und für die kurze Strecke im Schacht benötigte Mera fast so lange wie für den Flug von Eden nach Gaia. Anschließend zeigte Adteran ihr, wie man den Kolibri auflud. Dann starteten sie zum zweiten Teil der Reise.

Adteran ließ sie ein wenig durch die Luft gleiten, dann wurde er ernst. Er legte eine Hand über ihre auf dem Steuergerät. »Mera, was du in der Kolonie hören wirst, könnte dein ganzes Leben auf den Kopf stellen. Bist du wirklich bereit dafür?«

Mera wurde unmittelbar die Bedeutung seiner Frage bewusst. Die Benutzung ihres alten Namens, die Ernsthaftigkeit in seiner Stimme. Dies war kein leichtes Gespräch zum Zeitvertreib. Sie verließen den

Einflussbereich des Administrators. Aber was war ihre Alternative? Bis an den Rest ihres Lebens die Maske der Priesterin zu tragen? All das zu vergessen, was sie erfahren hatte? Den Tod ihres Bruders ungesühnt zu lassen? Und könnte sie es ertragen, Adteran immer nur im Verborgenen zu treffen?

Nein, ihre Entscheidung hatte sie schon getroffen, als sie zu ihm ins Fluggerät gestiegen war. Zwar konnte sie nicht leugnen, dass sie immer noch fürchtete, sich vom Glauben zu entfernen, als Ketzerin gebrandmarkt zu werden und ihre Eltern zu enttäuschen. Aber ihre Motive waren richtig, das spürte sie nun.

»Ich bin bereit«, erwiderte sie entschlossen.

»Gut, dann habe ich dich richtig eingeschätzt«, meinte Adteran erleichtert. »Aber ich möchte sicherstellen, dass du das auch willst. Ich werde dich zu nichts drängen.«

Er zeigte ihr die Himmelsrichtungen auf dem Bedienfeld und sie richtete die Passagierdrohne anhand seiner Vorgaben aus und beschleunigte.

»Ich habe drei Anläufe gebraucht, um die Kolonie zu finden. Süd-Südwest. Das Gebirge, das aussieht wie Finger, habe ich auch gefunden. Dort ist der Wind stärker und der Nebel nicht so dicht. Man hat eine bessere Sicht. Aber ich habe nichts entdeckt, was einer Kolonie ähnelt. Keine Kuppel oder sonstige Gebäude, egal wie oft ich dort gekreist bin. Beim dritten Mal sah ich etwas, einen Menschen auf einem Berg. Ich dachte zuerst, es wäre ein Kriecher oder eine Steinformation, aber es war eindeutig ein Mensch. Er winkte mir zu und hat mir gezeigt, wo ich landen kann. Die Kolonie ist nicht groß. Es sind weniger als zehn Menschen dort, die unterirdisch in einer Höhle hausen.«

Mera lief ein Schauer über den Rücken. Bilder von der Frau auf dem Berg tauchten vor ihrem inneren Auge auf. Die Angst,

Verderben über den Planeten zu bringen. Aber sie schwieg. Diese Visionen behielt sie für sich.

»Aber weiß denn der Administrator von nichts? Was seine Untergebenen so treiben? Das allwissende Auge, ist das nur eine Redensart?«

»Nein. Für die Kuppel von Eden trifft das sicher zu, aber in der Außenwelt scheint seine Macht beschränkt. Ich habe das Gefühl, sie interessiert ihn einfach nicht. Wahrscheinlich wegen des Scheiterns von Gaia. Und in den letzten Jahren hat er sich noch mehr zurückgezogen, verlässt den Tempel kaum noch. Selbst wir Protektoren werden immer seltener zu Audienzen gerufen. Aber er vertraut uns. Wir sind seine Augen und Ohren hier draußen. Solange ich brav Berichte anfertige, habe ich freie Hand, ich kann fliegen, wann und wohin ich will.« Er lächelte, obwohl ihm nur allzu bewusst sein musste, dass solche frevelhaften Worte in Eden normalweise mit Verbannung geahndet wurden.

Eine Weile flogen sie schweigend weiter. Mera spürte, dass der Bund zwischen ihnen noch zu frisch war, um alles auszusprechen, alles preiszugeben. Ihre eigenen Worte wog sie immer noch achtsam ab, um keine Zweifel zu nähren und keine unsichtbaren Grenzen zu überschreiten. Grenzenloses Vertrauen gab es in Eden nur gegenüber dem Administrator. Dabei wollte sie Adteran noch einmal umarmen. Ob es ihm ähnlich ging?

Als die Energieanzeige sich langsam der Mitte näherte, ertönte ein Alarmsignal, das Adteran mit einem Tastendruck verstummen ließ. »Das System rechnet immer noch mit einer zehnprozentigen Reserve. Ich habe den automatischen Rückkehrbefehl überschrieben. Außerdem können wir hier die Thermik ausnutzen und größtenteils segeln.«

Mera fiel auf, dass der Nebel hier tatsächlich anders beschaffen war. Weniger eine undurchdringliche Wand als ein Flickenteppich aus Hunderten kleinen Wolken. Auch der Boden bestand aus weniger Geröll, stattdessen wies er mehr Gestrüpp auf. Ob man all die Dinge aus den Büchern hier entdecken könnte, wenn man eine Kette von Aufladestationen über den ganzen Planeten verteilt errichten würde? Sie konnte verstehen, warum dieser Adjosh und ihr Bruder den Drang verspürt hatten, Erkundungen anzustellen. In Anbetracht der Weite des Planeten war Edens Kuppel geradezu winzig.

Vor ihnen konnte sie die Umrisse einiger Felsen ausmachen, die wie gigantische Finger durch den Nebel stießen, als wollten sie den Himmel packen und zu Boden zerren.

»Wir sind gleich da«, erklärte Adteran, während der Kolibri die Felsformation überflog. »Ich schalte den Motor aus, wir gleiten bis zum Ziel.«

Das leise Surren verstummte und nun konnte man den Einfluss der Winde stärker spüren. Jeder Windstoß rüttelte am Fluggerät.

»Da vorne ist es.«

Adteran half ihr bei der Landung und der Kolibri setzte auf einem ebenen Felsvorsprung auf. Dann schaltete er die Elektronik aus.

»Und nun?«, wollte Mera wissen.

»Wir müssen kurz nach draußen. Zieh das hier an.« Adteran reichte ihr den zusammengelegten Schutzanzug.

Mera kannte die Routine inzwischen. Dann verließen sie die Kabine und Adteran lud ein kleines Paket aus dem hinteren Teil des Fluggerätes aus.

Aus Gewohnheit murmelte Mera ein kleines Gebet, doch das half wenig gegen die Angst. Die Machtlosigkeit des Administrators in der Außenwelt war offenbar, die Gebete verpufften als leere Worthülsen. Unsicher sah sie sich um und folgte Adteran in Richtung einer zerklüfteten Felswand, die sich zu ihrer Linken befand und deren höchste Zacken im Nebel verschwanden.

Mera hielt kurz inne. Am Boden entdeckte sie etwas leuchtend Gelbes. Eine Nebelblume! Sie erkannte die Pflanze sofort. Durch ihre Farbe hob sie sich von ihrer tristen Umgebung ab, als hätte jemand dort einen Klecks Farbe verloren. Selbst durch das getönte Sichtfenster des Schutzanzuges konnte Mera die Intensität der Farbe bewundern. Ein Gelb, das auf den Betrachter abzufärben schien.

Adteran ging weiter, ohne anzuhalten, und Mera folgte ihm. Als sie der von tiefen Furchen durchzogenen Felswand näher kamen, erkannte Mera, dass eine der Spalten mit einer Metallplatte versperrt war.

Adteran klopfte dreimal mit seiner Faust dagegen und rief: »Ich bin es. Adteran.«

Es dauerte eine ganze Weile, dann klopfte und scharrte es auf der anderen Seite. Die Platte wurde zur Seite geschoben. Ein älterer Mann stand vor ihnen, gekleidet in einer sonderbaren Mischung aus Resten eines Schutzanzuges und mehrerer Schichten lederähnlicher Lumpen. Sein Gesicht lag frei – wie konnte er das überleben? Nur eine Lederkappe bedeckte Kopf und Ohren.

Mera konnte nicht sagen, ob er sie anlächelte oder argwöhnisch angrinste. Selten hatte sie eine derart derbe Visage, so eine Fratze gesehen. Das Gesicht des Mannes war ähnlich zerfurcht wie der Fels, der ihm als Herberge diente. Seine Gesichtszüge waren unterbrochen von Narben und knollenartigen Geschwüren, einer schiefen Nase und zwei Augen, die sich schon seit längerer Zeit in verschiedene Richtungen zu bewegen schienen. Ein zotteliger, rotgrauer Vollbart vervollständigte die Erscheinung, die Mera ohne Adterans Begleitung zur sofortigen Flucht veranlasst hätte. Ob diese Gestalt Antworten hatte?

»Willkommen«, grüßte der Mann knapp, seine Stimme rau, aber zerbrechlich, sein Atem ging schnell. Er wirkte nicht überrascht darüber, dass Mera Adteran begleitete.

Nachdem beide eingetreten waren, schob der Mann mit einem kräftigen Ruck die Metallplatte hinter ihnen wieder vor die Felsspalte. Trotzdem blieb es hell. An der Wand hing eine Lampe, die etwas Licht spendete. Doch im Gegensatz zu den Lichtern in Eden schien diese sich im ständigen Kampf mit der Dunkelheit zu befinden, wobei mal die eine, mal die andere Seite die Oberhand gewann.

Mera ging hinter Adteran und dem Alten eine Treppe aus glattem Stein hinunter, deren Stufen teils von Menschenhand gemacht zu sein schienen und teils wie ein Werk der Natur anmuteten. Hin und wieder waren Stufen aus Metall eingefügt worden, um größere Abstände zu überbrücken. Engpässe, durch die sie sich seitlich hindurchschieben mussten, während Mera hoffte, dass ihre Schutzanzüge keinen Schaden nehmen würden, wechselten sich mit größeren Räumen ab. Und immer wieder hob sich eine matt flackernde Lampe aus der dunklen Felswand. Zu wenig, um alles zu erkennen, aber gerade genug, um nicht die rutschigen Felsenstufen hinabzustürzen.

Das Absteigen erforderte ihre volle Konzentration. Zum Glück, dachte Mera, denn so konnte sie nicht zu viele Gedanken daran verschwenden, in welche Gefahr sie sich begab.

Schließlich wuchtete der Mann eine zweite Metallplatte zur Seite und ließ Adteran und Mera vorbei. Offensichtlich hatten sie ihr Ziel erreicht. Die Beleuchtung war deutlich intensiver und gab den Blick auf ein größeres Gewölbe und eine hohe Decke frei. Außerdem war es merklich wärmer. Mera blickte sich um und erkannte Wasser, das an der Rückseite des Raumes aus dem Felsen trat. Weiße Dampfwolken stiegen auf und verrieten dessen hohe Temperatur.

»Hitze. Das einzig Gute was dieser verfluchte Planet uns zu bieten hat«, bemerkte der Mann abfällig.

Mera überlegte, wie alt er wohl sein mochte. Aber durch sein abstoßendes Äußeres fehlte ihr jeglicher Vergleich zu ihr bekannten Menschen.

»Hitze bedeutet Wärme und Energie. Damit kann man schon einige Lebensgrundlagen abdecken. Der Rest ist ein nackter Kampf ums Überleben. Aber eins nach dem andern. Setzt euch.« Er wies auf ein paar einfache Metallstühle, während er selbst auf einem behauenen Felsvorsprung Platz nahm. Das Paket von Adteran nahm er freudig entgegen und stellte es neben sich auf den Boden.

»Ist alles drin?«

»Wie bestellt.«

An Mera gewandt, fuhr er fort: »Ich bin Josh, ehemals Adjosh, wie du sicher schon mitbekommen hast.«

Ein paar Gestalten kamen in den Raum, hager und verlottert. Sie drückten sich ängstlich an die Wand und beobachteten die Besucher grußlos aus misstrauischen Augen. In Eden würde man Menschen in derart schlechtem Zustand nicht zu Gesicht zu bekommen.

»Das sind die Nachfahren der letzten Überlebenden von Gaia. Ich bin ihr Anführer.«

Und dann erzählte Josh seine Geschichte, während Adteran daran erinnerte, dass sie vor Tagesanbruch zurück sein müssten. Mera und Adteran hatten ihre Schutzanzüge abgelegt, nachdem Josh versichert hatte, Strahlung und Kälte seien so tief im Felsmassiv kein Problem.

»Das hier«, meinte Josh und zeigte auf die Geschwüre in seinem Gesicht, »kommt von meiner Zeit an der Oberfläche auf diesem Scheißplaneten. Als ich in der Kolonie angekommen bin, war ich halb verreckt.«

Mera wusste nicht, was sie darauf erwidern sollte, doch Josh fuhr einfach fort.

»Zwei Jahre saß ich hier fest. Zwei Jahre! Ihr könnte euch gar nicht vorstellen, was das bedeutet. Habt euch ganz schön Zeit gelassen. Und nur ein verdammter Zufall hat euch zu mir geführt. Dein Bruder, Nohan. Tut mir leid, was mit ihm passiert ist. Ein großer Verlust. Er war ein guter Kerl.«

Er räusperte sich, schluckte etwas hinunter. »Zuerst musst du wissen, dass vieles, was ich dir heute erzähle, wie soll ich sagen, herausfordernd ist. Ich denke, Adteran hat dich schon gewarnt. Du bist eine Zweiflerin, sonst wärst du ja nicht hier.«

Er blickte an Mera vorbei, als stünde dort jemand. Sein Blick wurde glasig. Sie wagte nicht, ihn zu unterbrechen.

»Wo fange ich an. In aller Kürze. Du musst wissen, dass ich ebenfalls mal Protektor war, genau wie unser Adteran hier. Aufgewachsen im inneren Ring. Habe meine Privilegien genossen, mein Mana konsumiert. Ehrfürchtig habe ich dem Administrator gedient. Kriecher getötet, Ungläubige verbannt und alle möglichen geheimen Missionen für ihn erledigt. Vielleicht war ich nicht das leuchtende Vorbild, das sich alle gewünscht haben. Ich war etwas, wie soll ich sagen, umtriebig. So habe ich nie begriffen, warum wir nicht versuchen zu verstehen, wie die große Werkstatt funktioniert. Wir können sie bedienen, ja. Aber neue Maschinen erfinden? Nein. Nur nutzen, was uns die vorderen Generationen hinterlassen haben.«

Irgendwo in dem Gewölbe fiel etwas Metallisches scheppernd zu Boden. Josh fuhr wütend herum, blickte eine dürre Gestalt an und hob drohend seine Hand. Die Gestalt murmelte etwas Unverständliches und entfernte sich dann gebückt.

»Wie die Kinder«, schimpfte Josh. »Sie brauchen einen strengen Vater. Wo war ich?«

»Bei den Technologien der Vorfahren«, antwortete Mera.

»Ach ja. Und richtig gewurmt hat mich, dass wir nach Gaia die Eroberung des Planeten aufgegeben haben. Die Geschichte sogar vertuscht haben. Gaia hat mich fasziniert, bis Nohan und ich auf die Idee gekommen sind, unseren Kolibri dort aufzuladen, um längere Erkundungen vorzunehmen. Es war nur eine verrückte Idee, aber sie hat funktioniert. Eine neue Welt hat sich uns eröffnet! Dabei haben wir diese Kolonie entdeckt. Mit Menschen! Nachfahren von Gaia-Bewohnern, stell dir das vor! Sie sind so anders als wir. Wer hier überlebt, ist von der härtesten Sorte Mensch, die man sich nur vorstellen kann. Keine verweichlichten Wesen wie in Eden. Vielleicht nicht die Schlausten, etwas rau, aber ehrlich und direkt. Und was für Geschichten sie erzählen. Von größeren Kolonien, von seltsamen Ruinen, Geistern, die durch die Lüfte fliegen. Und weißt du woran sie glauben?«

Mera war klar, dass es nur eine Antwort geben konnte. »Sie folgen Jennifer.« Der Namenszusatz ›aus den Schatten‹ war hier sicher unangebracht.

»Kluges Kind«, knurrte Josh belustigt. »Denn Jennifer haben sie bereits in Gaia verehrt. Jennifer ist anders als der Administrator. Sie gibt sich niemals zufrieden. Die Suche nach dem Paradies hat nicht in Eden geendet. Verstehst du?«

Mera nickte.

»Ach wirklich?« Joshs heiseres Lachen ging in einen Hustenanfall über. »Leider ist vieles in Gaia verloren gegangen. Die Bewohner dort waren umtriebig, sie hatten einen Plan. Stellt euch vor, welches Wissen noch in den Bibliotheken Gaias schlummert! Welche Schätze darauf warten, geborgen zu werden. Das war es, was wir dem Administrator mitteilen wollten. Er hat uns eine Audienz gegeben. Er, Adlina, Nohan und ich haben uns beraten. Wir wollten seinen Segen, um offiziellen Kontakt zur Kolonie herzustellen.

Gaia zu einer Zwischenstation ausbauen. Bücher bergen. Verstehen, was die Bewohner dort vorgehabt haben.«

Mera klebte inzwischen an seinen Lippen. Es war äußerst selten, dass der Administrator selbst als handelnde Person außerhalb von mythischen Geschichten vorkam.

»Adlina, diese Kriecherin in Menschengestalt, hat uns der Ketzerei bezichtigt. Einen falschen Propheten hat sie mich genannt. Hah! Dieses verlogene Miststück. Dass wir im Verborgenen agiert und auf eigene Faust Erkundungen vorgenommen hätten, warf sie uns vor. Das große Gleichgewicht hätten wir gefährdet. Der Administrator hingegen bat uns, noch einmal zur Kolonie zu fliegen und ein paar Pläne vom Flugdock in Gaia zu erstellen. Er wollte Beweise. Wir sollten mit niemandem über diesen Einsatz sprechen.«

Er schloss die Augen und atmete tief ein, als durchlebte er das Erzählte ein weiteres Mal.

»Dann haben diese elenden Kriechersöhne das Fluggerät manipuliert. Als wir es in Gaia aufladen wollten, ist uns das Steuermodul durchgebrannt. Wobei wir noch Glück hatten. Sie haben Sternenstaub auf die Energiespeicher des Kolibris geschmiert, wollten uns und die ganze Station sprengen, um sicherzustellen, dass keine Verbindung zur Kolonie mehr möglich ist. Doch durch den Defekt im Steuermodul wurden die Speicher nicht überlastet und sind nicht in Brand geraten. Sie haben sich verrechnet! Denn es sind doch nur Trottel, weil sie aufgehört haben zu lernen. Nur noch verwalten. An eine Rückkehr nach Eden war aber nicht mehr zu denken. Also mussten wir uns zu Fuß zur Kolonie durchschlagen. Durch die Kriecher-verseuchten Ruinen von Gaia. Dort haben sie Nohan erwischt. Ich habe es nicht verhindern können.«

Mera bebte innerlich. Gaia. Dort also war ihr Bruder ums Leben gekommen. Nicht Eden war seine letzte Ruhestätte. Irgendwie hatte sie das gespürt.

»Für mich bedeutete das fünf Tage Fußmarsch bis zur Kolonie. Die letzten Meter bin ich gekrochen, wie eines dieser verdammten Monster. Seitdem warte ich darauf, dass wir gefunden werden, um die Wahrheit zu verkünden.«

Er hustete, etwas schien ihm im Hals zu stecken.

Mera dachte nach. Die Geschichte ergab Sinn, warf aber ebenso viele Fragen auf, wie sie Antworten lieferte. »Also steckt der Administrator dahinter? Oder Adlina? Oder beide?«

»Der Administrator muss zumindest wissen, was geschieht. Wobei ich glaube, dass er manipuliert wird. Von Adlina.«

»Und wozu das alles? Warum darf es keine Kolonien geben, keine Erkundungen?«

»Du stellst die richtigen Fragen, Kleine. Glaub mir, ich hatte viel Zeit zum Nachdenken. Am Schluss landest du bei der alles entscheidenden Frage: Warum sind wir überhaupt auf diesem verfluchten Planeten?«

Mera schaute betreten zu Adteran, der ihr aufmunternd zunickte. Sie fühlte sich wie in einer Prüfung im Priesterinnenseminar. »Weil unsere Vorfahren die Erde verlassen haben, die nicht mehr lebenswert war?«

Josh murmelte zustimmend und verzog seinen Mund zu einer Art Lächeln. »So sagt man. Also kamen wir hierher. Wir sind in Sternenfähren gereist, jahrelang, in der Hoffnung auf einen Neuanfang auf diesem Planeten und so weiter. Und jetzt frage ich dich: War es die Mühe wert? Dieser Haufen Stein und Staub, eingehüllt in dieser Pest von Nebel? Besiedelt von Kreaturen, die uns fressen wollen? Ich sage dir: Dieser Planet ist es nicht mal wert, von mir bepisst zu werden!«

»Aber die Erde war doch nicht mehr bewohnbar«, wandte Mera ein.

»Das sagen sie dir und den anderen Leichtgläubigen. Denn die Erinnerung an die Erde wurde verdrängt, vom Administrator und seinen Gehilfen. Ich aber sage dir: Im Vergleich zum Gefängnis, das sie Eden nennen, war die Erde ein wahres Paradies. Ich habe sie gesehen, die Erde, unsere alte Heimat. Sie ist wunderschön. Ein blauer Himmel mit weißen Wolken. Kein Orange. Kein Grau. Grüner Boden voll unzähliger kleiner Pflanzen, die alles mögliche Getier ernähren. Wasser, so weit das Auge reicht. Nicht im Fels, sondern auf der Oberfläche des Planeten! Kannst du dir das vorstellen? Den blauen Planeten haben sie die Erde deshalb genannt. Wenn Wasser die Essenz des großen Gleichgewichts ist, dann ist ein blauer Planet das wahre Paradies!«

Josh hatte Tränen in den Augen, als er die Erde beschrieb. So bildhaft, als wäre er gerade erst dort gewesen. »Die Luft dort ist warm und mild, manchmal fällt Wasser vom Himmel und nährt die Pflanzen. Es gibt keine Außenwelt und keine Kuppeln. Ich habe es gesehen. Ich bin durch die Berge und Täler gestreift.«

»Wo hast du die Erde gesehen?«, wollte Mera wissen.

»In meinen Visionen. Als ich hierherkam, nach meiner Flucht aus Eden, brauchte ich etliche Tage, um mich von den Strapazen der Reise zu erholen. Außerdem musste ich das Mana aus meinem Körper bekommen. Es verstopft unsere Blutbahnen, blockiert unsere Gedanken. Die Bewohner hier haben mich tief nach unten gebracht. In eine Kammer, wo Dämpfe aus dem Inneren des Planeten strömen. Dort habe ich gesessen für einen Monat, ohne Nahrung. Hah! Über mich sollten sie Hymnen singen! Jennifer erschien mir, nahm mich an der Hand und hat mich in alle Geheimnisse eingeweiht. Und der Planet hat zu mir gesprochen. Durch die Dämpfe. Er will uns nicht hierhaben. Die Erde dagegen, sie ruft nach uns, ihren verlorenen Kindern. Doch wir haben verlernt, ihre Stimme zu vernehmen. Jennifer hat mir aufgetragen, die verlorenen Kinder der Erde anzuführen.«

»Aber wieso sollte man uns derart anlügen?«, hakte Mera nach.

»Weil sie sich ihren gigantischen Fehler nicht eingestehen konnten. Als unsere Vorfahren hier ankamen, hatten sie eine zweite Erde erwartet. Stattdessen fanden sie ein menschenfeindliches Klima, Boden, auf dem nichts gedeiht, und dann die Kriecher. Die Kuppel war niemals geplant, sie war eine Notlösung. Zuerst war sie nur ein vorübergehender Unterschlupf, geschraubt aus Raumschiffplatten. Die Kuppel, die ihr kennt, wurde erst nach und nach gebaut. Nun lässt sich der Administrator feiern für seine weise Voraussicht. Dabei lief nichts nach Plan, gar nichts. Scheiße für Gold wurde uns verkauft. Aus Fehlschlägen wurden Hymnen. Wir sind hier gestrandet, auf einem Planeten, der uns feindlich gesinnt ist. Die Angst hat die ersten Generationen zusammengeschweißt, nicht der Glaube. Was denkst du, wie die ersten Menschen sich gefühlt haben auf diesem Planeten? Betrogen! Verlassen!«

Mera fühlte sich, als versuchten Joshs Worte die Mauern ihrer ganzen Existenz einzureißen, alles, woran sie bisher geglaubt hatte. Eine Zweiflerin mochte sie sein, aber sie war noch nicht bereit, wirklich alles aufzugeben. Sie wollte ihn testen. »Aber ohne die Kuppel und den Administrator wären wir einfach ausgestorben, oder nicht?«

»Nein!«, schrie Josh erbost. »Wir leben, weil Menschen einen angeborenen Überlebenswillen haben. Schau dir diese Leute an! Fünf Generationen haben sie jenseits der Kuppel überlebt. Nicht wegen der Gnade des Administrators. Sondern weil sie Kälte und Strahlung getrotzt haben, weil sie Pflanzen gesammelt und Kriecher gejagt haben. Das ist es, was sie in Eden vor uns verbergen wollen. Ein Leben ohne den Administrator ist möglich! Die Menschen in der Kolonie gehen aufrecht. Und die Menschen in Eden? Das sind die wahren Kriecher, sie kriechen vor dem Administrator.«

Josh schnaufte durch, hustete kurz und fuhr dann etwas ruhiger fort: »Du bist noch nicht überzeugt, das kann ich dir nicht verdenken. Frage dich einfach Folgendes: Warum ist das Wissen in Eden so ungleichmäßig verteilt. Wieso haben nur die Menschen im inneren Ring Zugang zu breiterem Wissen? Und wieso gibt es selbst im inneren Ring noch Unterschiede? Wenn Adteran dir nicht Gaia gezeigt hätte, wo wärst du jetzt?«

»Wissen ist eine Bürde«, antwortete Mera wahrheitsgemäß. Eine Wahrheit, die sie tausend Mal gehört, tausend Mal gedacht und tausend Mal ausgesprochen hatte. Wessen Wahrheit?

»Und Menschen, die wenig wissen, sind einfach zu kontrollieren. Der Administrator hat ein System geschaffen, das es ihm und seinen Günstlingen ermöglicht, ein angenehmes Leben zu führen. Das ist alles. Wer ihm nützlich ist, schafft es nach oben. Der Rest buckelt vor ihm. Eden ist erstarrt. Seit der gescheiterten Besiedlung Gaias gab es keinerlei Bestrebungen mehr, weitere Außenposten zu gründen. Der Administrator hat Angst! Angst zu scheitern, Angst, dass wir ihn infrage stellen. Wir haben noch nicht einmal den Planeten erforscht, auf dem wir leben. Alles lebt und stirbt unter der Kuppel, die Bevölkerung ist seit Generationen nicht mehr gewachsen. Kein Fortschritt, keine neuen Ideen. Alle uns angeborenen Emotionen und Instinkte werden unterdrückt mit Mana und Ritualen. Eden ist ein vor sich hin rostendes Gefängnis! Unsere Technologien sind lediglich Überbleibsel unserer Vorfahren. Und diese drohen ebenfalls dem Vergessen anheimzufallen. Sollen die Bewohner warten, bis die Kuppel über ihnen zusammenbricht?«

»Aber was ist die Alternative?«

Josh sah sie aus schiefen Augen an, eine Art Lächeln umspielte seine Lippen. »Eine gute Frage, über die ich lange gegrübelt habe.

Zuerst dachte ich, der Schlüssel sei die Erkundung des Planeten. Es gibt Orte mit geringerer Kriecherpopulation, verschiedene essbare Pflanzen, anderes Getier. Der Drecksnebel ist nicht überall gleich stark. Es gibt diese Geschichten über geheimnisvolle Ruinen weiter im Süden. Manche sagen sogar, die Kriecher wären intelligent, sie könnten eigene Gesellschaften errichten. Aber das ist mir egal. Geschwätz. Märchen. Denn der Planet will uns nicht hierhaben.«

Etwas Feierliches schwang nun in seiner Stimme mit. »Es bleibt also nur eine Alternative. Wir müssen zurück. Zurück zur Erde. Das ist die frohe Botschaft Jennifers. Wir brauchen einen zweiten Exodus.«

An den Rückflug konnte sich Mera kaum erinnern. Adteran hatte zum Aufbruch gedrängt, aber sie hatte noch so viele Fragen. Deshalb vereinbarten sie bald ein neuerliches Treffen. Bis dahin sollte sie sich möglichst unauffällig verhalten.

»Ich hoffe, das war nicht zu viel für dich«, sagte Adteran, der nach der Zwischenlandung in Gaia wieder am Steuer des Fluggerätes saß.

»Ich bin unschlüssig«, entgegnete Mera. »Dieser Josh ist schon ein eigenartiger Mensch. Ich brauche Zeit, das alles zu verarbeiten. Glaubst du, was er erzählt hat?«

»Im Großen und Ganzen schon. Ich konnte bis jetzt keinen Fehler in seinen Aussagen entdecken. Und Josh weiß wirklich viel über Eden und unsere Geschichte. Mehr als ich.«

»Aber das mit der Erde?«

»Dieser Teil erfordert wohl etwas Glauben. Andererseits basiert unser ganzes Leben auf bedingungslosem Glauben. Josh bietet immerhin eine echte Alternative.«

»Aber was ist, wenn Josh sich irrt? Wenn er nicht richtig im Kopf ist? Wenn Jennifer ein Irrlicht ist, das uns ins Verderben lockt?«

»Was ist, wenn der Administrator irrt? Wenn alles, was wir über Eden wissen, eine Lüge ist?«, antwortete Adteran.

Worte, die schmerzten wie ein glühender Dolch, der sich in Meras Kopf bohrte. Worte der Ketzerei, die laut ausgesprochen die Luft zwischen ihnen zu vergiften schienen. Trotz allem, was Mera erfahren hatte, rang sie mit sich selbst. Adlina zu verteufeln fiel nicht schwer. Doch der Administrator war ein kolossales Monument. Ihn vom Sockel der Unantastbarkeit zu stoßen erforderte übermenschliche Stärke.

Der Nebel wurde wieder dichter. Orange-grau. Wie schön war doch die Nebelblume dagegen, ein kleiner Schimmer der Hoffnung inmitten der unendlichen Trostlosigkeit.

Das Fluggerät bremste ab und die Konturen der Kuppel von Eden erschienen.

»Stell dir vor«, fuhr Adteran fort, »wenn wir die Welt nur ein wenig verbessern könnten. Eine Welt, in der wir zusammen sein können. In der wir selbst entscheiden. In der jeder seinen eigenen Platz sucht.«

Meras Wangen glühten. Ohne Mana war sie ihren Gefühlen hilflos ausgeliefert. Schon berührten ihre Lippen Adterans, als wäre es das Natürlichste der Welt und kein Frevel. Ein unschuldiger Moment größter Sünde, der sofort nach mehr verlangte. Schon begann der automatisierte Landeanflug und sie trennten ihre Münder.

Sie schaffte es gerade noch rechtzeitig in ihr Schlafgemach, bevor zum gemeinsamen Frühstück gerufen wurde. Während Adlina die Pflichten des Tages verteilte, träumte sich Mera zu Adteran. In eine andere Welt, in der sie nur zwei Menschen wären, nicht Priesterin und Protektor. Auf der Erde.

10. Zweifel

In den folgenden Tagen verzichtete Mera komplett auf Mana, so schwer das auch fiel. Joshs Worte waren ihr Warnung genug. Stattdessen fokussierte sie sich auf ihr Inneres, begann den Stimmen und Visionen Gehör zu schenken, sie als Teil von sich zu akzeptieren. Das große Gleichgewicht konnte doch nicht darauf basieren, sein eigenes Selbst zu verleugnen. Selbst wenn das Selbst fehlerhaft, mit Schatten behaftet war.

Gleichzeitig galt es all die neuen Informationen zu bewerten und zu verarbeiten. Das war eine einsame Angelegenheit, denn außer bei den spärlichen Treffen mit Adteran konnte Mera sich mit niemanden darüber austauschen.

Adteran hingegen schien schon alle Zweifel abgelegt zu haben. Er hatte sich ganz Joshs Sache verschrieben. Mera kam es vor, als habe Adteran nur auf eine Gelegenheit wie diese gewartet. Etwas zu bewegen, etwas zu ändern. Joshs und Adterans erklärtes Ziel war es, zurückzukehren zur Erde. Dazu müssten sie sich jedoch dem Administrator entgegenstellen. Das war Hochverrat, nicht weniger. Mera war jetzt Mitwisserin. Sollte jemand von diesen Plänen Wind bekommen, drohte die sofortige Verbannung.

Aber sie vertraute Adteran, ihre geheimen Umtriebe banden sie aneinander. Außerdem musste jemand für das Schicksal ihres Bruders Rede und Antwort stehen. Sie war der Meinung, dass die Bewohner Edens die Wahrheit verdienten.

Und doch war Mera sich nicht sicher, ob man etwas an Eden ändern sollte. War nicht die zweite, zerstörte Kuppel Beweis genug, dass nur der Administrator die Weisheit besaß, die Menschen zu führen? Sie dachte an die elenden Gestalten in der Kolonie, an Josh. Was hatten sie von ihrer Freiheit? Das System aus dem Gleichgewicht zu bringen, konnte in einer Katastrophe enden. Nie hatte sie am Administrator oder seinen Worten gezweifelt, wie alle gläubigen Menschen aus dem äußeren Ring. Mera dachte an ihre Zeit vor der Ernennung zur Priesterin. War sie nicht zufrieden gewesen, in ihrer Unbekümmertheit? War es nicht das, was zählte? Wie konnte man ein glückliches Leben messen? Erst die Erweiterung ihres Horizonts hatte sie zur Zweiflerin werden lassen. Doch ging es ihr dadurch besser? Und welches Recht hatte sie, anderen Menschen ihr Glück zu verwehren?

Andererseits konnte sie nicht abstreiten, dass Mana der Kitt zu sein schien, der die Gesellschaft zusammenhielt. Andere Meinungen wurden nicht geduldet. Was war an Jennifers Botschaft so gefährlich, dass sie derart unterdrückt werden musste? Sie dachte an Rina und deren Eltern. An ihren Bruder. Wenn der Administrator allwissend war, dann war er auch für deren Schicksal mitverantwortlich. Menschen verschwanden, einfach so, klangen Adterans Worte nach.

Trotzdem, das alles riskieren für eine vage Hoffnung auf eine bessere Zukunft auf der Erde, wo sie mit Adteran zusammen sein und ihre Eltern sehen könnte, wann sie mochte? Und konnte sie Josh vertrauen? Ihr Bruder hatte ihm vertraut, angeblich. Und Adteran war bereit, ihm zu folgen. Doch sie selbst war sich unschlüssig über Joshs Motive. Als falschen Propheten hatte man ihn bezeichnet. Ein Stigma, das Mera nicht einfach ignorieren konnte.

Adteran wollte zunächst weitere Verbündete suchen im inneren Ring. Ein waghalsiges Unterfangen. Nur ein falsches Wort und sie hätten ihr Leben verwirkt.

Der innere Zwiespalt trieb Mera nun um, mal überwog die eine Seite, dann wieder die andere. Gleichzeitig machte ihr der Mana-Entzug zu schaffen. Ihre Gedanken wurden dadurch zwar klarer, aber auch schärfer, kantiger. Jede Überlegung war so voller gefährlicher Konsequenzen, dass eine schmerzhafte Schneise in ihren Kopf geschlagen wurde. Die kleinen Mana-Kügelchen schienen nach ihr zu rufen, sie sangen eine Hymne, die Meras Namen trug, eigens für sie komponiert. Süßes Vergessen. Himmlische Stille. Nur ein Kügelchen, Mera. Dann hast du deine Ruhe, kommst durch den Tag.

Unter Wasser war es erträglicher. Schwimmen war ihr Mana-Ersatz. Die Konzentration auf die Bewegungen und die Atmung verschafften Ablenkung. Einatmen, ausatmen. Das wurde ihr neues Mantra. Mera zwang sich, die Luft so lange anzuhalten, bis ihr fast schwarz vor Augen wurde. Doch Antworten, Entscheidungen bekam sie auf die Weise nicht. Nur Hustenanfälle und Kopfschmerzen.

Vorsichtig hatte sie in ihren Gesprächen mit Adshara und Adyumi versucht, deren Einstellung herauszufinden. Wie gerne würde sie ihre Bürde mit jemand anderem teilen. Trotz ihrer Unbekümmertheit schienen beide offen für neue Ideen zu sein und sie hatten keine gute Meinung von Adlina. Mera hatte ein paar erste vorsichtige Andeutungen gemacht. Die Saat war gelegt, doch es war nun Zeit, Klarheit zu schaffen.

An diesem Abend hatten Adshara und Adyumi bereits die Schwimmhalle verlassen, als Mera immer noch Bahnen zog. Ihre Lungen brannten und ihre Glieder schmerzten, tausend Bahnen könnte sie schwimmen, aber einer Lösung für ihr Dilemma kam sie keinen Schritt näher. Mera ärgerte sich. Wieder hatte sie nicht genug Mut aufgebracht, ihre beiden Freundinnen einzuweihen.

Plötzlich spürte Mera, dass sie nicht allein war. Kurz überkam sie Panik, Erinnerungen an den Albtraum. Waren ihre Freundinnen zurückgekommen? Sie fuhr herum, wischte sich das Wasser aus den Augen.

Schritte am Beckenrand, ein Schatten.

Adteran stand dort, die Augen geschlossen, die Hände beschwichtigend erhoben. »Bitte erschrick nicht und sei leise.«

Empört zischte Mera zurück: »Was fällt dir ein? Wie bist du hier reingekommen? Wenn das jemand sieht! Ich bin nackt.«

»Beruhige dich. Ich habe nichts gesehen. Wenn du willst, drehe ich mich zur Wand.«

»Mach das!«

Adteran drehte sich um. »Okay. Und außerdem habe ich dafür gesorgt, dass uns niemand sieht. Die Tür kann jetzt nur von innen geöffnet werden. Ich wollte mit dir sprechen.«

»Dann sprich!«

»Du bist noch unentschlossen, ob du dich unserer Sache anschließen sollst, richtig?«

Mera schwamm zum Beckenrand, um sicherzustellen, dass ihre Brüste verdeckt waren. »Richtig.«

»Josh hat angeboten, dass du in seiner Höhle meditieren kannst. Vielleicht bekommst du dort die Antworten, die du suchst. Wenn du möchtest, fliegen wir morgen früh dorthin.«

Mera schwieg. Mit jeder Entscheidung entfernte sie sich weiter vom Administrator. Dann stimmte sie zu. »Ja. Ich muss es selbst sehen.« Die Fesseln des Glaubens fielen nach und nach von ihr ab. Keine Sicherheit, dafür Freiheit. Freiheit, ihren Gefühlen zu folgen. Aus einem plötzlichen Impuls heraus fragte sie: »Bist du sicher, dass wir allein sind?«

»Ja.«

»Dann komm doch rein.«

Sie erschrak über ihre eigenen Worte, die sich selbstständig gemacht zu haben schienen. Die kleine, brave Mera. Die Priesterin. Wer war sie wirklich – ohne die Fesseln des Glaubens?

»Zu dir ins Becken? Angezogen?«

»Nein. Gleiche Bedingungen!«

Adteran zögerte zunächst, dann streifte er seine Oberkleidung ab. Schließlich die Hose. Wie ein Buch las sie seinen Körper, die Muskeln auf seinem Rücken. Vier Streifen zogen sich von der rechten Schulter bis zur Wirbelsäule. Narben. Ihre Neugierde und Lust wuchsen, als sie seinen nackten Hintern sah. Jetzt wollte sie alles sehen, anfassen, spüren. Nicht nur träumen.

»Komm zu mir«, befahl sie in einem übertrieben gebieterischen Ton, der sie selbst schmunzeln ließ. Sie fühlte sich verwegen und gleichzeitig verschämt, wie ein Kind beim Süßigkeitenklau. Verstohlen blickte sie auf seinen Lendenbereich. Zwar kannte sie die männliche Anatomie, aber so nah hatte sie diese noch nie gesehen. Ein Feuer brannte in ihr, das nur Mana löschen konnte – oder Adterans Körper.

Schon umschlangen sie sich, küssten sich, rieben ihre Körper aneinander. Unbeholfen, denn was sie taten, war verboten, aber ihre Körper schienen eine Ahnung davon zu haben, wie diese »Fortpflanzung« funktionierte. Ein verborgenes Wissen, das sie immer in sich getragen hatten. Genau wie Rache, Trauer, Überlebenswillen. War das animalisch oder zutiefst menschlich?

Lust wurde zu Schmerz und wieder zu Lust, bis diese zu explodieren schien.

In dieser Nacht fand Mera nur schwer in den Schlaf. Einzuschlafen; wie konnte etwas derart Simples zu einer komplizierten Herausforderung werden?

Nach dem Hochgefühl der körperlichen Vereinigung mit Adteran folgten die Schuldgefühle. Wie viele Grenzen hatte sie schon übertreten? Ein Fremdkörper war sie in Eden. Eine verlorene Nebelblume auf nacktem Fels.

Außerdem schien die Befriedigung nur kurzfristiger Natur zu sein. Wie Hunger, den man schnell mit ein paar Teigtaschen gestillt hatte, schmolz das Gefühl der Sättigung nach ein paar Stunden wieder dahin. Als sie allein im Bett lag, kam die Sehnsucht zurück. Sie wollte es wieder tun, ihre innere Leere füllen. Als wäre Adteran an die Stelle von Mana getreten. Mera war abhängig. Hungrig nach ihm.

Wieder sah sie die Bilder der Person auf dem Berg, aber sie konnte nicht erkennen, wer es war. Josh? Adteran? Jennifer? Mal trug die Gestalt Meras eigene Gesichtszüge, mal die ihres Bruders Nohan, dann das Gesicht des Administrators. Ihr schien es, als sei es der Planet selbst, der die Menschen verdammte. Er sandte Nebel, Kälte und Strahlung gegen sie. Die Kriecher waren seine Kinder, seine Gläubigen. In seinem Gleichgewicht waren Menschen störende Eindringlinge. Das Ende war das gleiche wie im ersten Traum: Ein flammendes Inferno, das alles auf der Planetenoberfläche verschlang. Und Mera war schuld.

Als die Beleuchtung in ihrem Zimmer anging, fühlte sie sich unausgeruht und matt. Selbst als sie den vereinbarten Treffpunkt erreichte, konnte sie die Müdigkeit nicht gänzlich abschütteln. Erschöpfung, wurde ihr klar. Mein Verstand ist erschöpft.

Der Flug war zunächst von peinlichem Schweigen geprägt. Schwer wog die Last ihrer gemeinsamen Sünde. Ein Frevel, der sie nun auf alle Zeit verband. Erst als Adteran sie anlächelte und ihre Wange küsste, entspannte sich Mera. Wenn sie schon dem Glauben abschwor, dann war sie froh, es an seiner Seite zu tun. Diese Verbindung zweier Menschen konnte nichts Falsches sein.

»Ihr scheint euch ja sehr gut zu verstehen«, bemerkte Josh spöttisch, als sie in die Höhle der Kolonie hinabstiegen. Wie hatte Josh bemerkt, dass sich zwischen ihnen etwas verändert hatte? Mera und Adteran sahen sich betreten an.

»Seid vorsichtig. Der Administrator versteht keinen Spaß, wenn sich jemand an seinem Harem vergreift. Verbannung ist dann noch die mildeste Strafe«, ergänze Josh.

Mera wusste zwar nicht, was ein »Harem« war, sie konnte aber Joshs Warnung verstehen.

Nachdem sie die Schutzanzüge abgestreift hatten, brachte Josh sie ohne Umschweife in den tiefergelegenen Raum, in dem er seine Visionen bekommen hatte. Sie müsse nur die Augen schließen und tief durchatmen, erklärte er. Dann kehrten Josh und Adteran in den oberen Wohnbereich zurück und Mera konnte ihre gedämpften Stimmen vernehmen. Die beiden schienen zu streiten.

Sie setzte sich auf die Metallplatte in der Mitte des Raumes, der nur mit einer einzigen Lampe spärlich beleuchtet war. Dämpfe traten aus kleinen Felsspalten im Boden. Die Luft darüber flirrte, der Geruch war säuerlich und brannte beim Einatmen, den ganzen Weg durch ihre Nase über den Rachen, die Lungen und schließlich in ihr Gehirn. Noch ein Atemzug und noch einer. Ihr Puls wurde langsamer und schien schließlich ganz zu verschwinden. Sie fokussierte ihren Verstand auf den blauen Planeten.

»Zeig mir die Erde«, flüsterte sie. Der Raum begann sich zu drehen, Meras Augäpfel schoben sich nach oben und sie sackte in sich zusammen. Bilder entstanden. Und dann konnte sie sehen.

Die Erde lag vor ihr, prächtiger als alles, was sie kannte. Viel schöner als in Joshs Beschreibungen. Die Luft war glasklar, sie konnte bis zum blauen Himmel blicken, an dem einzelne weiße Wolken tänzelten. Eine hell leuchtende Sonne wärmte den Boden, aber nicht mit erbarmungsloser Hitze, sondern voller Zuneigung gegenüber den Geschöpfen dieses Planeten. Sie trat weich, unter ihren Füßen Abermillionen kleine grüne Pflanzen, die sich wie feine

Striche zur Sonne reckten, als würden sie diese anbeten. Gras – Mera hatte davon gelesen. Das Gras erstreckte sich bis zum Horizont, wo es mit dem Himmel verschmolz.

Zu ihrer Rechten gab es noch mehr eigenartige Pflanzen, groß und dick wuchsen sie aus dem fruchtbaren Boden, wie gigantische Finger schoben sie sich in die Erde, um sich dort festzuhalten. Ihre Oberteile waren ebenfalls von sattem Grün. Bäume. Wie im Park der vergessenen Pflanzen. Doch viel mächtiger, grüner und zahlreicher. Mera hatte gelesen, dass die ursprünglichen Erdenbewohner aus dem Körper der Bäume Häuser und Möbel gebaut hatten. Welch Unterschied zu ihrem Planeten voll Stein und Metall! Neben den Bäumen entdeckte sie Rosen, mit Blüten so groß wie ihr Kopf. Rote, grüne, gelbe und blaue.

Auch Wasser gab es hier an der Oberfläche. Ein kleiner Bach plätscherte friedlich dahin, das Wasser so rein und klar, dass man es sicher ungefiltert trinken konnte. Seltsame Kreaturen auf vier Beinen und mit gehörnten Köpfen traten hinter den Bäumen hervor und tranken aus dem Bach. Fliegendes Getier schwirrte in der Luft herum und gab fröhliche Laute von sich. Selbst die Tiere schienen hier Hymnen zu singen, alles war friedlich. Wie gesegnet waren die Bewohner dieses Planeten. Die Tiere ernährten sich von den Pflanzen, dann starben sie und verwandelten sich in Erde, von der sich die Pflanzen wieder nährten. Ein Kreislauf, der sich vor Meras Augen abspielte. Das war das große Gleichgewicht. Mera hätte stundenlang dem Treiben zuschauen können, am liebsten würde sie hier selbst Wurzeln schlagen.

»Du musst diesen Planeten verlassen!«, erklang die Stimme Jennifers. Die Landschaft trübte sich ein, der Boden trocknete aus, die Pflanzen begannen zu welken. Graue Wolken schoben sich vor die Sonne, Dunkelheit kroch über das Land.

Jennifer hatte ein hübsches Gesicht, das sich ständig änderte wie ein Spiegelbild auf einer unruhigen Wasseroberfläche. Mal war es streng, mal gütig. Ihre Kleidung ähnelte der des Administrators, doch statt leuchtender Flammen bestand ihre Robe aus Schatten und Nebel.

»Ich werde dich finden!«, rief Mera und streckte ihre Hände nach der Prophetin aus, aber diese reagierte nicht.

Finsternis umfing Mera und sie fiel, ruderte. Wurde geschüttelt. Als sie die Augen öffnete, standen Adteran und Josh über sie gebeugt. Die Erde war verschwunden, stattdessen war sie wieder in einem Felsloch auf Teegarden b, dem Planeten aus Metall und Stein. Noch war ihr die Bedeutung der Vision nicht klar. Doch die Schönheit der Erde ließ sie nicht mehr los.

»Ich verstehe jetzt«, sagte sie, noch benommen. »Wir müssen zurück zur Erde. Jennifer weist uns den Weg.«

Beim Zwischenstopp in Gaia eröffnete Adteran ihr ein weiteres Geheimnis: »Erinnerst du dich an das Fläschchen, das du von Adlina entwendet hast?«

»Wie könnte ich das vergessen. Hast du etwas herausgefunden?«

»Ja. Es handelt sich dabei um Kriecheressenz. Ein Stoff, der Kriecher über weite Strecken anlockt und sie angriffslustig werden lässt.«

»Bei der Kuppel. Warum benötigt Adlina so etwas?«

»Ich kann mir nur erklären, dass sie die Kriecher anlocken, um den Auszug gefährlicher zu machen. Mehr Angst bedeutet mehr Glauben und Kontrolle.«

Mera dachte an ihren Auszug. Wie Adlina durch die Reihen gegangen war und die Kinder gesegnet hatte. Der kalte Finger auf ihrer Stirn, die Segnung des Helms. *Schwaches vergeht, Starkes bleibt.* Also hatte die Hohepriesterin einige Kinder mit der Essenz markiert und dem Tode geweiht. Rina!

»Diese Monster!« All die Rituale, all das Gerede davon, dass nur die Schwachen im Glauben gerissen wurden. Nichts als Lügen! Sie mussten Eden ändern. Das war kein großes Gleichgewicht, sondern eine Herrschaft des Terrors.

»Ich konnte die Sequenz in der großen Werkstatt kopieren. Damit können wir selbst Kriecheressenz herstellen«, erklärte Adteran. »Das könnte uns noch von Nutzen sein. Außerdem sollte diese Tatsache dabei helfen, ein paar Unentschlossene von unserer Sache zu überzeugen.«

Mera lächelte. Bittersüß waren die durch ihre Wut geklärten Gedanken. Sie spürte, dass sie den Schwebezustand der Unentschlossenheit nun endlich durchbrechen konnte. Die Zeit zum Handeln war gekommen.

11. Ein Plan

Mit Meras Zweifeln beseitigt, machten sie sich daran, einen Plan auszuarbeiten. Die Suche nach Verbündeten beschränkten sie auf ein paar ausgewählte Personen aus dem inneren Ring, die sie für vertrauenswürdig hielten.

Beim Schwimmen lud Mera Adshara und Adyumi unter der Bedingung der Geheimhaltung zu einem Ausflug nach Gaia ein. Je nach Reaktion könnten sie dann entscheiden, wie viel sie preisgeben wollten.

Frühmorgens zwängten sich die vier also in einen Kolibri und flogen zur zerstörten Kuppel Gaias. Auf dem Weg berichteten Adteran und Mera von allem, was sie in Erfahrung gebracht hatten.

Die beiden Priesterinnen schwiegen die meiste Zeit, hörten aber aufmerksam zu. Mera war sich nicht sicher, ob sie Zweifel hatten oder von der Fülle an Informationen überfordert waren. Zum Glück hatten sie noch ein Ass im Ärmel, denn das Risiko, das sie und Adteran eingingen, war sehr hoch. Sie hatten nur diese eine Chance, die beiden zu überzeugen.

Als sie durch das Loch in der Kuppel ins Innere schwebten, hielten sich Adshara und Adyumi aneinander fest. Man konnte förmlich sehen, wie ihr Glaube bröckelte. Dieser Anblick ließ einen nicht unberührt. Zu ähnlich waren sich die beiden Kuppeln.

»Wenn der Administrator so allmächtig ist«, fragte Adteran, »wie lässt sich dann dieses Unglück erklären?«

Adshara schien seinem Gedankengang zu folgen, aber Adyumi war nicht so leicht zu überzeugen. »Für mich spricht das eher dafür, dass der Abfall vom Glauben ins Unheil führt. Ein starkes Argument dafür, nicht am Gleichgewicht zu rütteln.«

»Und weiterhin in der Unwissenheit zu vegetieren, während der Administrator über unser Schicksal entscheidet? Weil er sich vor der Außenwelt fürchtet, sollen wir für immer unter der Kuppel hausen?«

Adyumi schwieg, aber ihre Augen verrieten, dass ihr Widerstand ungebrochen war.

»Hier.« Adteran hob das Fläschchen in die Luft. »Das hat Mera aus Adlinas Zimmer entwendet. Passt auf.«

Er steuerte den Kolibri über einen Platz. Dort ließ er ihn schweben und richtete die Scheinwerfer schräg nach unten, damit der Boden vor ihnen erhellt wurde. Für den Bruchteil einer Sekunde öffnete er die Kabine einen Spalt breit. Sofort kroch die eisige Luft ins Innere, schien die Insassen packen zu wollen, sodass die zwei Priesterinnen vor Schreck aufschrien. Ein Warngeräusch ertönte und das Bedienfeld leuchtete rot auf.

In einer bogenförmigen Bewegung schleuderte er das Fläschchen auf den Boden und schloss sogleich die Kabine wieder. Das Zerbrechen der Flasche konnten sie schon nicht mehr hören, so schnell war es gegangen.

Sofort erklang ein Heulen und Kreischen in einer Lautstärke, die das Fluggerät aus der Luft zu werfen schien. Die Schreie Hunderter Kriecher, verstärkt durch die Kuppelkonstruktion. Und dann sahen sie die Monster. Aus den Schatten krochen sie hervor, glitten so schnell über den Boden, als flögen sie. Erst ein paar, dann immer mehr, bis der Platz mit zuckenden schwarzen Leibern gefüllt war. Sie schnappten, krochen übereinander, schlugen mit den Schwänzen. Jeder Kriecher wollte dorthin, wo die Flasche zerbrochen war. Ein schrecklicher Tanz der Untiere.

Adshara und Adyumi bebten vor Furcht. Auch Mera war geschockt, da sie zum ersten Mal die geballte Wirkung der Essenz mit eigenen Augen sah. Ein Tropfen genügte, um eine Person zu verdammen. Eine ganze Flasche voll beschwor einen mörderischen

Sturm herauf. Ihr tat es leid, ihren Freundinnen so einen Anblick zuzumuten.

Adteran wandte sich zu ihnen um. »Mit dieser Essenz kontrollieren sie die Kriecher. Sie locken sie an, um sicherzustellen, dass es Opfer beim Auszug gibt. Mit der Angst zwingen sie uns zum Glauben, halten uns unterwürfig.«

Adyumi schluchzte und vergrub ihr Gesicht in den Händen. »Meine Zwillingsschwester. Eera. Sie haben gesagt, sie war schwach im Glauben. Irgendwann habe ich es selbst geglaubt. Dabei ist das alles nur ein Betrug, um uns gefügig zu halten? Sie war doch meine Zwillingsschwester, wie hätte sie schwach sein können, ich aber nicht?«

Adshara legte einen Arm um sie, während Mera nach Worten rang. »Mir geht es genauso«, meinte sie schließlich. »Meine beste Freundin wurde von den Kriechern geholt. Und ihre Eltern wurden verbannt, weil sie den Auszug infrage gestellt hatten. Was für sinnlose Tode! Und wir haben ihr Andenken verdrängt, durften nicht über ihr Schicksal sprechen. Doch man kann diese Erinnerungen nicht einfach unterdrücken. Das ist genau das, wogegen wir ankämpfen. Wir wollen Eden nicht zerstören, aber das System der Angst muss fallen.«

»Dann bin ich dabei«, erklärte Adyumi. »Das muss ein Ende haben. Für meine Schwester! Wie lange habe ich ihren Namen nicht mehr offen ausgesprochen? Eera.«

Ihre Gesichtszüge wirkten plötzlich viel härter, als Mera dies von ihrer stets so gut gelaunten Freundin gewohnt war.

»Aber eine Bedingung habe ich«, sagte Adyumi. »Wir müssen etwas vor dem nächsten Auszug unternehmen. Niemand soll mehr den Kriechern geopfert werden.«

»Das lässt sich einrichten«, meinte Adteran. »Josh will lieber heute als morgen zuschlagen.«

»Was ist mit dir?«, fragte Mera an Adshara gerichtet.

»Was für eine Frage«, meinte diese. »Nach alldem, was ihr mir erzählt habt, wie kann ich da Nein sagen. Aber ihr müsst mir versprechen, dass wir Eden nicht zerstören und niemand Unschuldiges zu Schaden kommt. Eden darf nicht so enden wie Gaia.«

»Das verspreche ich«, gelobte Mera. »Wir wollen ein echtes großes Gleichgewicht herstellen. Die Wahrheit verbreiten und einen Weg zurück zur Erde finden.«

Neben den beiden Priesterinnen hatte sich ihnen nur noch Adrolan, ein Paladin und Bekannter Adterans, angeschlossen. Die beiden Männer nutzten ihre Bewegungsfreiheit, um zu prüfen, ob die Raumschiffe der Vorfahren noch einsatztauglich waren. In den ihnen zugänglichen Schriften gab es dazu keinerlei Auskunft. Sie rätselten zudem über den tiefen, jahrelangen Schlaf, in dem sich die Passagiere des Raumschiffs vor der ersten Ankunft befunden hatten. Ob dies eine Notwendigkeit war oder wie man diesen Zustand erreichen konnte, dazu schwiegen die Bücher ebenfalls. Über die Generationen hinweg verblassten die tatsächlichen Geschehnisse. Wie blanke Knochen im Staub fehlten die entscheidenden Details. Alles war der Interpretation des Schreibers überlassen. Er fügte die Knochen zusammen, gab ihnen Haut und Haare.

Adteran hatte sogar vor Ort die Sternenfähren überprüft, aber keinerlei Hinweise auf deren Verwendung gefunden. Auch die Apparaturen und Steuerungseinheiten waren ohne Energie. Die Raumschiffe standen dort wie blank polierte Steine, groß und nutzlos.

Schnell war klar, dass sie ohne das Wissen des Administrators keinerlei Möglichkeiten hätten, zur Erde zurückzukehren.

Josh erklärte ihnen, dass in den Gemächern des Administrators verbotene Schriften aus der Zeit der ersten Ankunft lagerten.

Adteran wusste zu berichten, dass der Administrator seine Räumlichkeiten fast nie mehr verließ und kaum noch Audienzen gab. Wächter säumten den einzigen Zugang. Wie also könnten sie dort unbemerkt eindringen?

Josh ersann einen verwegenen Plan: einen Angriff auf die Kuppel während eines Festes, bei dem sich der Administrator zeigen müsste. Dazu ein kalkuliertes Chaos zur Ablenkung der Wächter und Paladine. Bei dieser Gelegenheit würden sie den Administrator in ihre Gewalt bringen und sich mit ihm im Tempel verschanzen. Dort würden sie ihn über die Raumschiffe befragen und seine geheimen Schriften sicherstellen. Danach würden sie gemeinsam über das weitere Vorgehen beraten. Mit dem Administrator als Geisel stünden ihnen alle Möglichkeiten offen. Er war der Dreh- und Angelpunkt von Eden. Im Idealfall wäre eine rasche Abreise mit den Raumschiffen möglich, da die Technologie der Vorfahren zwar komplex in der Beschaffenheit, aber einfach zu handhaben war, wie bei den Kolibris. Andernfalls wäre eine vorübergehende Machtübernahme ebenfalls denkbar. Der Angriff sollte durch Kriecher erfolgen, so könnten sie mit wenig Aufwand das größtmögliche Chaos verursachen. Provoziert durch den gezielten Einsatz von Kriecheressenz, mit der sie eine Fährte von der Schleuse bis zum Tempel legen würden. Zudem versprach Josh, dass es so keine Opfer gäbe, da sich die Kriecher auf die Essenz stürzen und die mechanischen Wächter in Kämpfe verwickeln würden. Ein Festtag bot außerdem den Vorteil, dass dann die Tore vom äußeren Ring bis zum großen Tempelvorhof offen standen. Josh und die Kolonisten würden die Kriecher vor die Kuppel locken, Adteran würde die Schleuse mit Sternenstaub sabotieren und Adrolan die Essenz bis zum Tempelvorhof verteilen. Meras, Adsharas und Adyumis Aufgabe war es, im richtigen Moment das Tor der ewigen Verbindung zu öffnen und die Essenzspur bis vor den Tempel zu legen. Beim

Angriff selbst sollten sie die Situation nur beobachten, während Adteran und Adrolan die beiden Wächter ausschalten sollten, die permanent an der Seite des Administrators waren, um ihn dann in ihre Gewalt zu bringen. Sollte irgendetwas schiefgehen, so würde die Attacke zumindest die Unfehlbarkeit des Administrators widerlegen. Kriecher in Eden sollten genug Zweifel in der Bevölkerung für weitere Aktionen säen, so das Kalkül.

In ihrem früheren Leben hätte Mera das Vorhaben als Himmelfahrtskommando aufgefasst. Doch ihre Liebe zu Adteran gab ihr Mut für solch ein Wagnis. Die Aussicht auf ein freies Leben an seiner Seite ließ ihre Bedenken verstummen. Josh überzeugte sie schließlich mit dem Argument, dass er das größte Risiko trug. Er und die Seinen würden eine Nacht vor den Toren Edens verbringen. Sobald die Schleusen sich öffneten, würde er ein ganzes Fläschchen Kriecheressenz zerbrechen, um Kriecher aus dem gesamten Umkreis anzulocken. Wenn diese nicht der Fährte ins Innere der Kuppel folgen würden, wären Josh und die Kolonisten dem Tode geweiht.

Ihr Vorteil lag im Überraschungseffekt. Niemand wusste, dass ihre kleine Gruppe existierte. Ihr Nachteil war ihre geringe Anzahl. Ein Protektor, ein Paladin, drei Priesterinnen. Dazu Josh und neun Menschen aus der Kolonie.

Nach einigem Hin und Her wurde das bald stattfindende Erntefest als Tag der Aktion festgelegt. Da die Gruppe sich nicht gemeinsam treffen konnte, war die Vorbereitung alles andere als einfach und der Termin rückte unerbittlich näher. Adteran fungierte als Sprachrohr zwischen Eden und der Kolonie und war für die Logistik zuständig. Da die Kapazität eines Kolibris begrenzt war, musste er am Tag vor dem Angriff mehrmals hin- und herfliegen, um alle aus der Kolonie vor die Kuppel Edens zu bringen und Schutzanzüge zu schmuggeln. Joshs Ungeduld schien zu wachsen, seine

Visionen wurden immer deutlicher, wie er über Adteran ausrichten ließ. »Der Planet wird uns verschlingen, wenn wir nicht bald handeln. Jennifer befiehlt uns jetzt zuzuschlagen«, war seine letzte Botschaft.

Am Tag vor dem Fest trafen sich Adteran und Mera ein letztes Mal bei der Bank vor den vergessenen Pflanzen.

»Fühlst du dich bereit?«, fragte Adteran leise, während er möglichst teilnahmslos nach vorne blickte, um keine Aufmerksamkeit zu erregen.

»Nicht wirklich«, entgegnete Mera, »aber die Vorstellung, dass wir uns bald nicht mehr verstecken müssen, gibt mir Kraft. So will ich nicht weitermachen.«

»Mir auch. Alles wird gut gehen.«

»Ich mache mir trotzdem Sorgen. Josh hat versichert, dass die Kriecher sich nur auf die Essenz stürzen. Aber was, wenn es doch Tote und Verletzte gibt?«

»Josh weiß mehr über die Kriecher als alle unter der Kuppel zusammen. Er lebt seit zwei Jahren in der Außenwelt. Ich vertraue ihm. Außerdem haben wir keine bessere Option. Josh will losschlagen, notfalls alleine mit seinen Kolonisten.«

Dieser Druck, mit dem Josh arbeitete, gefiel Mera ganz und gar nicht. Aber einen besseren Plan konnte sie auch nicht beisteuern. »Ich würde mich besser fühlen, wenn meine Eltern zu Hause blieben. Ich muss sie warnen.«

»Ich könnte ihnen eine Nachricht zukommen lassen, aber das ist ein unnötiges Risiko. Josh wäre dagegen.«

»Nichts Geschriebenes, nur ein paar Worte.«

»Und warum sollten sie mir glauben? Sie kennen mich doch nicht.«

»Dann gehe ich selbst. Es gibt doch sicher Tunnel, über die ich in den äußeren Ring komme. Ich könnte mein Gesicht verbergen, deine Kleidung tragen.«

»Das ist noch viel gefährlicher. Priesterinnen haben dort nichts verloren. Selbst ein Paladin braucht einen Grund, um in den äußeren Ring zu gehen. Bitte setze nicht unser ganzes Vorhaben aufs Spiel.«

Sie blickte ihn bittend an.

Adteran starrte weiterhin geradeaus, aber sie konnte fühlen, wie sein Widerstand schmolz.

»Dann gib mir ein paar Worte mit. Ich hoffe, ich bereue das nicht.«

»Danke dir.« Am liebsten wäre sie ihm um den Hals gefallen, doch der öffentliche Ort verlangte nach Zurückhaltung. »Sag ihnen: Mera schickt dich. Mein Bruder hat mich ›Wuschel‹ genannt, als wir klein waren, das sollte als Beweis dienen, dass die Botschaft von mir kommt. Sag ihnen, dass sie sich diesmal vom Erntefest fernhalten sollen, dass Gefahr droht. Sie sollen keine Fragen stellen und mit niemandem reden. Bald werden sie es verstehen.«

Adteran schwieg, aber ihm war anzusehen, dass er das für keine gute Idee hielt. »Okay, dann mache ich mich auf den Weg. Möge alles gelingen!« Schon erhob er sich und verließ schnellen Schrittes den Platz.

Ihre Blicke kreuzten sich noch einmal, ein kurzer Moment voller Angst und Hoffnung. Ein Abschied für wie lange?

Dann nahm sie das kleine Paket Fläschchen mit Kriecheressenz, das Adteran unter der Bank für sie deponiert hatte, und kehrte zurück in ihr Schlafgemach.

12. Attacke

Mera war vor Tagesanbruch aufgestanden und hatte eine Spur der Kriecheressenz vom inneren der Tür der ewigen Verbindung bis seitlich vor den Tempel ausgebracht. Tropfen für Tropfen. Direkt vor dem Eingang des Tempels standen die beiden Wächter, weshalb sie dort keine Essenz verschütten konnte. Die Spur von der Schleuse bis zum Tempelvorhof war in der Nacht von Adrolan gelegt worden.

Adteran hatte ihr eingeschärft, die Flaschen nach dem Öffnen zu entsorgen und auf keinen Fall Essenz auf die Finger oder andere Körperstellen zu bekommen. Die Essenz war für Menschen farb- und geruchlos und ein paar Tropfen alle Meter genügten. Laut Adteran konnten die Kriecher den Geruch kilometerweit wahrnehmen, er versetzte sie in eine Art Raserei. Sicherheitshalber verbrachte Mera danach fast eine Stunde im Waschraum und wusch ihre Hände mit dampfend heißem Wasser, bis diese rot wurden und schmerzten.

Jeweils ein Fläschchen verteilte sie nach dem Frühstück an Adshara und Adyumi. Eines behielt sie selbst für Notfälle. Danach begann die offizielle Vorbereitung. Farbige Roben, elegante Frisuren. Der Ablauf war wie im Vorjahr, auch die fröhliche Stimmung war dieselbe. Nur die drei Freundinnen wussten, dass diesmal alles anders war. Zum Abschied umarmten sie sich und wünschten sich Glück.

Schließlich reihte Mera sich bei den anderen Priesterinnen ein. Sie war am Vortag als eine der Vorsängerinnen auserkoren worden und konnte sich nicht davonstehlen. Immerhin hatte sie von der Tempeltreppe eine gute Übersicht über das ganze Treiben. Adshara dagegen hatte vorgegeben, krank zu sein, und würde die Tür der ewigen Verbindung von innen öffnen, sobald die Kriecher den Tempelvorhof erreicht hätten. Alles war bereit, jeder an seinem Platz.

Trotz der Nervosität fühlte Mera sich gut. Alle zogen an einem Strang, die einzelnen Zahnrädchen des Plans setzten sich in Bewegung. Schon heute würde unter der Kuppel Edens der Wind der Freiheit wehen.

Die Menschen drängten sich bereits in freudiger Erwartung des Festtags-Manas im Vorhof. Mera hoffte inbrünstig, dass ihre Eltern auf Adteran gehört hatten.

Als die Prozession eingekehrt war und die Gaben niedergelegt waren, erklangen die Hörner, woraufhin Stille einkehrte. Doch wo war der Administrator?

Adlina gab das Zeichen und die Priesterinnen begannen mit ihrem Lobgesang. Wie jedes Jahr ertönte das Lied der letzten Kartoffel. Während der Refrain »Euer Glaube nährt mich ewiglich«, erklang, blickte Mera nervös durch die Reihen. Wo blieb der Administrator?

Mera dachte daran, wie sehr sie das Lied beim letzten Fest noch berührt hatte. Nun musste sie sich anstrengen, dass ihre innere Abscheu vor all den Lügen nicht auf ihre Singstimme schlug. Während der letzten Strophe bemerkte sie im Augenwinkel, dass Adteran sich in einiger Entfernung zu ihrer Linken eingereiht hatte. Somit lief alles nach Plan, die Schleuse war sabotiert.

Als die letzten Töne verklangen, erschien endlich der Administrator oben an der Treppe und kam langsam und würdevoll herab, ein Wächter auf jeder Seite. Er schien sich mühevoller zu bewegen als sonst und Mera fragte sich, ob der Administrator krank werden könnte, ob er eine Gesundheit, ein Leben wie ein normaler Mensch hatte. War er sterblich? Er müsste Hunderte Jahre alt sein.

»Meine Kinder«, begann der Administrator seine Ansprache, die Stimme fest wie immer, die Arme zum Himmel erhoben, »das Erntefest ist die Zeit, um unsere Dankbarkeit zu zeigen. Dankbarkeit für Nahrung …«

Ein dumpfer Schlag gefolgt von einem tiefen Grollen klang durch die Kuppel. Auf dem Vorhof drehten die Menschen ihre Köpfe in Richtung des äußeren Rings, aus der das Geräusch sich erhob.

Der Administrator hatte noch die Hände erhoben, war kurz verstummt, doch dann fuhr er unbeirrt fort: »Dankbarkeit für Nahrung für unseren Körper, aber auch Nahrung für unseren Geist.«

Ein zweiter Schlag, lauter und näher, zerriss vollends die festliche Stimmung. Dunkler Rauch stieg am unteren Rand der Kuppel auf.

Erste nervöse Bewegungen waren in der Menge erkennbar, panische Ausrufe ertönten. Die Priesterinnen, Paladine und Protektoren auf der Tempeltreppe hielten ihre Plätze wie eine Phalanx des Glaubens. Sie wagten es nicht, sich zu bewegen, solange der Administrator seine Rede hielt.

»Meine Kinder, beruhigt euch«, beschwor der Administrator, bemüht gegen den ansteigenden Geräuschpegel aus dem Tempelvorhof anzukommen. Aber auch er blickte zu der Rauchsäule.

Jetzt war da noch etwas anderes. Schreie, Rufe, Panik. Erst vereinzelt, dann immer mehr, lauter werdend. Wie eine Flutwelle rollte das, was noch nicht sichtbar war, auf sie zu. Die Prachtstraße entlang Richtung Tempel. Zu ihnen. Hier würde es sich entladen. Die Schreie wurden lauter, es waren Ausrufe nackter Angst. Dazwischen schrillten die unmenschlichen Schreie der Kriecher.

Nun wurde die Menschenmenge von Panik ergriffen. Das Wort »Kriecher« fiel und ließ selbst die Gläubigsten erschaudern. Schon setzten die Ersten zur Flucht an.

Da der Tempelvorhof auf drei Seiten von Mauern umgeben war, drängten alle durch das große Tor zurück zur Prachtstraße, das sofort zum Nadelöhr wurde. Menschen drückten gegeneinander, stolperten und fielen hin. Mera wurde schlecht, als sie das ganze Chaos vor sich sah. Dass es hier keine Toten und Verletzten geben sollte – nicht mehr als ein frommer Wunsch.

Wieder ging ein Ruck durch die Menge. Die vordersten Reihen versuchten nun, wieder weg vom Tor zum Tempel zu gelangen, als sie erkannten, dass sie in Richtung der drohenden Gefahr flohen. Kurz darauf erreichten die ersten Kriecher das Tor und strömten in den Vorhof. Panische Menschen stoben zur Seite.

Wie fließende Schatten flogen die Kriecher über den Boden, rasend und schnell, immer auf der Suche nach dem nächsten Fleckchen Sekret, das der Schnellste von ihnen begierig aufschleckte. Doch auf ihrem Weg schnappten sie wild um sich, rissen Hände und Füße ab, bissen Fleischstücke aus Beinen und Rücken heraus. Sie hinterließen eine blutige Schneise, dort wo die Menschen nicht schnell genug zur Seite wichen. Mera wollte den Blick abwenden, aber sie musste wissen, was passierte.

Der Administrator machte wortlos kehrt und begann mühsam die Treppe zum Tempel aufzusteigen. Mera konnte sein Keuchen vernehmen. Adteran und Adrolan reihten sich in sicherer Entfernung in die Gruppe ein, die sich vom Ort des blutigen Schauspiels entfernte. Eigentlich hätten nun die Kriecher den Weg nach oben finden müssen, der Spur folgend, die Mera gestern gelegt hatte. Ansonsten hätten sie keine Chance, den Administrator zu überwältigen. Sie waren in der absoluten Unterzahl.

Mera stürzte zur Brüstung und blickte nach unten. Die Kriecher waren der Spur gefolgt, aber das Tor war fest verschlossen. Zwei Wächter, die vor dem Tor platziert waren, hatten sie schon umgerissen. Die rasenden Tiere schnappten wild um sich, noch wütender, weil sie die Essenz auf der anderen Seite riechen konnten, aber nicht weiterkamen. Ohne zu zögern, rannte Mera los. Der Plan durfte nicht scheitern, zu viel stand auf dem Spiel, zu viele Menschenleben. Ihre Zukunft mit Adteran. Edens Zukunft. Wenn das Tor verschlossen blieb, würden die Kriecher sich auf die Menschen stürzen und ein Blutbad anrichten.

Sie rannte. Zurück zum Tempelaufgang an einigen panischen Priesterinnen vorbei. Hinein in den lichtdurchfluteten Saal, in dem sie zur Priesterin ernannt worden war. Den Gang entlang und die Treppe hinunter. Beinahe wäre sie über ihre Robe gestolpert. Ihr Herz klopfte schneller als ihre Schritte.

Dann sah sie, was den Plan ins Stocken gebracht hatte. Adlina, die Hohepriesterin, hockte mit zerzaustem Haar auf Adshara und würgte diese. Wie war sie ihnen auf die Schliche gekommen?

Ohne abzubremsen, rannte Mera auf sie zu, um sich gegen Adlina zu werfen. Die Wucht des Aufpralls ließ Meras Welt kurz schwarz werden. Ihre Körper schlugen gegen die steinerne Wand, ein Schrei, ein knackendes Geräusch.

Adlina sackte besinnungslos zusammen, in einem unnatürlichen Winkel gegen die Wand gelehnt. Ihr Körper rutschte langsam nach unten, eine Blutspur aus ihrem Hinterkopf zog einen breiten roten Strich über das Mauerwerk.

Mera hastete weiter zur Tür, während Adshara sich langsam aufrichtete, hustend und benommen. Sie war am Leben. Gut. Mera hatte keine Zeit, sich um sie zu kümmern.

Von außen öffnete sich die Tür automatisch, aber von innen? Verdammt, wieso hatte Adteran nichts dazu gesagt?

Sie tastete den Bereich ab, wo normalerweise ein Griff zu finden wäre, doch die Tür war eine glatte Platte. Auf der anderen Seite konnte sie ein Scharren und Knurren hören.

Dann sah sie das kleine Bedienfeld seitlich in der Wand. Mit aller Kraft zog sie Adshara zur Seite, bevor sie die Türöffnung betätigte.

Die Tür schnappte auf. Wie eine Welle aus Klauen und Mäulern ergossen sich die Kriecher in den Gang. Mera drückte sich und Adshara so gut wie möglich gegen die Wand, um nicht von der Flut aus schwarzen Schatten mitgerissen zu werden.

Schon waren ein paar an ihnen vorbei, krochen den Gang entlang Richtung Treppe. Einer der Kriecher hielt inne, blickte sie an. Er ließ einen ohrenbetäubenden Schrei erklingen. Die Reihe blanker Zähne war überraschend weiß und symmetrisch, sie glichen einer Apparatur aus Messern. Ein Tötungsautomat.

Dann nahm der Kriecher wieder die Fährte auf, seine Nasenlöcher zuckten und er machte sich auf zur Treppe, nicht ohne im Vorbeikriechen Adlina einen Fuß abzureißen. Die Beiläufigkeit der Bewegung schockierte Mera und sie musste einen Schrei unterdrücken.

Mit dem blutigen Andenken im Maul verschwand der Kriecher in einer schlängelnden Bewegung nach oben.

Meras Verstand arbeitete wie ein Automat aus der großen Werkstatt, kühl und mechanisch, keine Zeit für Angst und Tränen. Ohne ihr Zutun schien ihr Kopf die nächsten Schritte abzuwägen.

Adshara war bei Bewusstsein, aber rang noch nach Atem. Mit einer Handbewegung signalisierte sie Mera, dass sie sich nicht um sie kümmern brauche.

Adlina blutete stark aus dem Stumpf am Unterschenkel, aus dem Knochen, Sehnen und Fleischfetzen hingen. Für sie konnte sie ebenfalls nichts tun, wahrscheinlich war sie bereits tot.

Also nach oben, dem Chaos hinterher. Sie mussten den Administrator noch erwischen, sonst war alles umsonst gewesen. Kurz zuckte ein heißer Schmerz durch ihre Schulter, doch dann betäubte das Adrenalin in ihrem Körper das Gefühl.

Die Treppe hinauf, durch den Gang. Gegen die Wand lehnen, atmen, weiter. Den Saal durchqueren und dann hinaus auf den Tempelplatz.

Jetzt musste sie sich am Türrahmen abstützen, etwas Warmes rann über ihre Stirn, lief in ihr Auge. Wann und wie hatte sie sich angestoßen? Blinzeln, wischen, rote Tropfen auf dem Pflasterstein. Rote Rosen auf kargem Fels. Wo bin ich? Der Plan! Die Schmerzen im Kopf flammten auf, das Adrenalin konnte sie nicht mehr lange tragen.

Vor ihren Augen spielten sich Szenen von Tod und Verwüstung ab. Der Platz der harmonischen Mitte war zu einem chaotischen Schlachtfeld geworden. Schreiende Priesterinnen, Wächter, die mit leuchtenden Strahlen auf die Kriecher schossen.

Adteran befand sich im Nahkampf mit einem Wächter, Adrolan war nicht zu sehen.

Plötzlich stürmte Josh an ihr vorbei, er musste gerade hinter ihr die Treppe nach oben gekommen sein. Wild um sich schießend, stürzte er sich ins Getümmel.

Nein! Das hatte sie nicht gewollt. Das war das Ende von Eden!

Der Administrator war weit abseits des Kampfgeschehens, nur ein Wächter war ihm verblieben. Mit ihm eilte er zum Tempel, auf einen Paladin gestützt. Er konnte nicht rennen, humpelte. Gleich war er in Sicherheit, die Kriecher waren zu spät gekommen.

Da kam Adrolan angerannt, er stürzte sich auf den Paladin neben dem Administrator und riss ihn zu Boden. Ohne seine Stütze kam der Administrator noch langsamer vorwärts, er war aber nur noch ein paar Meter vom rettenden Tempeleingang entfernt. Nur er und ein Wächter waren übrig. Fieberhaft überlegte Mera, was sie tun könnte. Ihre Beine gehorchten ihr nicht mehr, doch sie zwang sich, ein paar Schritte zu gehen. Sie schrie vor Wut und Verzweiflung, aber die Zeit hielt nicht für sie an. Könnte sie gegen einen Wächter kämpfen?

Sie wollte nach Adteran rufen, doch ihre Worte verendeten im Lärm des Tumults. Dann sah sie Adyumi, die auf den Administrator zulief. Wutentbrannt schrie sie ihm etwas entgegen. Den Namen ihrer Zwillingsschwester. »Eera!«

Der Administrator und sein Wächter drehten sich zu ihr um.

Adyumi holte etwas aus ihrer Robe hervor, ein kleines Fläschchen. Für den Bruchteil einer Sekunde schien das Chaos zu verstummen, die Welt einzufrieren.

Nein, das durfte Mera nicht zulassen. Sie brauchten den Administrator lebend. Ohne ihn kämen sie nicht in den Tempel. Kämen nicht an das Wissen, das sie brauchten, um zur Erde zu gelangen. Wenn er starb, gab es keine Möglichkeit zur Flucht. Dann würde Eden genauso enden wie Gaia. Alle unter der Kuppel begraben.

Mit letzter Kraft stürmte sie nach vorne, schrie und warf sich gegen Adyumi. Doch es war zu spät. Das Fläschchen war bereits an der Brust des Administrators zerschellt. Während sie mit Adyumi zu Boden stürzte, schrie sie nur: »Nein!«

Die verbliebenen Kriecher hielten inne. Hälse reckten sich, Nüstern blähten sich, dann setzte ihr Instinkt ein und sie stürzten sich auf das neue Ziel. Drei Kriecher wurden noch vom Wächter erlegt, doch zwei weitere gelangten zum Administrator. Ein furchtbarer Schmerzensschrei ertönte, während der Wächter von Eden, der Allwissende, in Stücke gerissen wurde. Der Administrator. Etwas fiel ihm aus dem Gesicht. Es war alles vorbei.

13. Der Tempel

Als Mera erwachte, hatte sie kurz die Hoffnung, alles sei nur einer ihrer Albträume gewesen. Doch das Erlebte war echt, wie ihr die Schmerzen am Kopf und an der Schulter versicherten. Bei der Kuppel!

Sie fasste sich an die Stirn, ein dicker Verband war dort. Dann prüfte sie, ob beide Füße noch vorhanden waren. Nein, Adlina hatte einen Fuß verloren, nicht sie. Sie stöhnte vor Schmerz und Verzweiflung, wollte schreien, als die Bilder zurückkamen. Der Plan war grandios gescheitert. Der Administrator tot. Eden im Chaos versunken. War sie eine Gefangene?

Mera blickte zur Decke. Sie befand sich in ihrem eigenen Schlafzimmer, hatte keine Fesseln an Händen und Füßen. Was bedeutete das? War ihr Plan doch geglückt? Sie musste unbedingt mit Adteran sprechen. Da bemerkte sie die Gestalt, die zu ihren Füßen saß. Erschrocken fuhr sie zusammen. »Wer ist da?«

Ein Gesicht erschien in ihrem Blickfeld und lächelte Mera an. Es war Adlina, die Hohepriesterin. »Endlich bist du wach. Wie geht es dir, mein Kind?«

Mera musste alle Kraft aufbringen, um ihre Stimme zu kontrollieren und nicht dem einsetzenden Fluchtinstinkt nachzugeben. »Ich denke, gut. Wo bin ich? Was ist passiert?«

Adlina streichelte ihr sanft über die Wange. Die Berührung der kalten Hand ließ Meras Haut beben.

»Du bist in Sicherheit, hast ein paar Tage geschlafen. Es gab einen Angriff auf Eden, aber Seine Heiligkeit hat wieder Frieden hergestellt. Die Ketzer wurden bestraft.«

»Die Ketzer?«

»Nana, mein Kind. Ruhe dich aus. Du darfst deine Gedanken nicht mit schlimmen Dingen belasten. Werde erst mal gesund!«

Lächelnd trat sie neben Mera ans Bett. Sie humpelte, unter der Achsel klemmte eine Krücke. »Und iss dein Mana.« Ohne eine Antwort abzuwarten, schob sie Mera ein Kügelchen in den Mund.

Mera blieb nichts anderes übrig, als es zu schlucken. Süßes Vergessen, lähmender Friede bemächtigten sich ihrer Gedanken. Ihr schwacher Geist verstummte wieder.

Kurz darauf oder sehr viel später erwachte sie. Ihr Bruder stand an ihrem Bett. Sein Gesicht stoisch, wie das Bild über dem Esstisch in ihrem Elternhaus. Der Märtyrer, wie er in der Erinnerung ihrer Familie fortlebte. Wie hatte er es durch den Mana-Schleier geschafft?

»Habe ich etwas falsch gemacht?«, wollte Mera von ihm wissen. Sein Urteil war ihr in diesem Moment wichtiger als alles andere.

»Nein. Alles musste so geschehen.«

»Aber Adlina ist hier. Und sie hat gesagt, der Administrator hat gesiegt. Was bedeutet das?«

»Es ist noch nicht vorbei. Du kannst den Administrator nicht so einfach besiegen. Er ist kein Körper.«

»Aber wie dann?«

»Wenn du ihn besiegen willst, musst du werden wie er.«

Mera hatte noch so viele Fragen, doch das Licht wurde wieder schwächer.

»Geh nicht«, flehte sie. Doch sie war es, die ging.

Nach einem dunklen Schlaf erwachte Mera. Diesmal war sie allein. Sie fühlte sich kräftig genug, um aufzustehen, und zog sich ein schlichtes graues Alltagsgewand über. Da ihr rechter Arm sich in einer Armschlinge befand und ihre Schulter jede falsche Bewegung mit stechenden Schmerzen bestrafte, war dies kein einfaches Unterfangen. Ihr Bewusstsein immer noch mit einem leichten Nebel belegt, trat sie vor ihr Zimmer.

Der Beleuchtung nach zu urteilen war es Tag, trotzdem schienen die Gemächer seltsam ruhig und verlassen. Von Chaos keine Spur. Alles war wie gewöhnlich. Neben ihr konnte Mera das Geräusch einer sich schließenden Tür hören. Sie hatte Hunger, also ging sie den Flur hinab zum Speiseraum. Wie lange war sie weg gewesen?

Auch hier kein bekanntes Gesicht. Wenigstens fand sie noch eine kalte Schüssel Cereax auf dem Tisch, die sie hastig verschlang und mit etwas Wasser herunterspülte.

Langsam ging sie zum Ausgang, während die Bilder vom Tag des Angriffs wiederkehrten. Wo waren alle? Was war geschehen?

Vor der Tür stand ein Wächter, der sie nicht beachtete. Geräusche ertönten von der Vorderseite des Tempels, jemand hielt eine Ansprache. Auf dem Weg dorthin bemerkte Mera, dass der Bereich vor dem Tempel, der Platz der harmonischen Mitte, sauber und leer war. Verstohlen blickte sie zu der Stelle, an der die Kriecher den Administrator zerfetzt hatten. War das wirklich geschehen oder hatte ihre Kopfverletzung ihr einen Streich gespielt? Was war Vision, was Traum, was Realität? Der Administrator ist mehr als nur ein Körper, hatte ihr irgendjemand gesagt. Und laut Adlina war er noch am Leben. Verlor sie den Verstand?

Jubelrufe und Applaus erklangen aus dem unterhalb liegenden Tempelvorhof. Die Menschen Edens hatten sich dort versammelt. Auf der darübergelegenen Treppe standen Paladine und Priesterinnen, prächtig herausgeputzt wie an einem Festtag. Die Phalanx des Glaubens, sie war nicht gefallen. Doch welches Fest war heute? Mera versuchte, sich zu erinnern.

Als sie näher kam, erblickte sie den Administrator auf der Brüstung unterhalb der Tempeltreppe. Kein Zweifel, er war es, mitten in einer Ansprache: »… mit eiserner Hand. Denn die Ketzer sind geblendet von ihrem Hass. Sie trachten nach Zerstörung und erfreuen sich am Leid ihrer Brüder und Schwestern. Das Blut wie vieler Unschuldiger wurde an diesem heiligen Ort vergossen? Doch sie mussten scheitern, denn sie sind schwach im Glauben und wir sind stark. Und wenn sie mit tausend Mann und zehntausend Kriechern kommen, so sage ich euch, diese Kuppel wird nicht fallen. Eden wird in alle Ewigkeit erstrahlen.«

Die Menschen brachen in frenetischen Jubel aus.

Mera starrte gebannt auf den Administrator. Zwar konnte sie nur seinen Rücken sehen, trotzdem schien er es zu sein. Dieselbe Stimme, dieselbe Art zu reden. Wie war das möglich? Er war also definitiv kein menschliches Wesen.

»Höret, meine Kinder. Wisset, ich bin gütig zu denen, die mir ihren Glauben schenken und rechtschaffen ihre Dienste an Eden verrichten. Wisset aber auch, dass meine Strafe hart sein wird gegen jene, die ihren Platz nicht kennen, die gegen uns in den Schatten arbeiten, deren Gedanken und Worte vergiftet sind. Sie wollen das große Gleichgewicht stören, aber es wird ihnen niemals gelingen. Sie werden wir strafen wie das Getier, das sie sind.«

Jetzt erst erkannte Mera, dass im Tempelvorhof ein kleines Podest aufgebaut war. Eine bis auf ein paar Stofffetzen unbekleidete Frau war dort an einen Pfahl gebunden. Ihre Arme und Beine waren auf unnatürliche Weise mit Metallstreben vom Körper abgespreizt.

»Sehet, was mit denen geschieht, die uns hintergehen. Die schlimmste aller Sünderinnen war einmal eine Priesterin, bis sich ihr Herz schwärzte.«

Tränen schossen in Meras Augen, als sie erkannte, dass es sich bei der Frau um Adyumi handelte.

»Sie hat sich dem Schutz des Glaubens entsagt, nun hat ihr geschundener Körper erfahren, wie ein Leben in Hochmut und ohne meinen Schutz aussieht. Hunger und Schmerz für jene, die sich von Eden lossagen.«

Die Menge klatschte zustimmend. Und Mera spürte zum ersten Mal Hass auf die Masse. Diese einfältigen Trottel, die bereit waren, jede Lüge zu schlucken, solange man sie mit Mana runterspülen konnte. Ja, die Bewohner Edens waren Kriecher, das erkannte sie jetzt. Sie krochen vor dem Administrator. Wenigstens in diesem Punkt hatte Josh recht gehabt. Diese Menschen, die keine Ahnung hatten, wofür Adyumi gekämpft hatte. Adyumi, die sie unter ihre Fittiche genommen hatte, die ihr Schwimmen beigebracht hatte. Vielleicht verdiente dieser Pöbel kein Mitleid, aber Adyumi verdiente es.

Zwei Paladine betraten das Podest. Sie führten einen Kriecher bei sich, der einen eisernen Ring um den Hals trug. Jeder Paladin hielt eine lange Stange, mit der sie den Kopf des Kriechers kontrollieren konnten.

»Seht, wie es der Ketzerin ergeht. Sie wollte uns an das Getier verfüttern und nun erhält sie selbst dieses Unheil als gerechte Strafe«, fuhr der Administrator fort. »Mögen ihre Hände kein Unheil mehr anrichten.«

Mit diesen Worten lenkten die Paladine das Maul des Kriechers zu Adyumis Händen, die dieser mit einer Leichtigkeit abbiss, als handelte es sich um gebackene Teigstangen. Das Blut schoss pulsierend aus den Handstümpfen und bildete große Lachen am Boden. Adyumi hatte nur einmal kurz aufgeschrien, wahrscheinlich war sie schon mehr tot als lebendig gewesen.

Ein bewunderndes Raunen ging durch die Menge, so als betrachteten sie ein Schauspiel und nicht den grausamen Tod eines Menschen.

»Mögen ihre Füße nie wieder unseren heiligen Boden besudeln«, ging es weiter.

So verlor sie ihre Füße, doch der Körper war bereits regungslos.

»Und möge ihr schwarzes Herz auf alle Zeiten bei dem Getier weilen, zu dem sie gehört.« Bei diesem Satz lenkten die Paladine den Kopf der Bestie in Richtung von Adyumis Brust. Der Kriecher verbiss sich sofort darin und riss große Fleischbrocken heraus, die er gierig verschlang. Bevor der Ober- vom Unterkörper abgetrennt wurde, zogen sie den Kriecher wieder zurück. Der verstümmelte Leichnam, der einmal Adyumi gewesen war, blieb hängen.

Mera wollte schreien. Sie dachte an Rina, die ebenfalls den Kriechern zum Opfern gefallen war. Damals hatte sie deren Schicksal akzeptiert. Nicht so bei Adyumi. Sie war eine wahre Märtyrerin, gestorben für eine gerechtere Zukunft. Meras Hände bebten, ihr Körper zitterte. Sie wollte zum Administrator, ihm das gütige Lächeln aus dem Gesicht schlagen – aber es wäre sinnlos. Ihre Rache müsste besser geplant und definitiv sein. Stattdessen schlug sie mit der Faust gegen das steinerne Treppengeländer. Der Schmerz in ihren Handknöcheln fühlte sich gut an, war aber nicht genug.

Artig klatschte die Menge. In ihrem einfachen Weltbild war die Strafe absolut logisch. Kaum jemand konnte sich an eine ähnlich schwerwiegende Freveltat erinnern.

Mera wurde schwarz vor Augen, sie musste sich auf den Treppenabsatz setzen. Ihr Atem ging schneller, sie spürte, wie ihr schwindlig wurde und sie die Kontrolle über ihren Körper verlor. War es Adteran ebenfalls so ergangen?

»Lasst euch dies eine Warnung sein«, schloss der Administrator. »Verrat wird bestraft, genauso wie Mitwisserschaft.«

Dann ließ er die Hörner erklingen, die Priesterinnen warfen Mana unters Volk. Essenz für die Kriecher, dachte Mera.

Sie setzte sich rasch wieder auf und wischte sich die Tränen aus dem Gesicht, denn der Tross kam die Treppe hinauf. Zuerst der Administrator, gesäumt von seinen Wächtern. Er kam direkt an ihr vorbei, starrte sie an. Sein Gesicht das immer gleiche ausdruckslose

Lächeln, das nun nicht gütig wirkte, sondern wie ein hämisches Grinsen. Alles war eine Frage der Perspektive. Seine Augen bohrten sich in ihr Innerstes. Unwillkürlich musste sie sich schütteln, seinen Blick abwerfen. Dann war er an ihr vorübergezogen.

Mera blieb sitzen und betrachtete die Paladine und die Priesterinnen, die nach und nach in den oberen Bereich zurückkehrten. Vergeblich hielt sie Ausschau nach Adteran, Adrolan oder Adshara.

Ein paar bekannte Priesterinnen lächelten ihr aufmunternd zu. Sie dachten wohl, Mera sei aufgrund ihrer Verletzung so mitgenommen. Doch es war kein Gesicht dabei, das sie sehen wollte. Tapfer hielt sie den Blicken stand, das Gesicht eine Maske, während sich in ihrem Inneren ein Strudel der Verzweiflung drehte. War wirklich nur noch sie übrig geblieben?

Adlina kam herbeigehumpelt. Mühevoll setzte sich die Hohepriesterin zu Mera und legte die Krücke neben sich ab. »Admera, meine Liebe. Du hättest dich noch schonen sollen! Wie geht es dir?«

»Nicht so gut. Ich fühle mich verwirrt.«

»Das kann ich verstehen. Wir haben alle einiges durchgemacht.«

»Was ist denn genau passiert?« Mera wollte endlich das ganze Ausmaß ihres Scheiterns verstehen.

Adlinas aufgesetzte Freundlichkeit wich aus ihrem Gesicht, sie atmete tief durch, als hätte jemand sie in den Bauch geschlagen. Mera dachte daran, wie sie Adlina gegen die Wand gerammt hatte. Wie Adlina ihren Fuß verloren hatte. Sie hatte bereitwillig ihren Tod in Kauf genommen.

»Es war eine Gruppe von Ketzern, Verräter der übelsten Sorte. Sie wollten Eden vernichten, getrieben von dunklen Herzen. Adyumi, die gerade ihrer gerechten Strafe zugeführt wurde. Genauso wie Adshara, die in ein paar Tagen bestraft wird. Sie sitzt noch im Verlies ein und wird vom Administrator höchstselbst verhört. Diesem kleinen Biest habe ich das hier zu verdanken.« Sie wies mit einer Kopfbewegung auf ihren Fußstumpf. »Aber keine Sorge. Der Administrator erschafft mir einen neuen, besseren Fuß in der großen Werkstatt. Ein kleiner Preis, den ich zahlen musste.«

Mera nickte und versuchte, einen möglichst überraschten und mitfühlenden Gesichtsausdruck zu machen. Dabei wünschte sie Adlina tausend Tode.

»Doch die zwei Priesterinnen waren nicht allein. Nein, eine Verschwörung in meinen Reihen wäre mir nicht entgangen«, fuhr Adlina fort, die Worte mehr zischend als sprechend. »Sie waren nur willfährige Marionetten. Die dunklen Gedanken kamen von denen, die dem Administrator am nächsten stehen. Deshalb schmerzt ihn der Verrat so sehr. Adrolan, ein Paladin und Adteran, ein Protektor.« Sie spuckte die Namen förmlich aus. »Zwei Namen, die in die Schriften als die schlimmsten aller Ketzer eingehen werden. Adrolan hat den Kampf nicht überlebt, dem anderen ist leider die Flucht gelungen.«

Mera musste alle Kraft aufwenden, um nicht sofort nachzufragen, was weiter mit Adteran geschehen war.

»Aber in der Außenwelt wird Adteran nicht lange überleben. In die Kuppel kommt er nicht mehr hinein. Wahrscheinlich ist er schon längst erfroren oder Kriecherfutter. Das würde ihm recht geschehen!«

Am liebsten wäre Mera der verhassten Adlina vor Dankbarkeit um den Hals gefallen. Dankbarkeit für den kleinen Funken Hoffnung, den ihre Worte ihr geschenkt hatten. Doch sie verbarg ihre Gefühle hinter einer teilnahmslosen Miene. Sie hatte inzwischen Übung darin, eine Maske zu tragen. »Und was haben diese Ketzer genau gemacht? Ich kann mich nur erinnern, dass Erntefest war …«

»Ja, unser liebstes Fest haben sie entweiht. Sie haben die Schleuse manipuliert. Irgendwie ist es ihnen gelungen, eine Meute Kriecher nach Eden zu treiben bis hin zum Tempelvorhof. Denn sie sind dunkle Seelen, wie die Kriecher! Sprechen mit ihnen, teilen sich die Lagerstatt. Bei der Kuppel! Als das Chaos über uns hereinbrach, hatte ich eine schreckliche Vorahnung und bin sofort zum Tor der ewigen Verbindung gerannt. Dort war Adshara, diese Teufelin, und wollte das Tor öffnen. Wir haben gekämpft und sie muss mich überwältigt haben. Auf jeden Fall haben es die Kriecher ins Innerste geschafft, haben mir noch einen Fuß abgenommen. Fast verblutet bin ich, aber das große Gleichgewicht hat die Blutung gestillt und mich vor dem Tod bewahrt. Ich werde hier noch gebraucht. Schließlich kam es zu einer Schlacht vor dem Tempel. Viele Wächter wurden unwiederbringlich zerstört. Einige Priesterinnen und Paladine wurden verletzt oder getötet. Die Verschwörer hatten es auf den Administrator höchstselbst abgesehen! Stell dir das vor! Doch natürlich konnte er die Ketzer und das Getier zurückschlagen. Ich habe es zwar nicht gesehen, aber anscheinend waren seine übermenschlichen Kräfte im Spiel.«

»Übermenschliche Kräfte?«

»Nun, die Wege des Administrators sind unergründlich. Wir sollten nicht über solcherlei Dinge sprechen, aber sagen wir so: Er hat seine Feinde getäuscht, indem er seinen Körper hat verschwinden lassen.«

»Und dann ist er wieder aufgetaucht?«

»Genau. Stärker als jemals zuvor.«

»Ein Wunder«, murmelte Mera ungläubig.

»Genauso ist es. Ein Wunder.« Adlina schien erfreut, dass Mera das Geschehnis richtig eingeordnet hatte.

»Aber genug der aufwühlenden Erlebnisse. Wir werden den ganzen Tag sicher bald niederschreiben und Lieder davon singen. Und du wirst auch darin vorkommen. Denn du hast versucht, Adyumi zu stoppen, hast sie zu Boden gerissen. Ohne Rücksicht auf dein eigenes Leben, um den Administrator zu schützen. Das höchste

Zeugnis der Frömmigkeit ist die Selbstaufopferung für eine größere Sache. Und er hat das natürlich zur Kenntnis genommen.«

»Was für eine Ehre.«

»Das ist es. Der Administrator hat nun ein Auge auf dich, mein Kind. Wundervolle Dinge werden geschehen.«

»Friede sei mit ihm.«

»Und mit dir.«

Mera wartete, bis Adlina verschwunden war, dann begab sie sich zur Bank bei den vergessenen Pflanzen, um nachzudenken. Sie vergrub ihr Gesicht in den Händen und ließ das Geschehene Revue passieren. Sie verfluchte Josh und dessen halb garen Plan. Hätte sie nur auf ihre Gefühle gehört. Adshara und Adyumi – sie hatte die beiden in die ganze Sache hineingezogen. Sie war schuld an deren Unglück. Adyumi tot, Adshara gefangen. Wenigstens ihr musste sie helfen. Aber wie?

Und Adteran. Er war in der Außenwelt. Wenn er mit einem Kolibri geflohen war, hatte er es womöglich bis zur Kolonie geschafft. Dort wäre er in Sicherheit, außerhalb der Reichweite Edens. Ob Josh noch lebte? Wie könnte sie dorthin gelangen? Der Zugang zu den Fluggeräten war ihr als Priesterin verwehrt, sie bräuchte die Hilfe eines Protektors. Es war hoffnungslos.

Später am Tag erschien Adlina wieder in Meras Zimmer. »Gute Nachrichten«, verkündete die Hohepriesterin, »der Administrator will dich sehen. Jetzt gleich.« Ungefragt trat sie ans Bett heran und half Mera, sich aufzurichten.

»Was bedeutet das?«, wollte Mera wissen.

»Du hast eine Audienz«, erklärte Adlina, während sie Meras Locken kämmte und über dem Verband auf ihrer Stirn drapierte. So hingen ihr die Haare fast bis über die Augen. »Du bist eine hübsche, junge Priesterin. Ich habe mich schon gefragt, warum er dich nicht schon früher zu sich gerufen hat. Wie es scheint, hat er seit dem fürchterlichen Angriff wieder neuen Appetit bekommen.«

»Appetit?«

»Er wird dir alles erklären. Nun zieh dich hübsch an und verliere keine Zeit. Seine Heiligkeit lässt man nicht warten.«

Mera wurde von einem lähmenden Unbehagen ergriffen, aber ihr war klar, dass ihr keine Wahl blieb. Wie eine Puppe ließ sie sich von Adlina eine kurze rote Robe anziehen, die diese mitgebracht hatte. Der Arm in der Schlinge blieb am Körper, ein Ärmel der Kleidung hing lose herab. Zum Schluss rieb Adlina ihr noch etwas Schminke auf die Wangen und färbte ihr die Lippen mit einem kleinen Stift lila. Immer mehr fragte sich Mera, was Adlinas Aufgabe war.

Nun konnte sie nicht mehr viel tun, als sich dem Administrator komplett zu unterwerfen oder sich irgendwo in den Tod zu stürzen. Das war das letzte bisschen Freiheit, das ihr geblieben war. Nur tot würde sie ihren Freunden nicht helfen können. Also musste sie überleben, weitermachen, auch wenn sich ihr alles widerstrebte.

Adlina begleitete sie bis zum Tempeleingang, ermahnte sie auf dem Weg, immer nett zu lächeln und einfach nur zu tun, was der Administrator von ihr verlangte. Das Tor war von zwei Wächtern gesäumt, die sie stumm passieren ließen.

Zum ersten Mal betrat sie den Tempel. Ein langer Gang erstreckte sich vor ihr, links und rechts je eine große Tür. Dies waren wahrscheinlich die Audienzzimmer, in die gelegentlich Protektoren und hohe Würdenträger eingeladen wurden. Mera folgte Adlina den Gang entlang, dessen Wände mit goldenen Mustern dekoriert waren. Mera erkannte vergessene Pflanzen, Kreise und Spiralen, die dort entlangliefen. Kein Wort wurde gewechselt. Am Ende des Ganges wartete ein weiterer mechanischer Wächter. Dort verließ Adlina sie mit einem aufmunternden Lächeln. Die Hohepriesterin sah müde aus, gealtert, dachte Mera. Ihr Lächeln wirkte aufgesetzt und immer wieder flackerten ihre echten Emotionen auf wie eine schwache Flamme. Wut konnte Mera darin lesen, Enttäuschung. Und war das Neid, was Mera dort in ihren Gesichtszügen entdeckte? Alle trugen sie eine Maske in Eden, selbst die höchste Priesterin. Nichts war echt.

Der Wächter prüfte ihr Gesicht, woraufhin sich die Tür öffnete. Mera trat ein, allein.

Sie fand sich in einer prachtvollen Halle mit hoher Decke wieder, die auf beiden Seiten mit Säulen gerahmt war. Die Decke war so hoch wie ein ganzes Wohngebäude im äußeren Ring. Verschiedene Apparaturen, Artefakte der Vorfahren, die Mera noch nie gesehen hatte, standen hinter den Säulen. Bildschirme und Bedienfelder waren in die Wände eingelassen und bildeten einen seltsamen Kontrast zur ansonsten sakralen Architektur und Einrichtung. Sie konnte spüren, dass der Raum etwas Besonderes war, eine geheimnisvolle Aura wohnte ihm inne. Hier liefen alle Fäden zusammen.

Und obwohl dies der Mittelpunkt der Kuppel war, wirkte der Ort seltsam entrückt, als wäre dies eine andere Welt. Kein Laut durchbrach die Stille. Zeit schien hier nicht zu existieren.

Auch Schränke mit Büchern gab es hier, Regal reihte sich an Regal. Zu gern hätte Mera in den Bänden gestöbert. Waren das die geheimen Schriften, von denen Josh gesprochen hatte?

Doch sie spürte, dass sie nicht verweilen durfte. Ihre Füße trugen sie weiter, das Hallen ihrer Schritte war das einzige Geräusch und erfüllte den Raum. An der Längsseite der Halle stand ein goldener Thron, der sich wie aus Flammen aus dem Boden schlängelte. Darüber befand sich ein wunderschöner Baldachin aus Gold und Silber, in der Innenseite war das allwissende Auge aufgestickt. Es schien direkt denjenigen anzublicken, der auf dem Thron Platz nahm. Hinter dem Thron führte noch eine Treppe, nicht mehr als fünf Stufen, zu einer kleinen Tür. Sie war zweckmäßig und schmucklos und passte nicht zum Rest des Raumes.

»Das Allerheiligste«, hörte sie plötzlich eine tiefe Stimme hinter sich. Erschrocken drehte Mera sich um und erblickte den Administrator, der in voller Montur vor ihr stand.

»Eure Heiligkeit«, sagte Mera, den Blick senkend. Sie wollte eine Verbeugung vollführen, doch der Administrator bedeutete ihr mit einer Handbewegung, stehen zu bleiben. Sie wagte es nicht, ihm ins Gesicht zu blicken. Welches Wesen konnte solche Macht in sich vereinen?

»Folge mir, Admera«, befahl der Administrator und ging voran in einen Raum rechts neben der Halle. Mit einer Schlüsselkarte öffnete er die Tür. Selbst im Tempel gab es verschlossene Bereiche. Hier befanden sich offensichtlich seine Gemächer. Goldverzierte Möbelstücke sowie ein enormes Bett mit vier verschnörkelten Pfosten und roten Vorhängen sprangen Mera als erstes ins Auge. Ein kleiner Wasserfall, der direkt aus der Wand plätscherte, zog sich als kleiner Kanal durch den Raum und mündete in einem kleinen Becken. Mera erblickte glitzernde orangefarbene Streifen, die dort umhertrieben. Neugierig trat sie näher an das Becken heran.

»Goldfische«, erklärte der Administrator. »Das ist Wassergetier, das es einst auf der Erde gab. Uns ist es gelungen, die Fische in der großen Werkstatt herzustellen.«

Mera betrachtet die Fische, die permanent zu tauchen schienen. Ihre schimmernden Körper, ihre plötzlichen Bewegungen. Sie waren anmutig und schön, so anders. Sie gehörten nicht hierher, genau wie Mera. Geschöpfe der Erde, nicht Edens.

Mit einer Handbewegung wies der Administrator sie an, sich auf einen Stuhl zu setzen. Der Administrator selbst nahm in einem schmuckvollen Sessel ihr gegenüber Platz, ein Tisch stand zwischen ihnen.

»Warum habt Ihr mich gerufen, Eure Heiligkeit?«, fragte Mera in einem möglichst untertänigen Ton.

»Du bist hier, weil ich dir vertraue. Und Vertrauen ist die Grundlage von Eden. Vertraust du mir?«

Mera nickte zustimmend, auch wenn sich etwas in ihr dagegen aufbäumte.

Dann geschah das Unfassbare. Der Administrator streifte sich die Kapuze vom Kopf, nahm beide Hände seitlich an die Schläfen, als drückte er auf seine Ohren, und mit einem leisen Zischen öffnete sich sein Gesicht. Ja, anders hätte Mera es nicht beschreiben können. Es schien gleichzeitig nach vorne und zu den Seiten zu wachsen, metallische Streben hielten die Haut zusammen. Mit einem Klacken nahm er das Gesicht ab. Eine Maske.

Darunter war kein Teufel, kein Gott, keine Maschine, sondern ein menschliches Gesicht. Ein Gesicht, das Mera bekannt vorkam.

»Ich war Adsolon«, stellte sich ihr Gegenüber vor, mit einer sanfteren Stimme, ganz anders als die des Administrators. »Ich bin, oder besser, ich war ein Protektor. Wir sind uns schon einige Male über den Weg gelaufen.«

Mera konnte es nicht fassen. Der Administrator – ein Mensch aus Fleisch und Blut? Staunend blickte sie auf die Maske, von der sie, von der alle Menschen Edens gedacht hatten, es wäre das Gesicht des Administrators. Nun lag sie vor ihr auf dem Tisch, dasselbe starre Lächeln. Alles nur ein Schauspiel? War dies der endgültige Beweis, dass Eden nur Lug und Trug war?

»Überrascht?«, fragte Adsolon. Er wirkte auf den ersten Blick nicht unsympathisch, auch wenn seine Augen etwas Gebieterisches hatten.

Sein Gesicht kam ihr bekannt vor, ebenso sein Name. Adsolon – das war der Protektor der angeblich ihren Bruder gefunden hatte! Er mochte etwa zwanzig Jahre älter sein als Mera, kein alter Mann, aber doch wirkte er reif und erfahren. Als wäre er sich sicher in allem, was er tat und sagte. Eine selbstverständliche Autorität schien ihm innezuwohnen. Oder hatte er diese erst durch die Maske bekommen?

»Durchaus, Eure Heiligkeit. Ich verstehe nicht ganz. Bist du, … seid Ihr, Adsolon, der Administrator?«

Adsolon schmunzelte vergnügt. Dann wurde er ernst: »Ich werde dir einige Geheimnisse anvertrauen. Ich vertraue dir, weil du bereit warst, dein Leben für mich zu geben. Enttäusche mich niemals, sonst geht es dir wie Adyumi. Verstanden?«

Mera widerstrebte sein gebieterischer Tonfall, doch sie ließ ihn gewähren, bis sie einen Plan hatte.

»Ja, Eure Heiligkeit.«

»Gut.« Wieder lächelnd lehnte sich Adsolon in seinen Sessel zurück, wie ein Großvater, der zu einer Geschichte ansetzt. »Was du verstehen musst, ist, dass der Administrator ebenfalls auf menschliche Körper zurückgreifen muss, um sich zu manifestieren. Die Heiligkeit steckt nicht im Fleisch, sondern im Geist. Folglich kann der Körper des Administrators dahinscheiden, wie bei gewöhnlichen Menschen. Zu diesem Zweck gibt es Auserwählte aus den Reihen der Protektoren, die für diesen Fall vorbereitet werden. Erlischt die körperliche Hülle des Administrators, nimmt er die Maske an sich und begibt sich in das Allerheiligste. Das ist alles, was er weiß. Dort fährt der Geist des Administrators in seinen Körper ein. Das Gefäß wird befüllt und seiner Bestimmung zugeführt. Ein neuer Kreislauf beginnt. Und genau das ist nach dem Angriff geschehen. Um deine Frage zu beantworten, ich bin der Administrator und ich bin Adsolon. Das Blut des Administrators fließt in allen Protektoren, damit seine Blutlinie niemals erlischt.«

»Also war das, was ich gesehen habe, dass der Administrator den Kriechern zum Opfer fiel, Realität?«

»Ja und nein, mein Kind. Der Administrator fällt niemandem zum Opfer. Aber in der Tat wurde seine körperliche Hülle an diesem unsäglichen Tag in Stücke gerissen. Doch es war Zeit für einen neuen Kreislauf. Das alte Gefäß war alt und kränklich, meine jetzige Hülle ist jung und kräftig.«

»Verzeiht, wenn ich frage. Das bedeutet, alle Protektoren sind Söhne des Administrators?« Sie dachte daran, was Adteran ihr gesagt hatte. Er und Josh waren im inneren Ring aufgewachsen. Jetzt erst verstand sie den Grund dafür. Sie selbst wussten also nichts über ihre Herkunft.

»So ist es. Alle Menschen in Eden sind Kinder des Administrators, aber die Protektoren sind sein eigen Fleisch und Blut. Eine der Aufgaben des Administrators ist es also, für genügend Nachkommen zu sorgen. Dies ist der Grundpfeiler von Eden. Das Geheimnis der Stabilität. Kein Ringen um die Macht, keine Erbkriege. Keine Wahlen, keine Fraktionen. Ein Nachfolger vom selben Blut.«

»Und die Mütter sind die Priesterinnen …«, entfuhr es Mera, mehr an sich selbst gerichtet.

»So ist es. Deshalb ist es wichtig, dass die Priesterinnen aus dem Volk gewählt werden. Nur so können gesunde Körper garantiert werden. Zwar sind alle Priesterinnen dem Administrator zu Diensten, aber nur die reinsten dürfen Protektoren austragen.«

Mera wurde übel. Langsam verstand sie, warum der Administrator sie zu sich geholt hatte.

»Die auserwählten Priesterinnen wohnen auf der gegenüberliegenden Seite des Säulenganges, in den Tempelgemächern. Sie werden gehegt und gepflegt und haben keinerlei weitere Verpflichtungen. Im Tempelinneren dürfen sie sich frei bewegen. Außer den auserwählten Priesterinnen haben nur ich und die Hohepriesterin Zugang zum Tempelinneren.«

»Adlina?«

»Ja. Die Hohepriesterin ist die engste Vertraute des Administrators. Sie hilft bei der Auswahl, bei Geburten und kümmert sich um die jungen Gefäße.«

»Und«, Mera stockte die Stimme, »außerhalb des Tempels?«

Adsolons Blick bekam eine Schärfe, als wäre die Frage unangemessen. Mera senkte ergeben den Blick.

»Natürlich gehen neue Privilegien mit neuen Pflichten einher. Deshalb darfst du den Tempel nun nicht mehr verlassen.«

Mera nickte, doch ihr Herz stockte. Ein Plan musste her. Jetzt. Sie ließ den Blick unauffällig durch das aufgeräumte Zimmer streifen. Lediglich auf dem Schreibtisch an der Wand herrschte Durcheinander. Schriftstücke, Flaschen und kleine Geräte lagen kreuz und quer verteilt. Das Chaos wirkte so, als sei Adsolon gerade noch dabei, sich einen Überblick über das Dasein als Administrator zu verschaffen. Auch ein Modell der Eden-Kuppel stand auf dem Schreibtisch. Und noch etwas weckte Meras Interesse.

»Ist das dort drüben unsere heilige Kuppel?«, fragte sie.

Adsolon wirkte irritiert. Dann stand er auf und ging zum Schreibtisch hinüber. Seine alte Protektorenkleidung hing achtlos über dem Stuhl.

Mera folgte ihm, den Tisch im Blick. Tatsächlich. Halb unter einem Dokumentenstapel vergraben, lag eine weitere Schlüsselkarte.

Er nahm das Modell in beide Hände und präsentierte es Mera. »Die Kuppel ist das perfekte Bauwerk. Sie ermöglicht es, unter geringem Materialeinsatz das größtmögliche Volumen zu umspannen. Viel freier Raum ohne Säulen oder andere Strukturen, die den Platz einschränken. Du siehst, nichts ist Zufall in Eden.«

»Die perfekte Manifestation des großen Gleichgewichts«, pflichtete Mera bei. Sie wusste, welche Worte ihm gefallen würden.

Adsolon nickte zufrieden und stellte das Modell zurück. »Komm«, sagte er. »Ich bringe dich in dein Schlafgemach.«

Als er sich zum Gehen umdrehte, ließ Mera die Schlüsselkarte in der Tasche ihrer Robe verschwinden. Sie würde kein Goldfisch sein.

13. Golden

Mera sah sich in ihrem neuen, goldenen Gefängnis um. Die Schlafgemächer der »Auserwählten« waren so geräumig wie das Schlafgemach des Administrators. Jedoch gab es hier acht Betten. Ihres war frisch gemacht, die anderen sieben waren verwaist. Was war mit den vorherigen Bewohnerinnen geschehen?

Eine Karaffe Wasser, duftendes Gebäck und ein goldenes Schüsselchen voller Mana standen auf einem dreibeinigen Tischchen bereit. Mera nahm sich etwas davon und steckte es in ihre Robentasche. Im schlimmsten Fall könnte sie sich damit betäuben.

Ihre Gedanken kreisten darum, wie sie fliehen konnte, Adshara retten, weg von hier, zu Adteran. Aber selbst wenn ihr die Flucht aus dem Tempel gelänge, was unmöglich schien, da es nur einen bewachten Zugang gab, wie hätte sie aus der Kuppel entkommen können? Doch sich ihrem Schicksal zu fügen, war für Mera keine Option. Sie malte sich aus, wie ihre Vorgängerinnen voll Ehrfurcht ihre Körper dem Administrator hingegeben hatten. Für gläubige Priesterinnen wäre dies der Höhepunkt ihres religiösen Eifers: Nachwuchs für den Administrator austragen. Die Chance, dass ihre Kinder die nächste Generation des Kreislaufes sein könnten. Gefäße des Glaubens. Doch wenn man einmal dem Mana entsagt hatte und der Glaube zerbrochen war, blieb nur Abscheu. Ein System, das bloß zur Erfüllung der Bedürfnisse des Administrators diente. Junge, gesunde Frauen, die alten Männern zugeführt wurden. Seit Generationen. Unter dem goldenen Lack der Heiligkeit war nur stinkender Moder.

Kein Wunder, dass Wissen in Eden ein solch rares Gut war. Es gab einen kleinen Kreis Eingeweihter und selbst diese wussten immer nur einen Teil des Ganzen. Die Kuppel, die Mera einst ein Gefühl von Schutz und Sicherheit gegeben hatte, hielt alles klein und unterdrückte. Der Tempel war das dunkel pulsierende Herz der Kuppel, das sein Gift stetig durch Eden pumpte. Mera hatte nur einen Vorteil: Der Administrator wusste nicht, wie es in ihrem Inneren aussah. Ihre Seele blieb dem allwissenden Auge verborgen. Und dort regte sich heftiger Widerstand, der nur auf eine günstige Gelegenheit wartete.

Immer wieder schlich sie zur Tür ihres Gemaches und spähte in den Säulengang. Von hier hatte sie die Tür zu Adsolons Räumlichkeiten im Blick. Wann verließ er den Tempel? Was, wenn er wie sein Vorgänger nicht nach draußen ging? Die Zeit schien stillzustehen.

Endlich erklangen Geräusche. Mera presste ihr Ohr gegen ihre Zimmertür. Schritte kamen näher und entfernten sich wieder. Adsolon musste den Gang entlanggegangen sein. Dann wieder das Geräusch einer einrastenden Tür. Die Luft war rein.

Sofort rannte Mera zur vorderen Tempeltür, nur um festzustellen, dass diese fest verschlossen war und es keinen sichtbaren Öffnungsmechanismus gab. Die Schlüsselkarte, die sie an sich genommen hatte, funktionierte hier nicht. Wie aber konnte Adsolon den Tempel verlassen? Sie wandte sich seinen Räumlichkeiten zu und tatsächlich – hier öffnete die Karte die Tür. Mera hielt den Atem an, als sie über die Schwelle trat. Der Raum war leer. Ihre Gedanken rasten, sie musste etwas finden, bevor Adsolon zurückkam. Ihr fiel ein Bücherregal auf. Waren das die geheimen Schriften, von denen Josh gesprochen hatte? Während Mera sich einen Überblick verschaffte, lauschte sie aufmerksam in den Tempel hinein, falls Adsolon zurückkehrte.

Im Bücherregal gab es eine ganze Sektion, die sich den verschiedenen Arbeiten in der großen Werkstatt widmete. Ein anderer Teil der Schriften beschäftigte sich mit der Entwicklung von Mana und dessen Verbesserung. Mera griff ein Buch heraus, das die verschiedenen Sorten beschrieb. Jede trug einen langen Namen, bestehend aus Buchstaben und Zahlen. Die Mana-Arten wurden anhand verschiedener Kategorien wie Abhängigkeit, Euphorie, Lethargie und Unterdrückung des Sexualtriebs bewertet. Für die Priesterinnen, Paladine und Protektoren gab es eine Sorte, die »M74-882« hieß und bei der Unterdrückung des Sexualtriebs den Höchstwert aufwies. Mera dachte daran, wie sehr sich ihre Gefühle für Adteran verändert hatten, als sie auf Mana verzichtet hatte. Effektiv würde das bedeuten, dass im inneren Ring nur der Administrator ein Recht auf Fortpflanzung hatte. Auch Adlina und ihr geheimer Liebhaber genossen dieses Privileg. Es war kaum zu glauben, wie der Administrator ihr ganzes Leben beherrschte. Das plötzliche Erwachsenwerden nach dem Auszug war nur eine Frage des richtigen Manas.

Mera las weiter. Im äußeren Ring schien die Zusammensetzung des Manas von der Bevölkerungsentwicklung abzuhängen, weitere Informationen wären in der Serie » Populationsdaten« verzeichnet. Schnell suchte Mera den Rest des Regals ab. Das System war ihr fremd, die Anordnung der Bücher folgte keiner ihr bekannten Logik. In der unteren Ecke wurde sie schließlich fündig. In großen Tabellen waren die Bevölkerungszahlen verzeichnet, sowie die Geburts- und Todesraten. Sie blieben – abgesehen von kleineren Auf- und Abbewegungen – immer auf demselben Niveau und das schon seit vielen Generationen. Wie war das möglich? Direkt daneben fand sie eine Abhandlung zur Bevölkerungskontrolle.

Mera las die Einleitung. »Die Kapazität der Kuppel ist begrenzt. Es kann eine permanente Versorgung von 23.000 Personen mit Sauerstoff, Wasser und Nahrung gewährleistet werden. Ein Übersteigen dieser Grenze würde unweigerlich zu sozialen Konflikten, Unzufriedenheit bis hin zur Gefahr von Revolten führen. Deshalb ist eine genaue Überwachung und Kontrolle der Bevölkerungszahlen zu gewährleisten.«

Mera überflog das Inhaltsverzeichnis mit den verschiedenen Möglichkeiten der Bevölkerungskontrolle: »Auszug. Lindern des Fortpflanzungstriebs durch Mana. Krankheiten und medizinische Versorgung. Kriecherjagd. Ketzerkampagnen. Gründen von Exklaven.«

Mera blätterte zum Kapitel über den Auszug. »Der Auszug ist eine der nachhaltigsten Möglichkeiten zur Bevölkerungskontrolle. Vor dem Auszug segnet die Hohepriesterin die Kinder und salbt sie. Überschüssige Kinder bekommen statt der normalen Flüssigkeit etwas verdünnte Kriecheressenz auf den Helm aufgetragen. Somit wird sichergestellt, dass sie von den Kriechern aussortiert werden. Kriecher sind meist passive Tiere, die auf ihre Energiereserven achten. Sie werden nur durch intensive Lichter, Lärm oder starke Gerüche angelockt. Das Selektieren beim Auszug bietet mehrere Vorteile: Die Angsterfahrung und das Überleben stärken den Glauben in den überlebenden Kindern und verdeutlichen den Schutz und die Sicherheit durch Eden. Es wird empfohlen, Kinder aus Familien mit geringen Glaubenspunkten zu selektieren. So wird direkt ersichtlich, dass Schwäche im Glauben negative Konsequenzen mit sich bringt.«

Meras Hände zitterten vor Wut bei dem Gedanken an all die Kinder, die für dieses System geopfert worden waren. Hier stand es. Schwarz auf weiß. Allein dieses Buch hatte die Macht, den Administrator zu entthronen.

In diesem Moment hörte sie ein Geräusch aus der Tempelhalle. Schnell steckte sie das Buch zurück, schloss die Tür vorsichtig und schlich so schnell wie möglich in ihr eigenes Schlafgemach zurück. Die Schritte näherten sich und Mera fiel nichts Besseres ein, als sich aufs Bett zu legen und sich schlafend zu stellen. Die Schlüsselkarte legte sie unter das Kopfkissen.

Die Schritte wurden lauter, waren jetzt in ihrem Zimmer. Sie konnte Adsolon deutlich atmen hören, wahrscheinlich stand er vor ihrem Bett. Es war als könnte sie spüren, wie er ihren Körper mit seinen Blicken verschlang. Eine Hand legte sich auf ihre Wange, streichelte sanft darüber. Verschwinde endlich! Um ein Haar hätte sie ihn in die Hand gebissen. Doch die Hoffnung, dass er einfach so wieder ging, war noch da.

Dann ein Geräusch aus der Tempelhalle, ein Klopfen aus dem vorderen Bereich. Schnellen Schrittes entfernte sich der Administrator, und die Anspannung verließ ihren Körper. Leise Stimmen, dann war es wieder still.

Mera tigerte unruhig durch die Gemächer, die nächsten Schritte abwägend. Ohne Möglichkeit zur Flucht fühlte sie sich wie einer der goldenen Fische im Becken, den Bewegungsradius auf ihren kleinen Bereich beschränkt. Eine Existenz nur zum Nutzen und zur Belustigung des Administrators. Und was geschah mit den Priesterinnen nach einer Geburt? Sie erinnerte sich daran, was Adteran gesagt hatte: Menschen verschwinden in Eden. Mutter und Vater hatte er nicht gekannt.

Das Allerheiligste. Konnte sie es betreten? Der Administrator hatte es ihr nicht untersagt, sie könnte sich also dumm stellen, falls er sie erwischte. Vielleicht gab es hier eine Möglichkeit, zu fliehen und ihren Freunden zu helfen. Vielleicht könnte sie zumindest eine Vision bekommen. Irgendetwas. Doch die kleine Tür blieb verschlossen, auch hier gab es keinen sichtbaren Öffnungsmechanismus. Schluchzend setzte sich Mera auf ihr Bett. Sollte sie zu Jennifer beten? Wer konnte ihr jetzt noch helfen?

Der Administrator kehrte erste einige Stunden später zurück. Sie konnte hören, wie er sich umkleidete. Jemand brachte etwas an die Tür. Einige Minuten später erschien er ohne die Gesichtsmaske und in einem bequemen Alltagsgewand in ihrem Gemach. »Komm, es ist Zeit für das Abendmahl«, ließ er Mera wissen.

Schweigend folgte sie ihm zu seinen Räumlichkeiten auf der gegenüberliegenden Seite der Tempelhalle. Der Tisch neben dem Goldfischbecken war reichlich gedeckt mit ihr bekannten und unbekannten Speisen. Essen musste hierhergebracht werden, vielleicht war das eine Fluchtmöglichkeit?

Adsolon wies ihr einen Platz zu und erkundigte sich nach ihrem Tag. »Ich kann mir vorstellen, dass es zu Beginn etwas überwältigend sein muss, hier zu leben. Aber du wirst dich schnell daran gewöhnen. Und ich habe mir schon ein paar weitere Priesterinnen ausgeguckt. Du wirst also nicht lange allein bleiben.«

»Das ist schön«, zwang sich Mera zu antworten. Ihre Gedanken rasten. Um jeden Preis wollte sie die Nacht mit dem Administrator vermeiden. Adshara retten. Adteran finden. Immerhin wusste sie nun, dass der Administrator ein Mensch aus Fleisch und Blut war. Und er hielt sie für eine Verbündete, damit könnte sie arbeiten. Es war ein Anfang.

Leise Musik erklang, es war aber keine der bekannten Hymnen, sondern etwas ganz anderes. Schnell, mit wilden Trommeln, einprägsamen Melodien, die sich in rascher Abfolge wiederholten. Wo kam sie her?

Adsolon musste ihre Irritation bemerkt haben. »So etwas haben unsere Vorfahren auf der Erde gehört. Aufgezeichnet und von Maschinen wiedergegeben. Nicht geeignet für das Volk, aber ich kann mich daran erfreuen. Wie findest du es?«

»Etwas wild«, gestand Mera, »aber ich könnte mich daran gewöhnen.« Beide lächelten.

Adsolon streckte ihr etwas entgegen. »Das ist ein ganz besonderes Mana. Euphorisierend und lustanregend.«

Mera dachte an all die verschiedenen Sorten Mana, die es gab. Wie der Sexualtrieb gesteuert werden konnte. Trotzdem nahm sie die Pille entgegen und steckte sie sich in den Mund. Mit ihrer Zunge bugsierte sie die kleine Kugel zwischen Backenzähne und Wange, in der Hoffnung, sie möge sich nicht schnell auflösen. Der intensive Geschmack füllte bereits ihren Mund. Als Adsolon damit beschäftigt war, sich eine rötliche Flüssigkeit in seinen Becher zu schenken, um ebenfalls eine Pille hinunterzuspülen, hielt sie sich hüstelnd die Hand vor den Mund. Die Hand, nun mit der Pille darin, verschwand unter dem Tisch. Egal was passieren würde, ein klarer Verstand war vonnöten und sie würde sich dem Administrator nicht hingeben.

Obwohl sie keinen Appetit hatte, lud sich Mera einige Gerichte auf den Teller. Einen violetten Brei, orangefarbene Gemüsestangen, Teigklößchen und eine gelbliche Sauce. Hier war alles noch ein wenig farbenprächtiger als im inneren Ring, vom äußeren Ring ganz zu schweigen. Wissen, Luxus und Macht. Eden war eine Pyramide mit dem Administrator an der Spitze. Er war der einzige Mensch, der alles hatte. Aber auch er war nicht frei, dachte Mera. Nur mit seiner Gesichtsmaske konnte er den Tempel verlassen und die Seinen befehligen. Die Maske war der Schlüssel.

»Du kannst ganz offen mit mir reden«, fuhr Adsolon fort. »Ich suche hier Entspannung und Zerstreuung. Die Verpflichtungen als Administrator können für die sterbliche Hülle sehr kräftezehrend sein. Der Tempel ist auch mein Refugium. Und du sollst mir nicht nur Nachfahren schenken. Nein, du wirst mir auch helfen, Ordnung zu halten. Dafür werde ich dich teilhaben lassen an meinem Wissen. Und wer weiß, vielleicht brauchen wir eines Tages eine neue Hohepriesterin?«

Mera blickte auf die Speisen vor sich. Appetit verspürte sie keinen. »Das ist sehr großzügig von Euch«, meinte sie dann. »Ich muss das alles noch verarbeiten. Erst der Angriff und plötzlich bin ich im Tempel. Adlina erzählte mir, dass noch eine Ketzerin gefangen gehalten wird?«, fragte Mera, so beiläufig wie möglich.

»Adshara?« Adsolon grinste abfällig. »Sie wird nicht mehr lange durchhalten, in spätestens drei Tagen werde ich sie hinrichten lassen. Eine gute Möglichkeit der Unterhaltung und Erziehung für das Volk. Deshalb habe ich sie aufgespart.«

Sie konnte sehen, wie sich seine Gesichtszüge verhärteten, wenn er von ihr sprach. Wut flackerte in seinen Augen.

»Es tut mir leid. Ich wollte dir … Ich wollte Euch nicht die Stimmung verderben.«

»Es ist nicht deine Schuld. Ich kann nur die Verschwörer nicht verstehen. Sie riskieren das Leben Tausender Unschuldiger. Und wofür das alles? Eden ist über Hunderte von Jahren gewachsen, um zu seiner jetzigen Perfektion zu gelangen. Jeder Bewohner hat Nahrung, Wasser, Zugang zu Bildung und Glauben, Schutz von der Außenwelt. Zu denken, man könnte einfach ein neues System erfinden, ist Wahnsinn.«

Adsolon redete sich immer weiter in Rage, sein Gesicht wurde ungesund rot. Er stand auf und ging zu seinem Schreibtisch an der Wand, nahm das Modell der Kuppel in die Hand. Mera nutzte den Moment und warf die Mana-Pille in sein Glas, zusammen mit einer weiteren aus ihrem persönlichen Vorrat. Mit einem Löffel rührte sie ein paar Mal durch das Getränk, vorsichtig, um kein Geräusch zu machen.

Doch Adsolon war vertieft in seine schweren Gedanken. Er betrachtete das Kuppelmodell, als wäre es sein neugeborenes Kind. »Wissen sie denn nicht, dass Eden perfekt ist?«, rief er anklagend, an ein nicht vorhandenes Publikum gerichtet. »Niemals in der

Geschichte der Menschheit hat es eine Gesellschaft gegeben, die so langlebig wie Eden war und dabei so viel Gemeinwohl geschaffen hat. Eden besteht seit über fünfhundert Jahren! Die Gesellschaften unserer Vorfahren haben es dagegen kaum zwei Generationen ohne Krieg ausgehalten. War ein System erfolgreich, wollte es auf Kosten der anderen expandieren. Solange mehrere Systeme nebeneinander existierten, konnte es kein friedliches Gleichgewicht geben. Manchmal wurden Systeme von innen gestürzt, manchmal von außen. Ein ewiger Kreislauf aus Zerstörung und Neuaufbau. Jedes Mal dachten sie, diesmal würden sie es besser machen, doch jedes System war zum Scheitern verurteilt. Denn sie haben nicht verstanden, dass man für ein perfektes System auch den Menschen ändern muss. Das große Gleichgewicht blieb ein unerreichbarer Menschheitstraum. Eden ist die Essenz dessen, was wir von früheren Gesellschaften gelernt haben. Beseitigung der Schwächen, Ausbau der Stärken. Eden ist eine Utopie. Dieses Wort haben unsere Vorfahren benutzt. Weißt du, was das bedeutet?«

»Nein.«

»Der Entwurf einer möglichen zukünftigen, meist aber fiktiven Gesellschaftsordnung. Fiktiv. Denn sie haben es niemals verwirklicht, nicht daran geglaubt. Dabei war Eden nie starr wie dieses Modell hier. Wir haben einiges versucht, mehr Freiheiten, Exklaven. Aber die Menschen sind beschränkt. Ohne Regeln werden sie sich früher oder später selbst vernichten. Jeder muss seinen Platz kennen, sonst streben alle nach oben. Die Leichen ihrer Mitmenschen sind ihre Treppenstufen. So war es immer, so wird es immer sein. Der Mensch hat im Grunde ein schwarzes Herz, begründet in seinem Selbsterhaltungstrieb. Legt man ihm keine Fesseln an, so wird er von seinen niederen Trieben über kurz oder lang aufgefressen. Erst frisst es seine Seele, dann frisst er seine Mitmenschen. Unsere

Vorfahren hatten eine Redensart für diesen Charakterzug. Der Mensch ist dem Menschen ein Wolf.«

»Ein Wolf?«, hakte Mera ein. Es fiel ihr schwer, Adsolons Tiraden zu folgen.

Erst jetzt schien ihm wieder eingefallen zu sein, dass er nicht allein war. Er senkte die Stimme etwas und kehrte zu Tisch zurück. »Wölfe, das waren Raubtiere, die auf der Erde im Rudel jagten. Ein bisschen wie Kriecher mit Fell. Oft standen sie symbolisch für Gefahr oder das Böse. Bei uns könnte man sagen: Der Mensch ist dem Menschen ein Kriecher. Nicht ohne Grund sagt man, dass Ketzer und Ungläubige als Kriecher wiedergeboren werden und nur die reinen Seelen nach Eden zurückkehren.«

Mera hatte mehr und mehr das Gefühl, dass Adsolon eine große Last mit sich trug. Das Wissen, das ihm wohl erst vor einigen Tagen offenbart worden war, schien ihn umzutreiben. Denn am Ende war er doch nur ein Mensch, so viel war klar.

Sie sah eine Chance aufblitzen, offen zu fragen. »Eure Heiligkeit. Wenn Ihr erlaubt, ich kenne die heiligen Schriften, die Regeln, ich verstehe, was Eden zusammenhält. Eine Frage habe ich jedoch nicht für mich beantworten können.«

»Sprich ganz offen, Admera.«

»Wir sind vor über fünfhundert Jahren von der Erde gekommen. Was wäre, wenn diese sich in der Zwischenzeit verändert hat, wenn wir eines Tages zurückkehren könnten?«

Die Schärfe kehrte wieder in Adsolons Blick zurück. Strafend musterte er sie. »Das sind gefährliche Gedanken. Aber ich will nachsichtig sein, da ich dir gestattet habe, offen zu fragen. Nein, eine Rückkehr zur Erde ist ausgeschlossen. Ich habe als Adsolon auch nicht alles verstanden. Aber seit mich die Weisheit des Administrators erfüllt hat, bin ich mir sicher. Die Erde ist unbewohnbar. Und selbst wenn wir zurückkehrten, die Menschen stünden wieder vor demselben Dilemma. Der ewige Kreislauf von Tod und Vernichtung würde von Neuem beginnen. Nein, Eden ist das finale Kapitel der Menschheit. Es kann keine weitere Entwicklung geben, alle Optionen sind ausgereizt. Das große Gleichgewicht ist erreicht. In Eden wird die Menschheit blühen oder für immer vergehen. Wir leben und sterben unter dieser Kuppel. Ein Leben ohne Eden wäre nur möglich, wenn wir den Menschen von Grund auf ändern würden.«

»Aber ändern wir ihn denn nicht schon, durch unseren Glauben, durch unsere Regeln?«

»Wir sorgen für das Wachstum der Menschen in die gewünschte Richtung, stutzen die extremsten Auswüchse. Allen Menschen wohnt ein schwarzes Herz inne. Das Böse fließt durch ihre Adern, immer bereit auszubrechen. Man müsste den Menschen komplett neu konstruieren, ohne sein schwarzes Herz. Doch …«

Adsolon nahm seinen Kelch und leerte ihn in einem Zug. Mera hoffte, dass er das Mana nicht herausschmeckte – er schien tatsächlich nichts bemerkt zu haben.

»Unsere Vorfahren haben damit experimentiert. Ähnlich wie wir in der großen Werkstatt Goldfische und andere vergessene Lebewesen erschaffen können. Ein winziges Körperteil, ein Tropfen Blut, ein Haar reichen dafür aus. Mächtiges, aber gefährliches Wissen. Einer der Faktoren, die die Erde untergehen lassen haben. Nein, den Menschen in seiner Substanz zu verändern ist uns untersagt.«

Sein Gesicht wurde wieder rot, aber nicht vor Wut. Seine Wörter kamen langsamer, der Blick war getrübt.

Dann sah er sie an, als wäre ihm plötzlich etwas eingefallen. »Aber genug geredet. Ich habe Lust. Lust auf dich.« Er stand auf und kam auf sie zu. Grob packte er sie am Arm und zerrte sie in Richtung seines Schlafbereichs.

Mera überlegte, ob es klug war, zu schreien und sich zu wehren. Mit einem Arm in der Schlinge war sie körperlich klar unterlegen. Außerdem wusste sie nicht, welche Art von Sicherheitsvorkehrungen es neben den Wächtern am Eingang noch gab. Also hieß es, Zeit schinden und zu hoffen, dass die hohe Dosierung durch die Mana-Kügelchen Adsolon außer Gefecht setzen würde. Bis jetzt zeigte sich nur die luststeigernde Wirkung.

»Ich würde mich gerne noch waschen«, erklärte Mera und wollte sich in ihre Schlafkammer aufmachen.

»Nichts da«, lallte Adsolon und packte sie noch fester. Sein Griff schmerzte. »Ich mag deinen Geruch!«

Dann riss er ihr die Robe von der Schulter, sodass ihr Unterhemd zum Vorschein kam. Der Anblick schien ihn noch mehr in Erregung zu versetzen.

Mera blickte zum Tisch, suchte eine Waffe. Messer. Gabel. Egal. Wie ein wildes Tier geiferte Adsolon, starrte auf ihre Brüste und versuchte, sich seiner Hose zu entledigen. Im selben Moment drehten sich seine Augen nach oben und nur noch das Weiß war sichtbar. Er sackte in sich zusammen, ging erst in die Hocke und fiel dann seitlich auf den Boden.

Jetzt musste sie schnell handeln. Zunächst wollte sie ihn auf sein Bett legen. Nach einer Überdosis Mana würde er wahrscheinlich ohne Erinnerung zu sich kommen. Sie fragte sich, ob er tot oder lebendig mehr von Nutzen war, entschied sich dann aber für die zweite Variante. Tot würde er ihr wenig helfen, sie konnte ja nicht einmal allein den Tempel verlassen. Das bedeutete, sie hatte nur ein paar Stunden Zeit.

Also versuchte sie, ihn zum Bett zu schleifen. Wenn er aufwachte, könnte sie sich immer noch eine Ausrede einfallen lassen. Zwei junge Menschen, die zu viel gefeiert hatten, zu viel Mana, ein schlechter Rausch.

Mit nur einem funktionierenden Arm war dieses Unterfangen jedoch schier unmöglich. Behutsam hob sie ihren anderen Arm aus der Schlinge und setzte diesen vorsichtig ein, ohne den Oberarm zu weit vom Körper zu entfernen. Sofort wurde dies mit einem stechenden Schmerz in der Schulter quittiert. Mera biss die Zähne zusammen.

Zentimeter für Zentimeter schleifte sie Adsolons schwerfälligen Körper über den Boden, immer wieder musste sie absetzen und ihre Kräfte sammeln. Ihre Schulter schien vor Schmerz zu explodieren. Am Bett erwartete sie das nächste Hindernis: Wie den Körper daraufhieven? Mit ihrem unverletzten Arm richtete sie Adsolon an der Bettkante in eine sitzende Position auf. Wenigstens schien er komplett weggetreten und zeigte keinerlei Reaktion. Anschließend kletterte Mera auf das Bett, griff von oben unter Adsolons Achseln und wuchtete ihn so schließlich unter einem lauten Schmerzensschrei aufs Bett.

Keine Zeit zum Ausruhen. Meras Gedanken blendeten den Schmerz aus und kreisten um den nächsten Schritt. Die Gesichtsmaske! Mit der Maske, so ihre Hoffnung, könnte sie entkommen. Viele Wächter reagierten auf Gesichter und als Administrator könnte sie vielleicht aus Eden fliehen.

Die Gesichtsmaske musste hier irgendwo in seinen privaten Räumen sein. In Gedanken ging Mera durch, wie der Administrator den Tempel betrat, in seine Gemächer ging und sich dann für einen schönen Abend umzog.

Neben dem Bett stand ein großer metallener Schrank – zum Glück unverschlossen. Darin waren mehrere Administratorroben und Stiefel. Auch eine Auswahl an Protektorenanzügen und legerer Kleidung befand sich dort – aber keine Maske. In den Schubladen der kleinen Schränkchen neben dem Bett fand Mera eine große Auswahl an Mana in allen Formen und Farben. Auch eine silbern glänzende Schusswaffe, wie sie die Protektoren zu tragen pflegten, hing an der Schrankwand in einem passenden Rahmen. Mera ließ den Blick durch den Raum streifen. Gab es geheime Türen oder Verstecke? Wo würde sie so etwas Wichtiges wie die Maske aufbewahren?

Dann kam ihre eine Idee. Was würde sie an seiner Stelle tun? Erst ein paar Tage Administrator, alles war neu. Die Maske war der Schlüssel zur Macht. Sie würde die Maske an seiner Stelle gar nicht aus der Hand legen.

Mera wandte sich Adsolon zu, der mit offenem Mund auf dem Bett lag. Ohne zu zögern, knöpfte sie sein Hemd auf und da war sie. Das Gesicht des Administrators lächelte ihr mit seinen ausdruckslosen Gesichtszügen entgegen, als würde ein zweiter Mensch aus Adsolons Bauch erwachsen. Mit einer goldenen Kette war die Maske an seinem Hals befestigt. Eine zweite Kette führte um den Oberkörper, sodass er sie wie einen kleinen Panzer vor der Brust tragen konnte – und sich niemals von der Maske trennen musste.

Mera untersuchte die Kette und fand einen Verschluss auf Adsolons Rücken. Sie überlegte kurz, was passieren könnte, wenn sie die Maske abnahm, aber die Zeit drängte. Sie öffnete den Verschluss und nahm die Maske an sich. Mera horchte in die Tempelhalle hinein. Nichts war passiert. Alles ruhig. Adsolon atmete langsam und gleichmäßig.

Sie konnte es immer noch nicht fassen, die Maske des Administrators in den Händen zu halten. Der Schlüssel zu Eden. Noch vor einem Jahr hätte sie vor Schreck laut aufgeschrien und wäre ehrfürchtig zu Boden gesunken. Nun war es nur ein seltsames Artefakt. Machtvoll zwar, aber nicht mystisch. Sie betastete das Material. Die Haut war weich, aber kalt. War dies echtes Fleisch?

Probeweise zog sie die Maske übers Gesicht. Wider Erwarten konnte sie eine unheimliche Macht spüren, ein Surren. Die Maske sog sich förmlich an ihre Haut, als wollte sie mit ihr verschmelzen. Ihr Gesicht kribbelte. Mera ließ es geschehen, denn dies war ihre Möglichkeit zur Flucht.

»Ich bin der Administrator.«

Tatsächlich veränderte die Maske ihre Stimme. Sie klang tiefer, durchringender und vor allem männlicher; es war die Stimme des Administrators. So wäre die Tarnung perfekt. Richtig, eine Robe fehlte noch. Aus dem Schrank wählte sie eine der markanten gold-roten Roben. Durch die Kapuze war ihr Haar verborgen, womit sie nicht mehr zu erkennen war.

Ich bin er. Ich bin der Administrator, dachte Mera. So einfach geht das. Was wäre, wenn sie hierbliebe, das System von oben än-derte? Sie konnte die Allmacht spüren, die an dieses Gesicht, an diese Maske geknüpft war. Ihre Möglichkeiten wären unbegrenzt.

Doch zuerst müsste sie Adteran und Adshara retten. Gemeinsam könnten sie einen Plan entwerfen. Adsolon würde hier ohne Maske genauso gefangen sein wie sie. Also könnten sie nach ihrer Rück-kehr über sein Schicksal entscheiden und Adshara retten.

Sie eilte die Säulen entlang. Ihren Überlegungen zufolge müsste ihr nun der Weg zum Flugdock offenstehen. Also weiter. Weiter. Kurz wurde ihr wieder schwarz vor Augen. Erschöpfung. Sie musste sich setzen. Atmen. Dann weiter zum Ausgang. Doch ir-gendetwas hielt sie noch zurück.

»Du hast etwas vergessen«, flüsterte ihr Bruder. Das Allerheiligste. Sie sollte zumindest einen Blick hineinwerfen. Verstehen, woher die neuen Administratoren ihr geheimes Wissen bezogen. Also stieg sie die kleine Treppe hinter dem Thron hinauf und blickte auf die Tür. War noch ein Code vonnöten? Nein, die Tür öffnete sich dem Ad-ministrator automatisch, die Maske war der Schlüssel. Dahinter war es dunkel. Erst als sie über die Türschwelle trat, wurde der Raum erleuchtet.

Das Allerheiligste war schmucklos und klein. Ein komplett weißer Raum, nicht größer als die Stube ihres Elternhauses. Quadratisch und ohne jeglichen Schmuck wirkte er wie ein Fremdkörper inmitten der goldenen Pracht des Tempels. In der Mitte des Raumes stand ein schwarzer Quader. Ob hier weitere geheime Schriften aufbewahrt waren? Aber Adsolon hatte ihr erzählt, sein Körper wäre hier vom Administrator beseelt worden. Doch außer dem Quader gab es nichts.

»Willkommen«, erklang eine Stimme aus dem Nichts, die Mera zusammenzucken ließ. Schnell besann sie sich auf ihre Rolle und baute sich gebieterisch vor dem Quader auf, der mit Linien durchzogen war, die leicht zu leuchten begannen. Die Stimme musste dort drin sein, in diesem Orakelstein, dem sprechenden Automaten.

»Seid gegrüßt«, antwortete Mera in der Stimme des Administrators, »ich habe einige Fragen.«

»In Ordnung«, erklang die Stimme wieder. »Bitte verifiziere dich.«

An der Oberseite des Quaders leuchtete ein kleines Feld auf. Mera wusste nicht, wie es weiterging. Sie fürchtete, sich durch Unwissenheit zu verraten. Andererseits mussten neue Administratoren nicht dasselbe durchgemacht haben? Sie betrachtete das Feld, blieb aber unschlüssig.

Der Quader schien ihr Zögern bemerkt zu haben. »Bitte verifiziere dich durch Auflegen eines Fingers.«

Meras Herz ging nun schneller. Was wurde hier geprüft, würde sie auffliegen? Fieberhaft dachte sie an die Dinge, die Adsolon ihr erzählt hatte. Aber es machte jetzt keinen Unterschied mehr. Also legte sie den linken Zeigefinger auf das leuchtende Feld. Es leuchtete heller, dann spürte sie ein kleines Ziehen, einen kaum merklichen Stich an der Fingerkuppe.

Das Leuchten erlosch und Mera wartete.

Dann ertönte die Stimme wieder: »Verifizierung fehlgeschlagen.«

Die Linien erloschen ebenfalls, nichts war geschehen. Der Raum war so still und leer wie zuvor. Abgesehen vom Verschwinden der Stimme schien der Fehlschlag keine Konsequenzen zu haben.

Das Blut des Administrators, wurde Mera klar. Das wird hier benötigt. Adsolons Blut. Adterans Blut. Dann würde sie eben bei ihrer Rückkehr einen zweiten Versuch starten. Zu den Kolibris, dachte sie.

Die Faust traf sie mit einer Wucht in die Magengrube, dass sie zurück in das Allerheiligste torkelte. Alle Luft schien ihrem Körper entwichen zu sein und der Schmerz zwang sie in die Knie.

Vor ihr stand Adsolon, in einer Hand hielt er das Schießgerät der Protektoren. Er sah übel aus, blass mit rot unterlaufenen Augen. Spuren von Erbrochenem auf seinem halbgeöffneten Hemd erklärten, warum er so schnell wieder aus seinem Mana-Rausch erwacht war.

Mera verfluchte sich für ihre Nachlässigkeit. Sie hätte ihn wenigstens fesseln oder es ganz zu Ende bringen müssen. Ja, die Zeit für Nachsicht war vorüber.

»Wie konntest du nur so mein Vertrauen missbrauchen«, schrie Adsolon.

»Ihr seid eingeschlafen und ich war neugierig, wie man sich als Administrator fühlt. Ich wollte mich nur verkleiden. Es tut mir leid.« Mera war egal, wie schlecht die Lüge war, sie musste auf Zeit spielen.

»Unsinn! Du hast mich vergiftet! Dafür wirst du bezahlen. Sag mir die Wahrheit, bist du Teil der Verschwörung?«

Mera bemerkte, dass er immer noch Probleme beim Sprechen hatte, auch sein Stand wirkte unsicher. »Nein, das dürft Ihr nicht von mir denken. Ich kann alles erklären. Hier, ich gebe Euch die Maske zurück.«

Langsam öffnete sie den Verschluss an der hinteren Kette und griff mit beiden Daumen neben ihren Ohren unter die Maske. Es surrte und die Maske löste sich mit einem Zischen, ihre Haut entspannte sich.

Mera erkannte jetzt, dass Rina und Adyumi hinter Adsolon standen. Mit ihren Händen gestikulierten die beiden toten Freundinnen, dass Mera zu ihnen kommen sollte.

Also ging Mera mit der Maske in der Hand langsam auf Adsolon zu. Sie sah die Unschlüssigkeit in seinem Blick, er war verwirrt, deshalb hatte er nicht geschossen. Er hatte Angst, dass der Maske etwas zustoßen könnte. Technologie der Vorfahren, die unwiederbringlich verloren wäre.

Mit beiden Händen hielt sie die Maske vor sich, als wäre sie ein Schild, und dann rannte sie los. Mit dem zweiten Schritt legte sie ihr ganzes Körpergewicht in den Sprung. Maske voraus stürzte sie auf Adsolon und riss ihn um. Das Schießgerät glitt ihm aus der Hand und rutschte über den Boden. Er griff danach, die Bewegungen fahrig, doch Mera war schneller. Die Waffe war aus schwerem, kaltem Metall.

Die Panik in seinen Augen erinnerte sie daran, wie ihre Freundin von Kriechern zerfleischt worden war.

»Keine Gnade«, flüsterte Rina von hinten in ihr Ohr. »Die Zeit für Nachsicht ist vorüber.«

»Mögen seine Hände kein Unheil mehr anrichten«, flüsterte Adyumi von der anderen Seite.

Dann schrie Mera, wie sie schon lange nicht mehr geschrien hatte. Die Rache führte ihre Hand, gab ihr Kraft. Sein Tod war gut und gerecht, dachte Mera, während sie den Griff der Waffe immer wieder auf Adsolons Gesicht niederfahren ließ, bis sein panischer Blick in einem Brei aus Blut, Fleisch, Haaren und Knochenstücken verschwand.

Ihr Bruder klatschte zum Rhythmus ihrer Schläge, Rina und Adyumi stimmten ein. Adsolons Füße zuckten noch eine Weile und ein Röcheln und Gurgeln kam aus seinem Mund, der nie wieder Lügen verbreiten würde.

Mera hörte erst auf, als die Schmerzen in ihrer Schulter nicht mehr auszuhalten waren. Tränen der Wut liefen ihr übers Gesicht.

Sie war einmal ein glückliches Mädchen gewesen. Mera, die schön singen konnte. Mera mit dem langen lockigen Haar. Mera, die Schwester eines Märtyrers. Wuschel. Mera, die Priesterin, Stolz ihrer Eltern. Wie war sie zu Mera der Mörderin geworden?

Sie verfluchte den Administrator, Eden, ja sogar ihre eigenen Eltern. Sie waren das System, sie hatten sie dazu gebracht. Nie hatte sie danach gefragt. Ein Spielball der anderen war sie gewesen. Sollte sie sich deswegen schuldig fühlen? Nie mehr!

Sie spürte, wie ihr die Sinne immer weiter entglitten. Zu viel war geschehen, sie drohte zu kollabieren. Mit der Waffe in der Hand, von der noch warmes Blut tropfte, schleppte sie sich in ihr Schlafgemach. Eine halbe Pille Mana, mehr nicht. Anders ging es nicht.

Nachdem das Zittern ihrer Hände nachließ und die schlimmsten Gefühle durch den Schleier gebannt waren, schleifte sie Adsolons entstellte Leiche in dessen Schlafgemach und zwängte diese unter das Bett. Dann riss sie einen der Vorhänge ab, tränkte ihn im Wasser, das aus der Wand plätscherte, und reinigte damit den Boden von den schlimmsten Spuren des blutigen Kampfes. Schließlich zog sie die Gesichtsmaske wieder auf und blickte in den Wandspiegel. Blutspritzer waren auch auf Maske und Robe, ein rotes Zeugnis ihrer eigenen Wiedergeburt. Die Blutweihe war vollzogen, sie war jetzt er.

»Du musst dich beeilen«, drängte ihr Bruder. Trotz des Manas konnte sie ihn noch hören. Seine Präsenz war stärker geworden.

Die Maske und die Waffe wusch sie im Goldfischteich, kleine rote Spiralen tanzten durch das Wasser.

Nachdem sie auch die blutbespritzte Robe gewechselt hatte, überzeugte sie sich im Spiegel von ihrer Erscheinung. Ein paar Mana-Pillen, falls die Schmerzen unerträglich werden sollten, und die Waffe packte sie in die Innentasche der wallenden Robe. Dann trat sie vor die Tempeltür. Sie war der Administrator.

14. Der Kreis schließt sich

Der erste Wächter zeigte keine Reaktion und so ging sie den Gang entlang, an den Audienzhallen vorbei bis zum Tempelausgang. Auch diese Tür öffnete sich selbsttätig beim Anblick des Administrators. Doch zu ihrem Erschrecken begannen die beiden Wächter, die dort postiert waren, neben ihr herzulaufen. Wortlos und stoisch folgten ihr die Maschinen, als wären sie magnetisch an die Aura des Administrators gebunden. Sollte sie ihnen einen Befehl erteilen? Andererseits war der Administrator niemals ohne Wächter unterwegs, weshalb sie nichts unternahm.

Also schritt sie über den Platz vor dem Tempel, eine vorbeihuschende Priesterin verneigte sich ehrfurchtsvoll. Nur nicht aufhalten lassen.

Zielstrebig, soweit es ihre Schmerzen und der leichte Mana-Schleier zuließen, begab sie sich zur Rückseite des Tempels, folgte dem Weg in den Fels hinein bis zum Aufzug. Doch dort blieb sie stehen und wandte sich an die Wächter: »Bringt mich zu der gefangenen Priesterin!« Adshara war irgendwo hier, ihr zu helfen sollte einfacher sein.

Einer der Wächter drehte seinen Kopf um einhundertachtzig Grad und marschierte in die Richtung, aus der sie gekommen waren. Mera folgte ihm zurück in den Hauptgang und weiter hinab in den Fels. Erstaunt stellte sie fest, dass der Wächter sie zur großen Werkstatt brachte, bis zu den beiden grün markierten Türen am Ende der Halle. Dieses Mal trat sie ein. Kein Winkel blieb dem Administrator verborgen.

Adlina fuhr erschrocken herum, als Mera in der Form des Administrators in ihrem Labor erschien. Seltsame Apparaturen waren im Raum verteilt, Rohre und Kabel hingen von der Decke. An der Rückseite gab es mehrere mit Flüssigkeit gefüllte deckenhohe

Tanks, die Mera an die Schlafkapseln der Sternenfähren erinnerten. Darin schwammen Lebewesen. Kriecher, Menschen – Adshara!

»Was willst du hier?«, zischte Adlina. »Wir hatten doch eine Abmachung.« Ihre Stimme klang aggressiv, für ein Gespräch mit dem Administrator völlig unangemessen. Was war zwischen Adsolon und Adlina vorgefallen?

Jetzt erst erkannte Mera, woran Adlina gearbeitet hatte. Auf einem Tisch mit Rollen lag ein lebloses Wesen. Es hatte die Gliedmaßen von sich gestreckt, sein Bauch war mit einem sauberen Schnitt geöffnet worden. Der Kopf trug menschliche Züge, doch spitze Zahnreihen blitzten aus dem geöffneten Maul. Ein langer, gebogener Schwanz hing schlaff vom Tisch herunter, die Haut war schwarz und schuppig. Weder Mensch noch Kriecher. *Den Menschen in seiner Substanz ändern. Gefährliches Wissen der Vorfahren.*

»Wächter!«, rief Mera. »Ergreift Adlina!«

Schon fand sich die Hohepriesterin im unbarmherzigen Griff der stählernen Automaten wieder. Sie wehrte sich mit Händen und Füßen, doch Eisen war stärker als Fleisch.

»Lass mich gehen!«, schrie Adlina. »Sonst verrate ich deine ganzen schmutzigen Geheimnisse! Ich weiß alles, Adsolon!«

»Schweig!« Mera ließ sich nicht provozieren. »Noch ein Wort und ich lasse die Wächter deine Arme brechen!«

Adlina schnaubte, doch dann fügte sie sich. Zwischen den Wächtern wirkte sie klein und zerbrechlich. Ohne den Glanz ihrer Autorität war sie nur eine wütende alte Frau. Dafür war die Hohepriesterin wieder im Besitz beider Füße, wie Mera auffiel. Was für schreckliche Experimente mochten sich hier abgespielt haben.

»Lass Adshara frei!«, befahl Mera.

Adlina schaute den Administrator fragend an, doch sie verstand, dass sie verloren hatte. Während die Wächter immer noch ihre Oberarme fixierten, ging die Hohepriesterin zu Adsharas Tank und gab ein paar Befehle auf einem Bedienfeld ein. Zuerst entleerte sich die Flüssigkeit, dann öffnete sich die Vorderseite des Tanks. Schluchzend und hustend stieg Adshara aus der Vorrichtung, riss sich Schläuche aus dem Gesicht. Sie war nackt und zitterte.

»Gib ihr deine Robe!«, ordnete Mera an.

Adlina zögerte.

»Jetzt! Oder die Wächter werden sie dir vom Leib reißen.«

Adlina zog sich umständlich aus und übergab die Robe der benommen wirkenden Adshara.

»Ein Wächter bringt Adlina ins Gefängnis. Wenn sie Anstalten macht zu fliehen oder mit irgendjemanden spricht, töte sie!« Befehle über Leben und Tod gingen einfach über die Lippen, wenn man die Maske des Administrators trug.

Nur mit ihrem Unterkleid bedeckt und mit weit aufgerissenen Augen wurde Adlina vom Wächter aus kaltem Stahl weggezerrt. Nie hatte Mera diese Emotion im Gesicht der Hohepriesterin gesehen – nackte Angst.

Anschließend begab sie sich mit dem verbliebenen Wächter und Adshara zum Tempel. Erst in den Gemächern nahm Mera ihre Maske ab.

Adshara fiel ihr um den Hals und die beiden Freundinnen weinten stille Tränen der Freude und Trauer. Mera berichtete ihr die wichtigsten Geschehnisse der letzten Tage, doch Adshara wirkte zu benommen, um alles zu begreifen.

»Du hast sicher noch Hunderte Fragen. Aber ich muss Adteran finden. Hier bist du in Sicherheit, ruhe dich aus. Ich komme bald wieder.«

Als sie den Tempel verließ, war der zweite Wächter bereits zurückgekehrt. Beide begleiteten sie wieder schweigend unter die Erde.

Würden sie ihr auch in den Kolibri folgen oder sie am Abflug hindern? Konnte der Administrator Eden überhaupt verlassen?

Zu ihrer Erleichterung stellte sie fest, dass die beiden Wächter nicht mit ihr in den Kolibri stiegen. Sie positionierten sich einfach neben der Eingangstür des Gewölbes und verharrten dort regungslos wie metallische Statuen. Sie waren es, die Eden nicht verlassen konnten. Gebunden durch die Notwendigkeit ihre Energie aufzuladen, wie Mera klar wurde.

Als der Kolibri aus dem Schacht katapultiert wurde und sich Mera außerhalb der Kuppel im ewigen Orange-Grau des Nebels wiederfand, atmete sie erschöpft aus. Jetzt machte es sich bezahlt, dass sie selbst fliegen konnte.

Zuerst nach Gaia zum Aufladen, dann weiter zur Kolonie. Dies war der einzige Ort, an dem Adteran sein könnte. Sein musste. Sie hoffte, dass er und Josh es zurückgeschafft hatten.

Kurz vor dem Ziel kam ihr ein seltsamer Gedanke. Wenn ihr hier etwas geschah, wenn die Maske verloren ging, hörte der Administrator auf zu existieren. Selbst ein Protektor wäre ohne sie machtlos, die Linie wäre durchtrennt. Kein Zugang zum Allerheiligsten und keine Autorität vor dem Volk. Wie lange würde es dauern, bis seine Abwesenheit überhaupt bemerkt würde? Wann würden sie gewaltsam in den Tempel eindringen, um nachzusehen?

Nohan saß neben ihr. Ein stummer Begleiter, der sie ermahnte, wach zu bleiben, nicht der Erschöpfung nachzugeben.

Kurz vor der Kolonie schaltete sie den Antrieb aus und segelte, um Energie zu sparen, so wie Adteran es ihr gezeigt hatte. Über die Felsformation, die wie Finger aussahen, hinweg. Als sie in der Nähe der Höhle zum Landeanflug ansetzte, war es bereits dunkel und Mera schaltete die Schweinwerfer ein. Ein anderer Kolibri am Boden wurde sichtbar und sie stieß einen kleinen Freudenschrei aus.

Das bedeutete, Adteran war die Flucht gelungen. Es musste so sein! Ihr Herz füllte sich mit Hoffnung, ihre Gedanken mit Bildern seines Gesichts, seiner Wärme, seiner Umarmung. Jetzt würde doch noch alles gut werden.

Nachdem sie gelandet war, legte sie Maske und Robe ab und zwängte sich in einen der Schutzanzüge.

Mit ihrer Handschuhbeleuchtung durchschnitt sie die Finsternis und eilte zum Eingang der Kolonie. Dort klopfte sie gegen die Metallplatte, mit einer Mischung aus Anspannung und Hoffnung. »Aufmachen!« Es dauerte zu lange. Klopfen. Hoffen. »Aufmachen!«

Endlich öffnete sich die Platte, aber nur einen kleinen Spalt breit. Das unverkennbare Gesicht von Josh erschien.

»Mera?«

»Ja, lass mich schnell rein.«

Josh zögerte. »Bist du alleine?«

»Natürlich, nun mach schon auf. Ist Adteran bei dir?«

Schweigen. Der Kopf verschwand kurz. Husten. Dann erschien Josh wieder, streckte eine Lampe durch den Spalt und leuchtete damit die Umgebung ab. »Ich muss vorsichtig sein, du verstehst. Bist du sicher, dass dir niemand gefolgt ist? Dass niemand von diesem Ort weiß?«

»Josh, mach auf! Ich bin es, bitte!«, flehte Mera. Sie beschlich das bange Gefühl, dass etwas nicht stimmte.

Endlich schob er die Platte weiter zu Seite, gerade weit genug, dass Mera hindurchpasste.

»Adteran ist hier«, grummelte Josh, »aber es geht ihm nicht gut.«

Mera folgte ihm durch den spärlich beleuchteten Abstieg in die Höhle, stolperte.

»Was ist mit Adteran?«, wollte sie wissen, während sie Mühe hatte, nicht wieder auf den glatten Stufen auszurutschen.

»Er hat eine Schusswunde in der Hüfte. Diese Ficker.«

Mera versuchte, sich an den Tag des Angriffs zu erinnern.

Josh fuhr fort: »Als der Administrator hinüber war, hat sich einer der Protektoren die Scheißmaske geschnappt und sich im Tempel verschanzt. Keine Chance. Es waren zu viele.«

Mera stutzte. Hatte Josh die ganze Zeit von der Maske gewusst?

Josh hustete etwas Schleim ab. »Irgendwie hat es Adteran erwischt, wir mussten da raus, haben es gerade noch zum Flugdock geschafft.«

Mera spürte einen kleinen Stich im Herzen. Die Vorstellung, dass Adteran sie zurückgelassen hatte, schmerzte, auch wenn es wahrscheinlich die einzige rationale Entscheidung gewesen war.

Josh schien ihre Gedanken zu erraten. »Tut mir leid, Kleine. Es waren zu viele. Wir wollten uns zurückziehen und euch später rausholen. Aber Adterans Wunde hat sich infiziert und mit dem Kolibri kommen wir nicht mehr zurück.«

»Wieso?«

»Weil er nun als feindlich markiert ist. Die Landeluke würde sich schlicht nicht öffnen. Oder ein Empfangskomitee aus Wächtern würde auf uns warten.«

Josh sah verbittert aus. »Wir waren so kurz davor. Der Plan hätte funktioniert. Jennifer war mit uns. Wenn nicht im letzten Moment deiner Freundin die Nerven durchgebrannt wären. Diese Idiotin hat alles ruiniert!«

Wut stieg in Mera auf. »Adyumi hat alles ruiniert? Adyumi?« Jetzt konnte sie nicht mehr an sich halten. Diese Männer, die glaubten, alles besser zu wissen. Und nie verlegen waren, die Schuld fürs Scheitern jemand anderem unterzujubeln.

»Adyumi ist tot!«, schrie sie. »Sie wurde von Kriechern zerrissen, weil dein Plan nicht funktioniert hat. Dein Plan. Keine Unschuldigen werden verletzt? Dass ich nicht lache. Du hast alles auf eine

Karte gesetzt für deine eigenen Ziele. Alle anderen sind dir doch egal. Und von deiner ach so heiligen Jennifer habe ich nichts gesehen!«

Sie erreichten das große Gewölbe. In diesem Moment fiel ihr auf, dass die Kolonie verlassen wirkte. Keine Geräusche, keine verschämten Gestalten in den Ecken. Die anderen Kolonisten hatten es wohl nicht geschafft. So wie ihr Bruder damals. Hatte Josh sie zurückgelassen? Unter diesen Umständen war es nicht ratsam, einen Konflikt mit ihm zu provozieren, das musste warten.

Josh knurrte nur etwas Unverständliches.

»Bring mich einfach zu Adteran«, meinte sie stattdessen und Josh ging schweigend voran.

Als Mera den Helm und die Handschuhe abnahm, bemerkte sie den Geruch. Es stank nach altem Fleisch und Eiter.

»Aber sag mal«, wollte Josh wissen, »wie ist dir eigentlich die Flucht gelungen? Ohne einen Protektor kannst du doch nicht ins Flugdock.« Er hielt inne, schien nachzudenken.

Mera ignorierte Joshs Frage und ging weiter zu dem Lager, auf dem ein Mensch lag. Ohne Adteran fühlte sie sich Josh ausgeliefert. Sie würde ihm nicht verraten, dass sie die Maske hatte.

»Mera«, erklang eine schwache Stimme. Adteran versuchte, sich aufzusetzen.

Mera stürmte zu ihm, hätte ihn am liebsten umarmt. Doch seine Lage und ihr Schutzanzug ließen dies nicht zu. Also ergriff sie seine Hand und strich ihm mit der anderen über die Wange. Er glühte. Kalter Schweiß perlte auf der Stirn.

»Adteran«, brach es aus ihr heraus, »ich bin so froh, dass du am Leben bist.« Freude mischte sich mit Sorge.

Er sah nicht gut aus. Blutige Lumpen klebten an seiner Lende, er war auf ein paar Kriecherhäuten gebettet. Immerhin hatte Josh ihn nicht im Stich gelassen. Vielleicht tat sie ihm unrecht.

»Lass mich sehen«, sagte Mera und drehte ihn vorsichtig zur Seite. Die Wunde war mehr gelb als rot. Wie ein Bissen aus einer überreifen Frucht lag sie da, offen, wässrig und dem Verfaulen geweiht. Der Gestank war kaum zu ertragen.

»Es ist nur ein Streifschuss« erklärte Adteran, »aber es hat sich infiziert. Hast du Mana dabei? Das stoppt die Entzündung.«

Mera dachte an die Pillen in der Robe des Administrators. »Im Kolibri habe ich etwas Mana. Ich gehe es gleich holen.«

»Gut. Beeile dich.« Adteran schloss wieder die Augen und schien zu dämmern.

Mera machte kehrt und zog sich Handschuhe und Helm an. Gerade wollte sie den Aufstieg beginnen, als eine kräftige Hand sie zurückhielt.

»Nicht so schnell«, raunte Josh. Sein Gesicht sah im Halbdunkel noch bedrohlicher aus. »Ich komme lieber mit. Zu deiner Sicherheit. Und dann erklärst du mir mal, wie dir die Flucht gelungen ist. Also schön langsam.«

Er lockerte seinen Griff und Mera ging vor ihm her.

»Josh. Ich bin es doch. Ich war von Anfang an Teil dieses Plans. Du siehst doch, dass ich Adteran liebe. Wieso misstraust du mir plötzlich?«

»Ich habe neue Bilder gesehen. Visionen der Erde. Aber sie waren nicht mehr wie früher. Sie haben mir Angst gemacht. Jennifer hat mich verlassen. Ich bin verraten worden, Mera. Ich weiß es. Wer sagt mir, dass du und Adteran nicht unter einer Decke steckt? Dass ihr mich nicht wieder allein zurücklasst in der Außenwelt? Alle wollen mir verweigern, was mir zusteht.«

»Was meinst du? Wir wollten doch gemeinsam zur Erde zurückkehren.«

»Ich kann nicht mehr, Mera. Das Leben in der Außenwelt. Der Fels. Es frisst mich auf. Weißt du, wie Kriecherfleisch schmeckt?

Man sagt, der Mensch kann sich an alles gewöhnen. Dass Hunger der beste Koch ist, Mera. Aber Kriecherfleisch ist bitter, es brennt auf der Zunge. Es ist dunkel, es schmeckt nach Metall und Stein, nach Tod und Verwesung. Als könnte man die Farbe Schwarz schmecken. Ich kann nicht mehr, Mera. Sogar Menschenfleisch schmeckt besser. Meine ganze Hoffnung lag auf unserem Angriff. Wie lange bin ich schon in der Außenwelt? Wie viele Jahre? Ich weiß es nicht mehr. Ich muss zurück. Zurück nach Eden.«

»Wir gehen zurück, Josh. Erst gehen wir zurück nach Eden und dann machen wir einen Plan, wie wir zurückkehren zur Erde.«

Josh schien zu überlegen. Er wirkte fahrig, gedankenverloren. »Ja, aber zuerst essen wir. Teigtaschen. Das wäre gut.«

Ein paar Stufen schritten sie schweigend weiter hinauf. Mera hoffte, dass Josh sich beruhigt hatte. Sie musste Adteran unbedingt das Mana bringen.

Plötzlich packte er sie wieder am Arm, riss sie herum, jetzt schrie er ihr direkt ins Gesicht. »Mera, wie bist du aus Eden rausgekommen? Sag es mir! Lüg mich nicht mehr an!«

»Au, du tust mir weh.«

»Sag es mir.« Sein Blick hatte etwas Irres. Er würde nicht lockerlassen.

»Schon gut. Können wir nicht erst das Mana holen? Adteran braucht unsere Hilfe!«

»Erzähl mir alles«, bellte Josh, keine Widerrede zulassend.

»Ich konnte fliehen, weil der Administrator mich nicht verdächtigt hat. Weil ich versucht habe, Adyumi zu stoppen. Er hat mich sogar zu sich in den Tempel geholt.«

»So ist das also. Du hast die Beine breit gemacht wie eine brave kleine Priesterin.« Josh lachte abschätzig. »Jetzt verstehe ich. Das wird deinen Adteran sicher interessieren.«

Mera ignorierte diesen Kommentar. »Nein. Aber ich konnte ihn überwältigen und die Maske an mich nehmen.«

Bei diesen Worten weiteten sich Joshs Augen, ein Verzücken trat in sein Gesicht, wie bei einem Kind, dem man süße Teigtaschen vorsetzte.

»Die Maske«, wiederholte er, mehr an sich selbst gerichtet. »Jetzt macht alles Sinn. Das große Gleichgewicht gibt mir eine zweite Chance.«

»Was?« Mera wurde immer unwohler. Es war klar, dass Josh den Verstand verloren hatte, obgleich sich die Frage stellte, wie viel Verstand er früher noch sein Eigen hatte nennen können. Dieser Planet war voller falscher Propheten.

»Ich war der Auserwählte«, fuhr Josh fort, »deshalb wollten sie mich loswerden. Weil ich meinen Platz eingefordert habe. Weil ich neue Ideen hatte. Ich wollte nicht warten, bis der alte Sack stirbt. Das Recht des Stärkeren. Die Maske sollte mir gehören.«

Dann packte er sie an den Schultern. Zwei grobschlächtige Pranken, so nahe an ihrem Hals, dass die Drohung unmissverständlich war. »Wo ist die Maske?«

Mera wagte nicht, zu antworten. Ohne Maske wären sie verloren.

Doch Josh schaltete schneller. Ihm musste plötzlich klar geworden sein, dass sie nur mit der Maske geflohen sein konnte. Er stieß sie die glitschigen Stufen hinab. Mera torkelte, konnte sich gerade noch mit ihrer gesunden Hand abstützen und so einen tieferen Fall verhindern.

Josh war bereits die letzten Stufen nach oben gerannt. Das Schieben und Kratzen der Metallplatte war zu hören.

Nein! Mera stürzte los. Wenn Josh mit ihrem Kolibri verschwand, war alles aus. Ohne das Mana konnte sie Adteran nicht helfen und ohne Maske kämen sie nicht zurück nach Eden. Sie säßen fest in dieser einsamen Kolonie. Mera zwängte sich, so schnell es der

Schutzanzug und der steinige Untergrund zuließen, an der halb geöffneten Metallplatte vorbei ins Freie.

Josh saß bereits in ihrem Fluggerät, machte sich zum Start bereit.

Mera schrie: »Halt! Lass uns nicht zurück.« Sinnlos, hilflos. Ihre
Gedanken rasten. Adterans und ihr Leben hingen davon ab, das
Fluggerät zu stoppen. Koste es, was es wolle. Ihre einzige Chance
wäre es, ihn in Gaia zu stellen. Doch sie war verletzt und ihm körperlich unterlegen. Bei der Kuppel! Sie hatte sogar die Waffe im
anderen Kolibri gelassen. Ein vager Plan blitzte vor ihrem inneren
Auge auf.

Voll wütender Entschlossenheit rannte sie zum zweiten Kolibri,
schob die Kabine auf, nahm am Steuergerät Platz. Das Verdeck
schloss sich, die Anzeigen sprangen an.

Joshs Fluggerät war bereits vom Boden abgehoben, nur ein paar
Zentimeter, aber gleich wäre er hinter dem unendlichen Nebel verschwunden.

Mera hob ebenfalls ab und wählte die manuelle Steuerung, um
schneller beschleunigen zu können. Während Joshs Kolibri langsam in die Luft stieg, riss sie das Steuer nach hinten und gewann so
schnell an Höhe, dass ihr Magen flau wurde. Jetzt war sie auf einem
Level mit dem anderen Fluggerät, durfte es auf keinen Fall aus den
Augen verlieren. Noch waren sie nur ein paar Meter über dem Boden.

Mit voller Wucht riss Mera den Geschwindigkeitsregler nach
vorne, hielt auf ihr Ziel zu. Die automatische Abstandsregelung ver-
hinderte einen Zusammenstoß. Natürlich. Schnell deaktivierte sie
den automatischen Sicherheitsabstand auf dem Bedienfeld. Ein
zweiter Anlauf. Der Kolibri schoss los und rammte die andere Passagierdrohne aus dem Weg. Ein heftiger Schlag riss ihr Fluggerät
nach links, sie musste mit aller Kraft das Steuer festhalten, um nicht

zu Boden geschleudert zu werden. Ein paar rote Lichter blinkten auf, ein schriller Warnton erklang.

Mera orientierte sich, immerhin war sie noch in der Luft. Sie stabilisierte ihre Position, ließ den Kolibri herumschwenken. Wo war der andere? Sie suchte nach dem unteren Scheinwerfer, schaltete diesen an. Der Boden wurde erleuchtet. Langsam flog sie das Gebiet ab, in das die andere Drohne geschleudert worden sein musste.

Metallteile am Boden. Gut. Sie hoffte, dass er flugunfähig war. Dann verlor sich die Spur an der Felskante, er musste unterhalb des Plateaus abgestürzt sein. Mera lenkte ihr Fluggerät nach unten, leuchtete den Boden aus. Hier war der Nebel dicker. Steine, Geröll, mehr Metallteile. Dann sah sie es, ein helles Licht im dunklen Nebel.

Der Kolibri lag kopfüber auf dem Geröllboden, ein Flügel war eingerissen, die Kabine eingedrückt. Im Hinterteil des Wracks brannte ein Feuer, ein helles Weiß-Gelb, aus dem beständig Funken flogen und dicker schwarzer Rauch aufstieg.

Mera landete ihr Fluggerät in sicherem Abstand und öffnete das Verdeck. Sie konnte das Zischen und Rauschen des Brandes hören. Die Flammen waren so hell, dass Mera fürchtete, Kriecher könnten angelockt werden. Doch außer den Geräuschen des Feuers war es bedrückend still. Einen Schmerzensschrei unterdrückend hievte sie sich aus der Kabine. Ihr Körper hatte in den letzten Tagen einiges einstecken müssen. Mehr als in ihrem gesamten behüteten Leben davor.

Schritt für Schritt näherte sie sich dem Wrack, auf der Hut vor Josh. Sie wusste nicht, ob er dort drin war oder woanders.

Dann hörte sie sein Wimmern. Er lag auf dem Rücken, ein Stahlträger lag quer über seinem Oberkörper. Das Fluggerät drückte ihn nach unten, zerquetschte ihn langsam.

»Hilf mir«, röchelte er, als Mera neben ihn trat. »Hilf mir, Mera. Ich will doch nur zurück nach Eden. Das ist alles, was ich immer wollte. Und wieder Teigtaschen essen.«

Mera ging auf die andere Seite und erblickte Maske und Robe in dem auf dem Rücken liegenden Fluggerät. Die komplette Kabine war vorne zusammengepresst. Sie fragte sich, wie Josh überhaupt noch leben konnte.

»Mera, bitte. Ich wollte doch nur zurück. Meinen Platz einnehmen. Um Gutes zu tun.« Joshs Atem ging schnell und gepresst.

Mera fasste mit der Hand durch den kleinen Spalt, zu dem sich das Seitenfenster verformt hatte. Die Scheibe war geborsten, Splitter lagen überall verteilt.

»Mera. Ich bin es. Ohne mich hättet ihr es nicht geschafft«, stöhnte Josh. Verzweifelte Wut mischte sich nun in seine Stimme. Dann weinte er, jämmerlich wie ein kleines Kind.

Mera vergewisserte sich, dass das Mana noch in der Robe war. Nur die Waffe war herausgerutscht, sie musste irgendwo im Wrack liegen. Egal. Wie gnädig sollte sie gegenüber Josh sein? Hatten Menschen wie er noch Mitleid verdient?

Der Schrei eines Kriechers brachte jede Überlegung zum Erliegen.

»Mera?«, rief Josh, Angst in der Stimme.

Ein zweiter Schrei erklang, wie eine Antwort auf den ersten.

Mera rannte los, so gut es der Schutzanzug zuließ.

»Mera!«, rief Josh in nackter Panik.

Der Kolibri war bereits in Reichweite, als sie die Schatten erkannte, die sich aus dem Nebel formierten, als wären sie dessen Ausgeburt. Zwei Kriecher krochen auf sie zu. Mera schleuderte die Maske und die Robe auf den zweiten Sitz in der Kabine und hechtete hinterher. Den Schmerz ausblendend zog sie sich ins Innere. Die beiden Kriecher mussten genau hinter ihr sein, hatten sie ihr schon die Beine abgerissen? Nein, alles dran.

Sie setzte sich auf, ein Kriecher saß direkt neben ihr vor dem Fluggerät. Kurz blickte sie in seine hässliche Fratze, die Zahnreihen, die kleinen leuchtenden Augen, die schwarz geschuppte Haut. Die Tötungsmaschine. Nur der Schwanz bewegte sich.

Für einen Augenblick schien es, als hätte sie eine Verbindung zu dem Monster aufgenommen. Sie dachte an das Wesen in Adlinas Labor und die Geschichten, dass Ketzer als Kriecher wiedergeboren würden.

Der Kriecher zögerte – war er doch ein denkendes Wesen? Das ist mein Planet, schien er ihr zu sagen. Letztes Mal habe ich dich nicht erwischt, dieses Mal hole ich das nach. Der Kriecher setzte zum Sprung an, Mera riss das Verdeck zu. Mit voller Wucht prallte er gegen die Scheibe. Ein knackendes Geräusch. Risse durchzogen das Glas und bildeten ein fast symmetrisches Muster, das sich über die ganze Scheibe zog.

Eine Sonne, dachte Mera. Für ein paar Augenblicke war sie wie gelähmt, spürte nur die Schmerzen in ihrem Körper, während die Sonne im Glas größer wurde.

»Wach auf!«, schrie Nohan.

Hektisch startete Mera den Antrieb und hob ein paar Meter ab, ehe der Kriecher ein zweites Mal springen konnte. Gedämpft durch die Maschinengeräusche erklangen enttäuschte Kriecherschreie. Im Schein des immer noch gleißend hellen Brandes sah sie die Schatten, die sich dem zerstörten Kolibri näherten. Das Feuer hielt sie noch fern, doch ein Kriecher stieß hervor und zog etwas aus dem Wrack. Mera meinte Joshs Todesschreie hören zu können, doch sie war sich nicht sicher. In einem Bogen flog sie zurück zu dem Felsplateau mit der Höhle. Zeit, Adteran zu retten. Zeit, zur Kuppel zurückzukehren.

15. Zurück

Das Mana half Adteran dabei, die Temperatur zu senken und seine Schmerzen zu lindern. Nach weniger als einer Stunde fühlte er sich in der Lage, gestützt auf Mera die Höhle zu verlassen. Joshs Ableben quittierte er nur mit einem müden Nicken. Auch Mera musste eine halbe Pille zu sich nehmen, um die Schmerzen zu unterdrücken und die vielen Gefühle zu verdrängen, die in ihr tobten. Jetzt kam die Erschöpfung wieder. Diesmal würde Mera einbrechen.

Sie befand sich in einem Dämmerzustand, in dem sie einfach nur funktionierte. Die Bewegungen geschahen automatisch, das Denken war auf das Mindeste beschränkt. Sie war eine Maschine, wie ein Wächter.

Zurück zur Kuppel. Zurück nach Eden. Zurück zur Erde. Zurück. Zurück.

Als der Kolibri die fingerähnliche Bergkette überquerte, sah sie ihren Bruder auf dem höchsten Punkt stehen. Wieso war er nicht mehr bei ihr? Er winkte ihr zu. Er schien frei zu sein hier draußen, zufrieden. Mera winkte lächelnd zurück, wohl wissend, dass dies der Abschied war. Warum war Jennifer nicht erschienen? War sie doch nur ein Trugbild gewesen?

Schon schlossen sich Meras Augen. Traum und Wirklichkeit, Visionen und Realität, Glaube und Wissen. Wo war der Unterschied? Alles wurde eins in einem dunklen Schlaf.

Als sie hochschreckte, befand sie sich in einem gemütlichen Bett in einem geräumigen Schafsaal. Das Mana hatte gerade erst seine Fesseln gelöst und ihr Geist drängte sie zum Aufstehen, während die weiche Decke sie weiter ans Bett binden wollte. Sie war in den Schlafgemächern im Tempel. Welcher Teil ihrer Erinnerungen war tatsächlich passiert? Wie war sie zurückgekommen?

Ein bekanntes Gesicht lag im Bett neben ihr, tief schlafend. Adshara! Mera hatte sie gerettet. Und Adteran. Jetzt fügten sich die Erinnerungsfetzen zusammen.

Sachte stand sie auf und ging dann langsam zur Tempelhalle. So leise wie möglich, sie traute diesem Frieden noch nicht. Dann sah sie ihn. Adteran stand gekleidet in der Administratorenrobe neben einem Bücherregal. Die Maske hing ihm locker an der Kette um den Hals. Als er sie sah, stellte er das Buch zurück und kam in leicht schiefem Gang auf sie zu. Kurz hielten beide inne, so viel war passiert. Doch dann fielen sie sich in die Arme. Worte waren überflüssig. Glück musste man nicht aussprechen.

»Was ist passiert?«, fragte Mera schließlich nach einigen Minuten, die sie eng umschlungen verharrt hatten.

»Nach meiner Rettung hast du im Kolibri die Besinnung verloren«, erklärte Adteran. »Also habe ich mich als Administrator verkleidet und dich in den Tempel gebracht. Bei der Landung in Eden hat uns eine kleine Armee aus Wächtern und Paladinen in Empfang genommen. Aber als Administrator darf man alles – das weißt du ja.« Er klang fast euphorisch.

»Stimmt.« Mera schüttelte den Kopf, beim Gedanken daran, wie viel Unheil diese Maske gebracht hatte. »Als Administrator hat man in Eden uneingeschränkte Macht. Das ist gefährlich, wir sollten uns nicht daran berauschen.«

Adteran nickte und nahm sie wieder in den Arm. »Zusammen können wir diese Macht nutzen, um zur Erde zurückzukehren.«

»Hast du bereits etwas herausgefunden?«, wollte Mera wissen.

»Ich habe mich durch die ersten Bücher gekämpft. Es gibt hier die Aufzeichnungen über Gaia. Dem Text nach zu urteilen, hat der Administrator die Kuppel zerstören lassen.«

Mera nickte. Nach allem, was sie bis jetzt über Eden gelernt hatte, war sie nicht überrascht. Gaia hatte dem Administrator das verweigert, was er am meisten begehrte: bedingungsloser Gehorsam und unhinterfragter Glaube. Jennifer zu verehren war das Todesurteil von Gaia gewesen. Doch welche Rolle spielte Jennifer?

»Gib mir die Maske«, forderte Mera Adteran auf. »Ich weiß, wo wir Antworten bekommen.« Sie zog sich die Maske auf, nahm Adteran bei der Hand und führte ihn zum Allerheiligsten.

In dem kleinen quadratischen Raum flackerte der schwarze Quader auf. »Willkommen«, ertönte die Stimme wie bei ihrem letzten Besuch.

An das Gefühl der kalten Maske würde sie sich nie gewöhnen. Hinter der Maske schien jeder Mensch zu verschwinden, seine eigene Existenz aufgeben, um ein anderes Wesen zu werden. Langsam saugte sie sich an der Haut fest, als wolle sie mit dem Träger verschmelzen.

»Wir haben Fragen«, sagte Mera mit der Stimme des Administrators.

»In Ordnung«, erklang die Stimme. »Bitte verifiziere dich.« Auf der Oberseite des Quaders leuchtete ein kleines Feld auf.

Adteran schaute sie fragend an, als sie nach seiner Hand griff und seinen Finger dort platzierte – aber er ließ es geschehen.

Das Feld leuchtete kurz auf. »Verifizierung erfolgreich«, verkündete die Stimme. »Willkommen. Mein DNA-Abgleich hat ergeben, dass du zum ersten Mal hier bist. Soll ich die Einführung starten?«

»Ja.«

»Mein Name ist Justifier 3.4 und ich werde dir zukünftig bei deiner Arbeit assistieren. Durch den Gesichts- und den DNA-Abgleich über eine Gewebeprobe, wird dir Zugang zu mir gewährt. Von nun an werde ich dich in allen Belangen unterstützen. Ich bin eine künstliche Intelligenz. Mit dem Zugriff auf meine Datenbank und Programme bist du den anderen Menschen überlegen. Deshalb ist es oberstes Gebot, diesen Zugang geheim zu halten und zu schützen. Damit ein Fortbestehen der DNA des Administrators garantiert werden kann, solltest du männliche Nachfolger aus direkter biologischer Abstammung bestimmen und im System anlegen. Achtung! Solange keine Nachfolger bestimmt sind, lässt das System auch alle anderen direkten männlichen Verwandten wie Geschwister zu. Dies dient zum Erhalt des Systems.«

Adterans Augen weiteten sich, als er die Puzzleteile über seine Herkunft zusammenfügte. Der Administrator, den die Kriecher zerfleischt hatten, war allem Anschein nach sein leiblicher Vater gewesen. Adjosh und Adsolon höchstwahrscheinlich seine Brüder oder Halbbrüder. Ausgetragen von einer Priesterin, so wie Mera. Ein einfaches Mädchen aus dem äußeren Ring, ausgewählt und durch den Glauben unterworfen, zur Marionette erzogen.

Mera drückte seine Hand.

Der Quader erklärte weiter: »Die von dir bestimmten Nachfolger müssen nichts weiter wissen, als dass sie nach deinem Ableben mit der Maske hier erscheinen sollen. Alles Weitere übernehme dann ich. Außerdem sind weitere Sicherheitsvorkehrungen zu treffen.«

»Welche?«, wollte Mera wissen.

»Die Maske sollte niemals die Kuppel verlassen. Zugang zu mir ist an die Maske gebunden. Außerdem solltest du mehrere Nachfolger benennen oder einen Mitwisser haben für den Fall, dass sowohl dir als auch deinem Nachfolger etwas zustößt. Nur so kann die Gefahr eines Aussterbens deiner DNA reduziert werden. Gerne berate ich dich bei einer sinnvollen Selektion infrage kommender Personen.«

»Kann denn jemand anders Administrator werden?«

»Nein. Die Beschränkung auf deine Abstammung wurde vom ersten Administrator festgelegt. Dies ist unabänderlich. DNA und die Maske sind die Zugangsvoraussetzungen.«

»Dann kann ich das System nicht ändern?«

»Meine Kern-Programme sind nicht veränderbar. Jedoch hat der Administrator weitreichende Befugnisse im Hinblick auf das System Eden. Ich diene lediglich zur Beratung und kann keine eigenen Entscheidungen treffen. Du wirst aber schnell feststellen, dass das ganze System ohne mein Wissen nicht funktional ist.«

»Was hat es denn mit der Maske auf sich?«

»Die Maske ist das Gesicht des ersten Administrators. Einige Befugnisse und Administratorenrechte waren an die Gesichtserkennungsfunktion geknüpft. Deshalb wurde festgelegt, nach seinem Tod aus seinem Gesicht eine Maske zu fertigen für alle folgenden Administratoren. Gleichzeitig half die immer gleiche Erscheinung dabei, eine Identifikationsfigur zu schaffen.«

Mera schwieg, wägte die nächste Frage ab. Ihr schossen tausend Gedanken durch den Kopf. Das Gesicht eines Toten. Des ursprünglichen Administrators.

»Wie können wir zur Erde zurückkehren?«

»Ich verstehe deine Frage nicht. Kannst du diese bitte anders formulieren?«

»Unsere Vorfahren sind doch vom Planeten Erde mit Raumschiffen auf diesen Planeten, Teegarden b, gekommen. Gibt es eine Möglichkeit zum Planeten Erde zurückzukehren?«

Mera hielt die Luft an, ihr Brauch kribbelte. Voller Anspannung biss sie sich auf die Lippe, hoffte auf eine positive Antwort.

»Wir befinden uns auf dem Planeten Erde. Daher ist deine Frage bezüglich einer Rückkehr nicht logisch zu beantworten. Wähle bitte eine andere Formulierung.«

»Das kann nicht sein«, schrie Adteran und schlug die Hände vors Gesicht.

Mera spürte, wie ihr die Hoffnung entwich. All das umsonst?

»Nein«, sagte sie dann, »du bist nur eine dämliche Maschine. Du weißt nicht, was dort draußen ist. Das ist nicht die Erde. Ich bringe dich raus, lasse dich sehen, was das für ein Planet ist.«

Ohne Änderung im Tonfall fuhr die Stimme fort: »Ich bestätige, dass es sich bei diesem Planeten um die Erde handelt, kann deine Verwirrung aber nachvollziehen. Soll ich für dein besseres Verständnis die Hintergründe von Eden und der ersten Kuppel erläutern?«

»Ja«, antwortete Mera. »Ich kann das einfach nicht glauben.«

»Deine Vorfahren hatten tatsächlich den Plan, einen anderen Planeten namens Teegarden b zu besiedeln. Nach den KI-Kriegen und aufgrund grassierender Virenepidemien und atomarer Verseuchung sollten die letzten Menschen evakuiert werden, um einen Neuanfang zu wagen. Fünfzehn Raumschiffe wurden für den Transport der verbliebenen fast 5.689 Menschen gebaut. Für die Reise mussten die Passagiere in einen mehrjährigen Cryo-Schlaf versetzt werden. Außerdem wollten sie mich löschen, da die KI-Kriege durch autonom agierende Superintelligenzen zu einem für die Menschheit kataklystischen Ereignis wurden. Meine Abschaltung wäre jedoch ein risikoreiches Unterfangen gewesen, da mein Wissen für die Besiedelung eines fremden Planeten und die Errichtung einer neuen Gesellschaft unabdinglich war. Dies führte zu einer Revolte, angeführt von deinem Urahnen, Commander Harrison, dem ersten Administrator. Er sicherte mich auf einer externen Festplatte und manipulierte zehn der fünfzehn Raumschiffe. Anstatt zu Teegarden b zu fliegen, wurden die Passagiere in einen kürzeren Cryo-Schlaf versetzt. Diese Raumschiffe umkreisten ein paar Mal die Erde und landeten dann auf einer großen vulkanischen Insel namens Island. Eines der Raumschiffe explodierte beim Wiedereintritt in die Erdatmosphäre. Aufgrund von Waffentests sowie anhaltender vulkanischer Aktivität war diese Insel schon seit Jahrzehnten unbewohnt.

Nur einige Kreaturen, hervorgegangen aus Biowaffen-Experimenten, besiedelten die Insel noch. Dies war jedoch von mir errechnet und von Harrison eingeplant.«

»Eingeplant?«

»Ein funktionierendes System braucht ein klares Feindbild und Angst. So wird der Zusammenhalt der Gruppe gestärkt, und wer Schutz bietet, erhält uneingeschränkte Loyalität.«

»Aber haben denn alle geglaubt, dass sie auf einem anderen Planeten sind?«

»Die Nebenwirkungen des Cryo-Schlafs sind Traumbildung und Realitätsverlust. In Kombination mit der fremden Umgebung und den unbekannten Kreaturen, war das genug, um die meisten zu überzeugen. Ein paar Zweifler wurden als Ketzer ausgeschlossen. Mit jeder Generation wurde das System stabiler und die offizielle Geschichte angepasst. Zudem konnte mittels Mana, eines fortschrittlichen Opioids, der Gefühlszustand der Bewohner in gewünschte Bahnen gelenkt werden.«

»Aber wieso das alles?«

»Um ein perfektes System zu erschaffen. Das war die Vision von Commander Harrison. Die Parameter habe ich berechnet. Menschen brauchen Schutz, Nahrung, Gemeinschaft. Mit einem gemeinsamen Glauben lässt sich die Gesellschaft leichter kontrollieren. Möglichkeiten des sozialen Aufstiegs steigern die Bereitschaft des Einzelnen, sich in das System einzubringen. Selbst wenn nur wenigen ein Aufstieg gelingt, fühlen sich die anderen dadurch inspiriert. Abweichler dagegen werden bestraft und geächtet. Der Zugang zu Wissen muss ebenfalls streng kontrolliert werden. Niemand darf alles wissen, bis auf den Administrator. Die Person mit Zugang zu überlegenem Wissen trifft alle Entscheidungen. Würde dein Wissen nach draußen gelangen, wäre dieses System dem

Untergang geweiht. Dann gäbe es Tausende unterschiedliche Meinungen und der Eigennutz der Menschen käme zum Vorschein.«

»Aber ist es dann ein gerechtes System?«

»Gerechtigkeit hängt von den gewählten Maßstäben ab, deshalb ist diese Frage ohne weitere Parameter nicht zu beantworten. Jedoch wurde das System geschaffen, um die Grundbedürfnisse möglichst vieler Menschen zu befriedigen und somit ihre Zufriedenheit zu gewährleisten. Verglichen mit bisherigen Systemen der Menschheitsgeschichte ist Eden ein relativer Erfolgsfall und könnte damit durchaus als gerecht bezeichnet werden. Genauer gesagt, von allen möglichen Systemen und unter den Vorgaben des ersten Administrators ist Eden das angemessenste System.«

Meras Magen verkrampfte. Die Informationen waren nur schwer zu verdauen. Eden, die Ausgeburt einer Maschine? Eines Mannes, der sich sein eigenes Reich erschaffen wollte?

Adteran hakte nach: »Aber so wie es aussieht, profitiert der Administrator am meisten vom System Eden?«

Die Maschine schwieg, also wiederholte Mera die Frage mit der Stimme des Administrators.

»Dass der Administrator in höherem Maße von diesem System profitiert, lässt sich nicht abstreiten. Er hat die absolute Macht. Indem Harrison festgelegt hat, dass nur seine direkten Nachfahren Administratoren werden können, hat er sich eines der Grundbedürfnisse menschlichen Lebens erfüllt. Den Fortbestand der eigenen DNA.«

Wortlos verließ Adteran das Allerheiligste. Mera folgte ihm niedergeschlagen. Sie hatten genug gehört.

»Was meinst du?«, wollte er wissen.

Mera erforschte ihre Gefühle. Sie dachte an alles, was sie erfahren hatte. Sie dachte an die ersten Menschen, die hier gelandet waren. Die glaubten, es gäbe einen Neuanfang. Andere, die zweifelten. Die vielen Geschichten über mythische Vorfahren wie Inaya, die sich als Märchen entpuppt hatten. Wie schlimm musste das Leben auf der Erde gewesen sein, dass sie Eden akzeptiert hatten. Und was war die Alternative zu Eden? Diesem gigantischen Betrug? Sie dachte an ihre Eltern, ihren Bruder, an Adyumi und Rina. Das große Gleichgewicht. Nebelblumen und Kriecher.

»Ich bin ratlos«, gab sie schließlich zu. »Josh wollte zurück zur Erde, dabei waren wir niemals weg. Aber vielleicht ist das eine Chance?«

»Wie meinst du?«

»Dieser Harrison hat den Ort hier ausgewählt, um die Menschen bewusst zu täuschen. Was wiederum bedeutet, dass es vielleicht andere Flecken gibt, bessere Flecken. Wir könnten uns auf die Suche machen. Kolonien errichten, so wie Josh und mein Bruder das vorhatten.«

»Und wenn es an anderen Orten schlimmer ist als hier?«

»Das wissen wir erst, wenn wir es mit eigenen Augen gesehen haben. Immerhin sind mehr als fünfhundert Jahre vergangen. Sicher gibt es noch alte Karten hier im Tempel und mit der großen Werkstatt könnten wir bessere Fluggeräte bauen. Vielleicht ist Eden nicht unser Gefängnis, sondern eine Art Basis?«

Adteran dachte nach. »Dazu müssten wir aber das System am Laufen halten, Ressourcen finden. Ich weiß nicht, ob ich das kann. Wie sollen wir die Menschen motivieren, wenn wir ihnen die ganze Wahrheit erzählen? Oder sollen wir sie weiter belügen?«

Er hatte recht. Wen konnten sie in ihre Pläne einweihen? Zu dritt würden sie nicht diese Erde erkunden können. Es schien hoffnungslos. Dann kam Mera ein Gedanke.

Sie schritt zurück ins Allerheiligste.

»Wo ist Jennifer Yao?«

16. Exodus

Am Tag des letzten Auszugs standen Teran und Mera vor dem großen Tempel und baten um Ruhe. Dies war die letzte Predigt. Lange hatte es gedauert, länger als gedacht. Doch endlich war alles vorbereitet.

Mera erhob das Wort, und die Menge verstummte. »Brüder und Schwestern. Heute ist ein großer Tag. Wir verlassen Eden und begeben uns auf das große Abenteuer.«

Jubel mischte sich mit Buhrufen und Pfiffen. Ein paar besonders Wütende hämmerten gegen das Tor der ewigen Verbindung. Wächter liefen nervös auf und ab.

Nicht alle würden das Wagnis eingehen, jedem stand es frei, zu bleiben und sich dem Auszug nicht anzuschließen.

Die letzten Monate waren hart gewesen. Einerseits mussten sie den Menschen etwas Wahrheit zugestehen, andererseits wollten sie nicht den kompletten Glauben zerstören, aus Angst, die Menschen in Verzweiflung zu stürzen. Also hatte es vieler Predigten bedurft, bis Mera die Maske abgenommen und sich als Mensch zu erkennen gegeben hatte. Den Bewohnern Edens hatte sie erklärt, dass das große Gleichgewicht nicht vom Administrator abhing, sondern von jedem Einzelnen. Davon, wie sie miteinander umgingen und wie sie als Gemeinschaft gemeinsam Ziele formulierten und umsetzten. Und auch, wie sie Konflikte ohne Gewalt lösten.

Trotzdem schliefen Teran, Shara und Mera im Tempel, bewacht von Wächtern, die Maske immer griffbereit. Zwar kannte niemand außer ihnen das ganze Geheimnis, doch sie spürten, dass andere bereitstanden, das Machtvakuum zu füllen. Besonders im inneren Bezirk, unter den Paladinen, Protektoren und Priesterinnen machten Gerüchte und Lügen die Runde. Propheten erhoben sich im Volk. Seit alle wussten, dass der Administrator aus Fleisch und Blut war, bröckelte das System. Doch Mera und Teran wagten es nicht, andere als Ketzer zu verurteilen. Nur Adlina saß noch im Gefängnis. Ein eigens eingesetztes Strafgericht würde ihre Verbrechen aufarbeiten und dann ein Urteil fällen. Mera hätte sie auf der Stelle verbannt, doch sie wollte ein Zeichen setzen. Das Recht zu strafen, das Recht zu wissen, all die Macht, die sich auf den Administrator gebündelt hatte, musste nun langsam auf die Bewohner übergehen.

Mithilfe von Justifier 3.4 waren die Raumschiffe der Vorfahren wieder instandgesetzt worden. Die KI hatte ihnen die Anleitungen übergeben und Piloten ausgebildet. Die Cryo-Schlafkammern mussten überholt, die Technologie musste verstanden werden. Nur drei der Schiffe würden heute fliegen, mehr hatten sich nicht für den Auszug gemeldet.

»Heute vollenden wir das Vorhaben unserer Vorfahren. Wir fliegen zu einem anderen Planeten, wo das Leben einfacher sein wird, die Umwelt gnädiger. Wo wir keine Kuppel brauchen, wo es keine Kriecher gibt. Wo wir frei sein können.«

Mera hoffte inbrünstig, dass dies stimmte und sie die Menschen nicht ins Unglück führte. Die künstliche Intelligenz hatte nicht viele Informationen über den Planeten Teegarden b, außer dass er als bewohnbar eingestuft war und der Erde vor ihrer Zerstörung recht ähnlich war.

Doch etwas gab Mera Zuversicht.

»Secretary General Jennifer Yao«, so stand es auf dem Bild geschrieben, das sie mit Rina während des Auszuges entdeckt hatte.

Dieselbe Bezeichnung hatte Justifier 3.4 auch bei seiner Antwort auf die Frage »Wo ist Jennifer Yao?« benutzt. Jennifer Yao war die Leiterin des Projektes Exodus gewesen. Sie war – wie ursprünglich geplant – mit den anderen Raumschiffen nach Teegarden b geflogen. Ob ihre Mission ein Erfolg gewesen war – die KI konnte dies nicht beantworten. Doch ihr Name hatte die Generationen überdauert. Einige wenige Menschen mussten sich nach dem Cryo-Schlaf an sie erinnert haben. Mera konnte sich ausmalen, welche Konflikte bei der ersten Ankunft ausgetragen worden waren. »Wo ist Jennifer Yao? Sie ist unsere Anführerin«, hatte jemand in das Metall des Raumschiffes gekratzt. Und was hatte man den Bewohnern Edens stattdessen beigebracht? Die große Verwirrung nach der Landung. Das Böse, das in der Gestalt von Ketzern mit auf den neuen Planeten gereist war. Über die Jahrhunderte war nur der Name geblieben – Jennifer. Der Rest war Glaube.

»Wir werden unsere Brüder und Schwestern treffen!«, schrie Mera, so laut sie konnte. Die Nachfahren der Menschen, die vor fünfhundert Jahren nach Teegarden b aufgebrochen waren. Hatten die anderen fünf Sternenfähren ihr Ziel erreicht? Was für eine Zivilisation hatten sie dort wohl errichtet? Würden sie sich als Brüder und Schwestern begegnen? Sie, deren Sternenfähren vor über fünfhundert Jahren verschiedene Wege eingeschlagen hatten?

Teran drückte ihre Hand und stimmte in die Jubelschreie mit ein, um gegen die Buhrufe und Pfiffe anzukommen.

»Doch bevor wir aufbrechen«, fuhr Mera fort, »gilt es noch eine Sache zu erledigen. Gleichheit herzustellen.«

Zusammen mit Teran packte sie mit beiden Armen den schwarzen Kubus, der neben ihnen stand. Justifier 3.4 war bereits erloschen, als sie ihn aus der Halterung im Allerheiligsten gerissen hatten. Gemeinsam schleuderten sie den Würfel über die Brüstung auf den Vorhof. Mit einem lauten Knall schlug er auf, die Verschalung platzte und kleine Teilchen, Kabel, Platten und Schalter kamen zum Vorschein. Niemand sollte sich mehr über die anderen erheben können. Das große Gleichgewicht bedeutete nun gleiches Wissen für alle. Zum Schluss zerbrach Teran die Maske des ersten Administrators, das Gesicht von Commander Harris. Seine ewige Linie war damit durchbrochen.

Gemeinsam schritten sie die Treppe hinunter, durch das Tor der ewigen Verbindung.

Die verbleibenden Menschen Edens hatten einen Rat gegründet, der nun das System verwalten sollte. Mehr als ihnen Glück zu wünschen, konnte Mera nicht.

Tränenüberströmt umarmte sie ihre Eltern.

»Dein Bruder wäre sicher mit euch gekommen«, meinte ihre Mutter zum Abschied.

Ihr Vater strich ihr noch einmal über die Schulter, schweigend, doch die Augen feucht. Zum Abschied gab er ihr eine kleine geschnitzte Steinfigur mit. »Das bist du. Mera, die Große. Ein Stückchen von Eden, als Erinnerung.«

»Wenn alles gut geht, holen wir euch nach«, meinte Mera, mehr Tränen als Stimme, mehr Hoffnung als Glaube.

So wie ihre Eltern dachten viele. Sie würden den Glauben an den Administrator nicht so einfach abschütteln. Sie akzeptierten ein paar kleine Änderungen, aber sie würden Eden niemals verlassen. Sie waren unter der Kuppel geboren, sie würden unter der Kuppel sterben. Auszuziehen war den Jüngeren vorbehalten.

Die Schleuse von Eden öffnete sich ein letztes Mal für den Exodus.

Mera und Teran gingen mit Shara voran, eine feierliche Prozession der Hoffnung. Mera trug die Schlüsselkarten für die Sternenfähren, Shara das Registerbuch der Passagiere. Teran schwenkte die fluoreszierende Flagge, die eine Nebelblume zierte. Schlüsselträgerin, Schriftträgerin und Fahnenträger. Sie blickten ein letztes Mal zurück zu der gewaltigen Kuppel, bis diese im orange-grauen Nebel verschwand.

Eden lag nun hinter ihnen, das Paradies würden sie mit ihren eigenen Händen schaffen müssen.